深夜の散歩

福永武彦
中村真一郎
一

冊の探偵小説にそっと手をのばす。そこで彼はひとり書物のなかを出掛ける。走ったり、ひと休みしたり、時々は欠伸《あくび》したりしながらも、この散歩をなかなか止めることができない。いい気になって歩き廻っていると、そのうち夜が白々と明けてくる。しかし、真犯人を捕まえるまでは、この「深夜の散歩」を途中でやめられないのだ——。博雅の文学者にして探偵小説愛読家である三人が、海外の探偵小説を紹介する読書エッセイ。探偵小説を読む愉しさを軽やかに、時に衒学的に、余すことなく語り尽くす歴史的名著が、文庫初収録の連載回など増補のうえ完全版として甦る。

深夜の散歩

ミステリの愉しみ

福永武彦
中村真一郎
丸谷才一

創元推理文庫

MIDNIGHT WANDERING

by

Takehiko Fukunaga
Shinichiro Nakamura
Saiichi Maruya
1978

目次

深夜の散歩　　福永武彦

深夜の散歩

ミステリの愉しみ

深夜の散歩

福永武彦

Quo vadis?

深夜である。

人々が寝しずまって、物音ひとつしない。いや、遠くかすかに、陰気な、不吉な、犬の遠吠か、猫の恋鳴きぐらいした方がいいかな。風がざわざわと梢《こずえ》をゆすり、雨戸を叩いているのも悪くない。でなければ、夜汽車の警笛、自動車の急ブレーキの軋み、或いは古風に、火の用心、拍子木、チャルメラ、などが闇をつんざいて聞えて来るのも、結構。とにかく深夜である。

ここに一人の男が（もしくは女が）こっそりと家人の寝息に耳を澄ませて、そろそろと手をのばす。何所へ？　眠っている女の首筋へ？　ぎっしりお金のつまった金庫へ？　どうもそうではないらしい。格別悲鳴も聞えないし、金庫の扉の開く掠《かす》れた響きも聞えない。ただ、さらさらという奇妙な音がして、犯人が溜息をついたり、にやりと笑ったり、時には「こん畜生」とか、「なるほど」とか呟く声が聞えるばかり。といって、この犯人は気違いだというわけではない。

犯人が手をのばしたのは、本箱へである。彼が手に取ったのは、一冊の探偵小説である。彼はそこで深夜の散歩に出掛ける。何所へ？　いやそれは何所でもいい。何所へ行こうと、パトロールの警官に咎《とが》められる恐れもなければ、暗闇からギャングが飛び出すわけでもない。しかしこの犯人は（何しろ彼は、良心に少しばかり後ろめたいところがあるから）走ったり、立ち止ったり、時々は欠伸《あくび》したりしながら、容易にこの散歩を止めることが出来ない。ヴァレリ・ラルボーというフランスの作家は、読書を「罰せられざる悪徳」と呼んだが、探偵小説の場合には、そんなにたかをくくってはいられない。いい気になって歩き廻っていると、そのうちに夜が白々と明けて来る。罰はたちまち下って、あくる日一日中眠くてふらふらする。上役には叱られる、恋人には笑われる。と分っていても、真犯人を摑まえるまでは、散歩の途中でやめられないというのが、因果な所だ。これが僕の言う「深夜の散歩」である。

都筑道夫《つづきみちお》君の説によれば、翌日の勤めに差障りのない読書の限界時間は、午前三時だそうである。そこでもしも三時になっても、一冊の探偵小説が終らない場合、というより、彼が真犯人の名前をどうしても当てられない場合はどうするか、と僕がたまたま訊いたら、都筑君は平然として、そういう時は、終りの方を先に見てしまい、安心して寝ます、と答えた。とばしたところは、翌日、改めて読むんだそうだ。

それに、真犯人が分らないうちは、安心して眠れないというのは、如何に熱心な読み手であるかを証明しているようなものだ。こういう不届き、かつ狡猾な読み手の最たるものは、伝説によれば、椎名麟三《しいなりんぞう》君である。彼は必ず、まず、本の最後の部分を読む。勿論、真犯人の名前が分る。そこで彼は安心して、おもむろに第一頁から読みふけるというわけだ。この椎名式読書法を精神分析すれば、第一、彼は臆病で、誰が犯人なのか分らず、実存主義的不安にさいなまれるのが怖いのだ。第二、本の著者たるものは、誰が犯人か知っているのに（きわめて当然だが）、読者たる彼の方は皆目分らない、というのでは著者から馬鹿にされてるのも同然、怪《け》しからぬ。そこで負けず嫌いの椎名君は、終りから先に読む、ということになる。

その他にも、赤鉛筆片手に、眼光紙背に徹する勢いで、トリックから、動機から、一々マークして読み進む（だろうと想像する）中島河太郎《なかじまかわたろう》先生の如き、読書法もある。中島先生は学者だから、これは比較探偵学的ともいうべき読書法だが、素人には面倒くさくて、下らない作品の時にはどうするのだろうと、いささか同情する。こういう読書法の成果である、中島先生の『探偵小説辞典』は、頗《すこぶ》る名著の誉れ高いが、どの項目にも、犯人の名前は誰、トリックはこれこれ、と教えてあるので、これはせっかくの読書の愉しみを奪い取る、甚《はなは》だ危険な労作である。この辞典の愛読者は、てっきり、江戸川乱歩《えどがわらんぽ》氏ひとりきりではあるまいか。僕は探偵小説のあと書きと、探偵映画の新聞評とは決して読まない。

そこで勤め人むき都筑式読書法、負けず嫌いむき椎名式読書法、探偵学者むき中島式読書法と三つあげたが、僕みたいな素人の横好きはどうするか、これは全く平凡である。まず昼も読む、夜も読む。但《ただ》しぶっ続けに読んだのでは、仕事は何ひとつ出来ないから、随時休んで読む。仕事の合間に読むのか、読書の合間に仕事をするのか、そこのところは作品の面白さ如何に懸っているが、まあ大抵の作品は、途中で休んでも気が抜けることはない。僕みたいに少量のビールしかたしなまない人間は、前の晩に半分飲んだビールを、あくる日、もったいないとばかり飲むこともあるが、飲み残しの探偵小説も、そういったものだ。この飲みかたを酒好きが聞いたらあきれるだろうが、真の探偵小説ファンも、あきれるかしら。しかし僕等はみんな忙しいんだからねえ。

最も好ましい状態は、勿論、後顧の憂いのない場合、つまり翌日はお休みでいくらでも寝坊の出来る晩だ。これは間違いなく面白い筈だと第六感が教えてくれる、とっときの探偵小説を一冊、本棚から持って来る。それからいよいよ「深夜の散歩」だ。ひとりでぞくぞくして、笑ったり唸ったりして、まだ起きてるの、いま何時？　と寝ぼけ声の家人におびやかされながら、いっこう止められないという因果な散歩だ。

これを気分的に面白くするには、うまいディジェスチフが一、二杯あった方がいい。煙草はふんだんに必要である。甘党なら、チョコレートの厚板を二、三枚、甘栗の大袋ぐらいはあった方がいい（甘栗の皮ごと口にほうりこむ恐れはあるが）。照明はスタンド、本の頁のほかは暗々たる闇が望ましい。しかし絶対条件、ラテン語の謂《いわ》ゆる sine qua non は、探偵小説それ自体が絶対に面白いということだ。ところが人生に失敗はつきものだから、とんだ代物にぶつかって、途中で投げ出してしまった場合の情なさ。一般に探偵小説の読者は、ちょっと位の愚作には我慢するほど寛大だが、何も下らない代物をわざわざ読む必要もないわけだ。

そこで僕が、これから少しばかり、僕の散歩を試みて、勝手なことを書いてみよう。何しろ僕は記憶力が悪いし、探偵小説には、読んだあときれいにさっぱり忘れさせる nepenthes 的効果があるから、昔読んだものについて、気の利いたものが書けるかどうか分らない。自分でも、どっちの方へ足が向くか、さっぱりきまっていない。そこでこのプロローグは、シェンキヴィッチではないが、Quo vadis?（何所へ行く）と題した。

*　*　*

この短いエッセイを雑誌に連載してから、もう随分と日が経ってしまった。そのために無い筈の翻訳が出てしまったようなものもある。そこでところどころ、現在の時点から註釈を入れることにした。謂《い》わば、サーヴィスである。

ソルトクリークの方へ

ソルティントンの停車場で汽車を下りると、そこから七マイル離れてソルトクリークと呼ばれる「絵のような」漁村がある。ロンドンからの距離は書いてない。とにかく海岸の避暑地である。海に流れこむターン河の河口に近い断崖の上に、トレシリアン夫人の豪奢な別荘が聳《そび》えている。渡船で河を渡ると、向う岸には水泳場、近代的バンガロー、大ホテルがある。別荘から陸続きに歩いて行けば岬の突端は眼下に海を見下す断崖絶壁である。

寒い冬の夜、一人の男が人生に終止符を打つために、この断崖から身を投げた。ところが木に引掛って命を取り止めた。そこから運命が好転して、南米での或る職にありつき、赴任する前に、自分の自殺未遂の現場をもう一度訪ねてみようという気を起した。それが九月初旬である。

別荘には、良人が水死した後もここを離れない、七十を過ぎた大金持の老婦人が住みついている。中年のオールドミス（遠縁の従妹）がそのお相手をしている。ここに夏の休暇をすごす習慣のある被後見人のテニス選手が来る。男前もよく金もある男。勿論、新婚早々の素晴らしい美人の奥さんが一緒だが、別れた前の妻も、今迄の習慣通り、ここに滞在しにやって来る。新しい妻の方には、「顔で食べている」ボーイフレンドが附き纏っていて、これはホテルに住んでいるし、前の妻の方には、七年ぶりに外地から帰国した従兄が、彼女に会いに別荘に来ている。更にホテルには、心臓の悪い弁護士が滞在し、近くの警察には、つまらない事件のために、ロンドン警視庁のバトル警視が来ている。と、これだけの人物が揃ったところで、「なに一つ事件の起らないような」平和な避暑地であるソルトクリークに、問題の事件が突発する。

探偵小説は、一般的に言って、容疑者が多勢登場しなければ面白くない。従って一箇所に人を集めるためには、どうしても偶然に頼らざるを得ない。アガサ・クリスティーは、その点、数多い人物の登場のさせかたが非常にうまい小説家だが、中でもこの作品『ゼロ時間へ』は上手に出来ている。というのは発端がうまいからだ。

ここでちょっと脱線すれば、優秀な探偵小説には色んな条件がある。犯人の意外性とか、トリックの巧妙さとか、推理の隙間なさとか、盛り上るサスペンスとか。しかし僕に言わせれば、更に重要な要素として、アイディア、即ち思いつき、或いは作者のみそ、というものが必要である。これは作者の独創性を意味するし、また特定の一作品を、その作者の他の作品とも区別する重大なポイントである。最もいい例をあげればエラリイ・クイーンの『Yの悲劇』のアイディアは、死んだヨーク・ハッターの書いた探偵小説草稿である。このアイディアがなければ、如何にサスペンスに充ち、名探偵の推理に裏づけられても、あの作品の持つ魅力は生れなかっただろう。同様に、ヴァン・ダインの『僧正殺人事件』のみそは、童謡にあり、ディクスン・カーの『読者よ欺かるるなかれ』のみそは、思念放射による殺人というアイディアにある。

ところで『ゼロ時間へ』のみそは、犯人がのっけに出て来る点なのだ。但し、勿論、名前は書いてない。「その人間」というだけで、彼か彼女かも分らない。「その人間」は殺人を計画し、予定の日附「九月の或る日」をきめる。それからはもう登場しない。そして、この場面を補足するために、その前に、事件はすべてとうの昔に始まっていて、それが一点に向かって、つまりゼロ時間に向かって進行するものだという、弁護士の感想が告げられている（因《ちなみ》に、この弁護士も、ソルトクリークの登場人物の一人である）。

この発端がすこぶるうまいから、偶然のように、ソルトクリークに変な人間ばかり集まっても、決して不自然ではない。つまり、作者はゼロ時間という思いつき、というよりも、それを実行に移している「その人間」つまり犯人を、初めに紹介することで、この作品の独創性を作った。従ってこの作品には、名探偵は必要ではなく、輝かしい推理なんかなくても作品は充分に傑作たり得るのである。

アガサ・クリスティーの作品中で、一番有名な探偵は、もちろん「灰色の脳細胞」の襞《ひだ》がびっしり詰ったポアロ氏であろう。それからミス・マープルというお喋りばあさんも、決して隅に置けぬ偉い探偵に違いない。この人たちの活躍するあたりにも、いずれ僕は散歩に出掛けるつもりだが、ここで足を向けたソルトクリークの海岸では、バトル警視が「名優バトル演ずる鈍感警官の一幕」（第三章4）という次第で、だいぶもたもたする。

このバトル警視は、ロンドン警視庁では、どうやら専門に外交関係を受け持っているらしい。彼が初めて登場するのは、『チムニーズ館の秘密』（一九二五年作）と『七つの時計』（一九二九年作）だが、どっちも亡命外国貴族やら外務省の役人やらが入り乱れる冒険探偵小説で、残念ながら「岩の如く動じない」バトル警視は主人公の青年の引き立て役にすぎず、「いくら腕利きの刑事でも時には出しぬかれることがあります」（後書、21章）などと弁解ばかりしている。もっとも最後に、綺麗なお嬢さんから、「あなたは素晴らしい方ね。もう結婚していらっしゃるので残念だわ。わたくしビルで我慢しますわ」（同、33章）と言われるが、これはお世辞というものだろう。

次に『ひらいたトランプ』（一九三六年作）では、これまたポアロ氏の引き立て役、『殺人は容易だ』（一九三九年作）でも、外地帰りの好男子が舞台の中央にいて、恋も手柄もさらってしまう。そこで『ゼロ時間へ』（一九四四年作）到着して、ここで初めて警視さんの一人舞台となる。

主役である以上、ほんの少々私生活も描かれているが、奥さんとの間に子供が五人あり、末っ子のシルヴィアが十六歳というのでは、「七つの時計」事件の時には、彼もよっぽど若かったのだろう。この末っ子が寄宿学校で問題を起したというので、バトルさんが引き取りに行くところが初めにあるが（これも、あとの事件と全く無関係ではない。こういう伏線の張りかたは、まさにクリスティー女史の独壇場である）、父親らしい愛情に溢れていて、ポアロ氏みたいにきざでもなければ、マープル嬢みたいに小うるさくもなく、すこぶる信頼が置ける。頭は大してよいとも思わないが、『ひらいたトランプ』でポアロ氏のお手並を勉強したせいか、この作品でも、困って来るとポアロ式探偵術が頭に浮んで、けっこうてきぱきとさばくから不思議だ。

作者もベルギー人ばかりほめたのでは定評あるロンドン警視庁から横槍が出るのを恐れて、ここらでバトル警視を、ちょっと持ち上げてみたのかもしれない。

ヘロンズ・パーク陸軍病院の方へ

第二次大戦中の、臨時の陸軍病院が舞台と分れば、どうせ殺風景な小説だろうと少々期待が半減するが、登場する名探偵のみは防空壕の中で顫《ふる》えもするが、他の連中（三人の医者と四人の看護婦）は犯人探しと恋愛感情とに夢中のあまり、空襲などにはさっぱり驚かない、という趣好である。クリスティー女史の『ゼロ時間へ』も容疑者を一堂に集める手立がすこぶる巧みだったが、このクリスチアナ・ブランド女史の『緑は危険』も、発端の気の利いている点は、少しも劣らない。

ロンドンの東南部に当るケント州に、小児療養所を改装したヘロンズ・パーク陸軍病院がある。そこまでの往復六マイルの道のりを、一人の郵便配達夫が、自転車に乗って、七通の手紙を届けに行く。彼は年寄で、ぶつぶつ言いながら手紙の上書を読む。七通の手紙は三人の医者（その一人は麻酔専門医、二人は外科医）と四人の看護婦（正式のが一人、補助看護婦が三人）が、病院の長官に宛てたものである。そこに七とおりの事情が仄めかされている。これが発端の第一章。次の章で大空襲の犠牲となった二人の患者が運びこまれるが、その一人は初めに出て来た郵便配達夫で、救護班員として出動中にやられて、腿の骨を折っている。第三章で、この配達夫は、手術前の麻酔の間に原因不明の死にかたをする。第四章で、ロンドン警視庁の名警部コックリルが登場する。第五章で看護婦の一人が外科用ナイフで心臓を刺され、手術台の上で殺される。

要するに全部で九人が舞台に現れ、一人の患者と一人の看護婦が殺され、やはり一人の患者と一人の看護婦が危いところを助かる。容疑者は、九マイナス四で五人と言いたいが、危いところを助かるのは探偵小説の公式上犯人の疑いが多分にあるから、六人となる（この六人目は看護婦の方、もう一人の患者の方は、脚の骨を折って動けないこと確実だから、除外しても宜しい）。そこで初めの七通の手紙のうちの六人の書き手の中に、間違いなく犯人がいることになる。

こういうふうにすこぶる算術的な探偵小説で、従ってまた公式通りに出来上っている。公式というのは大体に於て退屈なものだが、途中で少しばかり眠くなる箇所もないわけではない。次のような公式が用いられる。

1　連続殺人。

2　殺人方法が全部違う。第一番は麻酔中、第二番はナイフ、第三番はガス放出（未遂）、第四番は第一番と同じで（未遂）ここで初めて犯人の方法が分る。

3　犯人は一人きりである。

4　四人の被害者を殺すための共通の動機がなかなか見つからない（しかし勿論、論理的な理由がある）。
5　全部で十三章あるうち、名探偵は早くも第六章の終りで犯人を知る。しかし読者が知らされるのは、第十二章である。名探偵は六人の容疑者を一堂に集めて、犯罪現場を再現して見せる。
6　六人の容疑者の一人一人に何となく動機らしいものがあり、全部怪しい。アリバイは誰にもない。消去法というわけにはいかない。
7　トリックは簡単である。麻酔中に死ぬのが自然死のように見えて、読者の気をそそるが、思いつきという程のものではない。ただ組み合せて複雑にしたという程度。
こう書いて行くと、如何にも探偵小説入門の参考書みたいな作品と言える。従ってうまく書かれてはいるが、人目を引く魅力はないし、やや玄人好みである。

名探偵のコックリル警部は、都筑道夫君の解説によれば、探偵小説を愛読して、犯人が分らないと終りの方を覗いてみるような、邪道のマニアらしいが、この作品ではさっさと犯人に目星をつけたのに、いつまで経ってももたもたして動かない。それも神経作戦で犯人が参るのを待っているというのだから、如何にもロンドン警視庁的な、リアリズム的方法である。その代り、警部さんがゆっくりしてくれるお蔭で、六人の容疑者が盛んに犯罪の方法や動機を論じ合って、そっちの方の面白さで話を運んで行く。例えば次のような会話がある。

「推理小説作家は、いつも、おっとりした年寄りの紳士を犯人に仕立てあげる——読者は、そういう人が犯人だとは夢にも思いませんからね」
「ところがこの頃では、もっと手がこんでいる。そのトリックを読者が知りつくしていて、年寄りで人情家であればあるほどそいつは怪しいことを承知しているのだからね」
「それがぐるっと一回りして、またもとへ戻っているんじゃないんですか。年寄りの紳士だとか、浴室の椅子に腰かけている中風の患者だとかは、またナンバー・ワンの容疑者になっている――それはともかく、これは推理小説じゃないんですから、老人が犯人でないことは間違いありません」

と、これだけ読んで、一体どっちがどっちなのか分った人は偉い。こういう「ぐるっと一回り」するようなユーモアが、この小説には充ち満ちていて、短気な読者は、犯人は誰でもいいから早く教えてくれ、と言いたくなる。イギリス人は気が長くて、さぞおっとりしているのだろう（因に、この小説は、ノックスみたいに裏の裏ばかり掻こうとする、たちの悪い逆説的探偵小説ではないから、引用の中の「老人」が犯人である可能性は、厳密に六分の一である）。

クリスチアナ・ブランド女史は本格派として評判の人だが、この『緑は危険』が初めての邦訳だから、これ一つで実力を云々することは出来ない。先輩のクリスティー女史の影響が強いし、平明な面白さという点では、劣るようである。本格的謎解き小説は、トリックが種切れで、次第に出がらしになって来たというのが僕の持論だが、この作品なんかそのいい見本と言えよう。但しゆっくり読むぶんには、適当なユーモア（例えば、「チーズとチョーク」という渾名の、そっくりよく似た二人の看護婦が出てくるが、そうした小さな挿話）もあり、頭の痛くなる犯人探しもあり、構成も緻密で、決して飽かせはしない。これで名探偵がもう少し活躍すれば面白いが、コックリル警部はきっと空襲の方が怖くて、頭が冴えなかったのだろう。この警部の特徴は、レインコートのポケットに紙と粉煙草を入れて、暇さえあれば、細目の煙草を巻いてぷかぷかやることにあるらしいが、イギリスでは戦時中もそんなに煙草が豊富にあったのかと、少々羨しく感じた。

メグストン島の方へ

名探偵は、探偵小説作家にとって、一種の登録商標である。何しろ、たまたま一作を読んでも、読者は飽きっぽくかつ忘れっぽいと来ているから、同じ作家の他の作品を引き続いて読んでくれるほど、殊勝な心懸けを起すとは限らない。

ところが名探偵が連続出演していれば、もう少し詳しく手のうちが知りたくて、次の作品を読む気にもなる。古来、デュパン探偵のポー、ホームズ探偵のドイル、ルパン強盗のルブランなど、連続ものにうまい例が多いから、二十世紀の探偵小説黄金時代には、名探偵が右往左往する有様となって、ついに空想好きの読者に、同じ事件にポアロとフレンチ警部とが出演してくれれば、どっちが勝つだろうなどと、勝手な想像を描かせたりする（これをパロディ化したのが、例えばモーリス・ルブランで、ルパン物の初期作品には、ルパンのお相手にシャーロック・ホームズことエルロック・ショルメスが活躍し、またこれを真似して、江戸川乱歩氏の冒険探偵長篇『黄金仮面』では、明智《あけち》小五郎《こごろう》の対抗馬に、はるばるアルセーヌ・ルパンが渡来する)。

　ところでこの名探偵システムも、その名探偵が張り切って活躍している間はいいが、くたびれて頭の廻転が遅くなるとかえって逆効果になる。というのは、いつでも彼むきの怪事件が起るとは限らないので、牛刀をもって雞《にわとり》を割く場合もないではない。フレンチ警部はいつでも足に任せて歩き、エルキュール・ポアロは灰色の脳細胞を活躍させるが、事件にもさまざまあって、「アクロイド事件」をフレンチ警部が担当しても、またポアロが「樽」を追いかけても、果してうまく行くかどうか分らない。そこでクリスティー女史は、事件に応じてポアロを出したりミス・マープルを出したりするが、『死が最後にやってくる』では、とうとう名探偵は登場しないことになった。何しろ紀元前二千年のナイルの岸辺が舞台ではお洒落者のポアロ氏の出る幕はない。

　名探偵システムも従って一長一短だが、力量のある探偵小説家なら、一作に一人の名探偵でもいいわけだし、ついでに言えば、名探偵がいなくても、話そのものが面白ければ、勿論それで結構なのだ。但し、登録商標がついてない以上、一級品かどうかは中身で勝負しなければならない。戦後の探偵小説界は次第に名探偵システムからスリラー・システムに移って来ていて一作毎の話の面白さで読者を印象づけようとするところがある。アイリッシュにしても、アンブラーにしても、名探偵は登場しないが、作品に共通した特徴があって、前者は不安、後者は恐怖、というムードをトレード・マークに附けている。この手は一作毎の勝負なのだから、一つでも詰らなければ読者は次作まで読んでくれるとは限らない。

という前置で、メグストン島に散歩に行くことにしよう。これはイングランドとスコットランドとの間にある、小さな無人島である。海軍省の平凡な一役人が悪い女にひっかかって、金もうけのための名案を考える。その作戦計画がこの小説の一番のみそなのだが、機密書類を盗んで失踪したようなふりをし、実はメグストン島に逃げこみ、時間を稼ぐ間に新聞という新聞が大騒ぎして、この男の悪口を書き立てる。そこで後から姿を現わし、名誉毀損の訴えをして、大いにもうけようという魂胆。第一段はその計画、第二段はその実行、第三段で首尾よく行ったと思ったところから、そろそろ暗雲低迷し始める。この小説では名探偵も警察も現われず、もっぱら主人公の一人相撲で、この男が力んだりしょげたり、さんざん苦労をして、遂には被害者になるという話である。黒幕に恋人役のとんでもない悪女が控えていて、これは役者がはるかに上手である。この小説には新聞記者が一人登場し、これが探偵の代りをつとめるが、主人公はあくまで語り手の方であり、語り手の「良心」の役割を新聞記者が演じるというにすぎない。従ってこれはサスペンスを帯びた展開の面白さで読ませる探偵小説であり、僕に言わせれば名探偵システムではなく、被害者システムである。この小説の傷は（これは日本人の読者だからぴんと来なかったのかもしれないが）名誉毀損の訴訟という「計画」の、非現実的なところにあるのだろうが、プロットが面白かったので、僕は引き続いて別の作品を読んでみた。『ヒルダよ眠れ』は、冒頭で一人の公務員が自宅に帰ると、ヒルダという彼の妻がガス自殺をしている。ところがこれがどうも他殺らしくて、彼は警察に引張られる。そこに国際亡命者救済機関に働いている、と称する友人が現われ出て、この事件を調査し、何とか旧友を助け出そうと試みる。彼の調査が進めば進むほど、殺されたヒルダは何とも言いようのない悪女であることが分り、一方その良人のほかに、犯人と覚しき人物は全然いる筈もない、ということが分って来る。

これもまた被害者小説である。専《もっぱ》ら活躍するこの友人は、決して名探偵でも何でもない。彼はただ足にまかせて歩き廻り、尋ねまわるだけである。この小説の主人公は、まさに死せるヒルダである。友人がどこに行って話を聞いても、出て来るのはヒルダの圧倒的な怪物ぶりであり、しかもこの女は冒頭に於て死んでいるのだから、文字通り被害者が主人公の小説と言えよう。僕みたいなそそっかしい読者は、てっきりヒルダが、病的な憎悪からその亭主を死刑にするために、自殺したものと早合点した位だ。他殺である証拠は、ちゃんと初めから出ているのに、このヒルダの持つ、いわば日常的な悪があまりに物凄いので、ヒルダが一番くさい。従って、彼女と接触したあらゆる人物には、殺人を冒す動機があるわけだ。続けて『道の果て』と『カックー線事件』とを読んでみたが、一作ごとに模様が変って、しかもやはり被害者小説の特徴が出ている。『道の果て』は平凡な生活を営んでいる営林署の役人が、恐喝者に悩まされる話。『カックー線事件』の方は、これまた平凡な御隠居さんが殺人事件の容疑者となり、息子やその婚約者が足にまかせて犯人を探し求める話。クロフツ張りには違いないが、素人が動き廻るのだから、ロンドン警視庁のような活躍は望めない。この四作、いずれも水準に達して、作者アンドリュウ・ガーヴの名を記憶するに足りるが、僕が面白かったのは『メグストン計画』以外のどの作品も、警察官がすこぶるわからず屋の意地悪として登場することだ。これは素人探偵の孤立ぶりを強調する方法なのには違いなかろうが、如何にも現実味があって、せっかく評判のロンドン警視庁も、ガーヴにかかれば形なしである。『メグストン計画』でも、主人公の計画に気がつくのは新聞記者であって、警察ではない。一般に名探偵ものの小説で警官をひやかすことはあっても、こんなに正面からとっちめたのはあまり例がなかろうと僕は変なところに感心した。但しどの作品でも、終りでは少々妥協してあるが。

ロンドン警視庁の方へ

一般に名探偵の登場する小説では、主人公は法律の外にいる素人探偵で、警官は単なる引き立て役になることが多い。もしも主人公にワトスン役がついていれば、出て来る警官は大抵は凡庸な頭脳の持主で、名探偵がワトスンを嗤《わら》い、ワトスンが警官を馬鹿にするのが落だ。いつでも損をするのは警官で、こつこつ歩きまわって指紋や足跡を集めて来ても、これは犯人の偽造であると、名探偵が一喝すればせっかくの苦心も水の泡となる。

しかし一方に、名探偵と警官とを兼ねそなえた、頭脳優秀な連中もいることはいる。フレンチ警部、コックリル警部、メグレ警部、などがそれで、この連中はあんまり出世もしないが頭はよくて足も達者だ。従ってロンドンやパリの警視庁は、彼等なくしてはとてもその機能を発揮できないだろうと思う位だが、実際には、科学的捜査や機動力さえ確かなら、警官が名探偵である必要はないらしい。ところが小説の中では、フレンチ氏にしてもメグレ氏にしても、その一睨みが物を言うのだから、名探偵と警官とのうち、比重は甚だ前者に重い。それにフレンチ氏もコックリル氏も、それにポアロ物の脇役に出るバトル警視も、いずれもロンドン警視庁づめのお役人で、そこに警視庁顧問役ギデオン・フェル博士とハドリー捜査課長までを加えると、スコットランド・ヤードはあんまり多士済々で、迷宮入り事件なんか一つも起る筈はないと思う。この連中は、難を言えば、素人名探偵のように孤立無援ではないから、事件が大きくなれば、人手も使えるし予算もある。素人探偵のように、邪魔だから引込めと言われながら、こそこそうしろを歩き廻る必要もない。そこで事件が面倒くさくなったら、なまじ名探偵ぶって考えないで、さっさと衆智を集めなさいと忠告したくもなる。フレンチ警部ぐらいが、頭と足とのほどよく平均した人物のようだから、ヤードでは最も信頼のおける捜査課長かもしれない。

ところがここに強敵が現われた。ロンドン警視庁捜査課長ジョージ・ギデオンである。身分は警視で、上にあげた連中と偉さでは大体同格である。しかし現われ出た範囲では、ギデオン氏はぐんと行動派で、忙しいこと無類、とても悠長な推理などを試みるひまのない男と見える。今までに、『ギデオンの夜』と『ギデオンの一日』との二冊の邦訳が現われたが、まだ『一週間』と『一月』との二冊があるらしい。この分で行けば「一年」とか「十年」とか、まだまだいくらでも姿を見せるだろう。何しろ作者J・J・マリックは、ペンネームが九つもあり、本名のジョン・クリーシーとあわせて十の名前で三百冊以上は書いている豪傑らしい。J・J・マリックはギデオン物専用の名前だが、確かに新しいペンネームで書き始めただけの新味がある。

第一にこの中では名探偵の比重が甚だうすく、専ら警官そのもの、或いは、ロンドン警視庁の機能そのものが主役である。近頃はやりの警官小説では、ウィリアム・マッギヴァーンの『最悪のとき』とハーバート・ブリーンの『真実の問題』とが特に面白かったが、このギデオン物は、まさに警官小説の白眉と言えるだろう。ギデオン警視が主役には違いないが、妻君に逃げられて神経衰弱になっているルメートル主任警部も、自分の区の中のことは生字引のように知ってはいるが、少々想像力の欠乏したヘミングウェイ署長も、失敗をつぐなうために命がけの冒険をやるコブリー巡査も、ひとしく重要な人物なのだ。つまりあらゆる種類の警官が登場し、その上にギデオン警視が控えている。

第二はもちろん主役のギデオン氏の魅力である。『一日』では、朝早く警視庁に飛び込んで来て、賄賂《わいろ》を取った部下を怒鳴りつけるところから始まる。その怒りかたがすさまじくて、冷静明智を旨とする名探偵らしからぬ有様である。『夜』の方は、学校をやめて巡査になりたいという彼の息子を、説得する場面から始まる。この方はゆるやかなテンポだが、すこぶる人情話じみて、やはり名探偵らしくない。というまでもなく、ギデオン氏はフレンチ警視などと較べてみても、あまり頭のいい方ではない。いや頭はいいかもしれないが、普通の探偵的頭脳とは出来が違う。というのは、一般に一冊の探偵小説は、一つの、或いは連続した事件を扱うから、その間名探偵はああだこうだと考え込むひまがある。しかるにギデオン氏は、警視庁捜査課の一室に陣取って、一日、或いは一晩の間に、数え切れないほどの事件を片っ端から処理する。その間には車に乗って現場を見に行く。車の中でも無線電話を聞いてる。従って、推理がなくて直観による他はない。これは電光石火的頭脳である。

第三の特徴は、逆に言えば、事件がはちきれるばかりあって、ギデオン氏がゆっくり休む暇もないほど錯綜することだ。読者の方も、捜査課長や警官たちに附合うだけでなく、犯人たちともお相手しなければならない。テンポは早く、めまぐるしい。この行動本位のスリルがなかなかの魅力である（従って、限られた時間、つまり『一日』や『夜』の方が『一週間』や『一月』より面白いだろう。但し、あとの二作は僕は読んでいない。「十年」なんてのを仮に書いても、詰らないことは眼に見えている）。

ここで連想するのは、EＱＭＭ誌昭和三十三年二月号に載ったシムノンの「生と死の問題」であろう。これもまたパリ警視庁の捜査課の一室に舞台が限定され、殆《ほとん》ど電話の応対ばかりで事件が進行する。シムノンとクリーシーという英仏の二人の多作家が、競争のように同じ手法を使ったのも興味はあるが、シムノンの方は、一つの事件を追うので必ず解決があるのに、ギデオン物には必ずしも解決がない。主な犯人は大抵つかまるが、小物ではそのまま逃げ失せたのもあり、この点にすこぶる現実味が漂う。誘拐事件でも首尾よくめでたしになるとは限らず、殺されてしまう場合もある。そうするとギデオンの顔に人間的感傷がちらりと見えて、逆に読者に親しみを与えるということにもなる。この頃は現実味、といってもリアルであることより、アクチュエルであることを、狙う傾向があるが、ギデオン物は一見して、ロンドンの犯罪地図を日常に密着して描いたものの如くに見える。しかしこれらの作品のみそは、決してリアリズムなんてものではない。これも架空の都市の警視庁なので、ギデオン氏も決してスコットランド・ヤードを後ろ楯に活躍するわけではない。ただ、この「英雄」小説は主人公が事件によって英雄になるのではなく、その人格によって、性格や感情や体力などによって、古武士的風采を示すところに、最大の特徴があるだろう。その点、彼は超人であり、シャーロック・ホームズに毫《ごう》も劣らぬ「英雄」である。ギデオン二世が親父の真似をして巡査を志願したくなるのも、まず無理はない。

＊　　＊　　＊

ギデオン警視物語は、この後、『一週間』を初めとして幾冊か翻訳が出た。もっとも「十年」というのは、書かれた筈もないから、従って翻訳もない。一冊の長さに盛り込めるのがせいぜい「一月」だとすると、「十年」のためには百二十冊要することになる、というのは馬鹿げた計算かしら。

マーロウ探偵事務所の方へ

　久しぶりに仕事をすっかり中止して大人しく寝ているのは、命に別条ない限りありがたいものだ。お蔭で本がたくさん読めたと言いたいところだが、ひたすら安静を守っていたからほんの退屈しのぎ、いつもは好きな探偵小説でさえも、この一月間に僅《わずか》に一冊しか読まなかった。こういう時こそ探偵小説をひもとくのが病床にふさわしかろうと考えるのは素人で、僕に言わせれば、探偵小説は夢中になって一気に読み通すからこそ値打があるので、安静に障りはしないかなどとびくびくして、休み休み読んだのではさっぱりだ。従って身体の消耗している折には、決して好ましい伴侶ではない。これは玄人である僕の意見だが、但しこの玄人というのは探偵小説の方ではなく、僕がしょっちゅう病気をしているという意味だ。

　ところでこれは余談だが、この一月間、一番熱心に読み耽ったのはバルザックの小説数篇だった。決して気取ったわけではない。それというのも、手を休めたり頭を休めたりしながら、ゆっくり気の向くままに読み進むには、実にバルザックほど重宝なものはない、とかねがね考えていたから、この機会に実践してみた。『人間喜劇』を構成する九十幾篇かは、ほんの数頁の短篇から山脈のように連なった大長篇までとりどりであり、その中身もまさに人間学の百科辞典と呼び得るほど、当方の望むままの変化に富んでいる。しかしその中のどんな小部分を截《き》り取っても、こっちの消耗した精神力をふるい立たせるようなものがある。ところが半面、面白い面白いと思っているうち、上の行と下の行とが重なり合い、左の字と右の字とがくっつき合って、いつのまにやら眠ってしまう効果もある。近頃はやりのトランキライザーは、一錠用いれば鎮静に適し、三錠用いれば催眠に適し、量に従って効能が異ると宣伝しているが、「精神安定バルザック錠」にも、眼を冴えさせるのとねむたくさせるのと、二種類の働きがあって副作用も少ないようだから、病人が服すのには持って来いのお薬であろう。『人間喜劇』の中には、探偵小説とは呼べないにしても、犯罪的興味の濃厚な作品が幾つもあり、そうした探偵小説の純文学版の方へもいずれは散歩を試みたいものだが、今月は何しろ半分寝たきりでこの原稿を書いている位だから、大物は願い下げにしたい。とすれば、この一月間に読んだ唯一の探偵小説についてでも書くほかはない。これが優秀な作品だったから、ふだんのように「何だこんな下らないもの」と憤慨して、怒液が逆流し、胃が更に悪化することがなかったのは、僕の病気のためにもっけの幸いだった。

　ところでこの作品はレイモンド・チャンドラーの『長いお別れ』なのだが、僕の記憶では、これまでチャンドラーにあまり感心した覚えもない。もっともハードボイルド型に手を出すに至ったのはここ数年来の傾向で、昔は本格物ばかり有難がっていた僕だから、チャンドラーも大して熱心に読んだ筈はないが、今度の『長いお別れ』は都筑道夫君がばかに力を入れて、ここ十年来だか二十年来だかの傑作だと称するものだから、多少はその宣伝に乗った傾きもある。

この作品は細部が面白い。従ってまた病床で少しずつ読むのに適していた。厳密な一人称で書かれ、不明な点は不明なままで残し、必要にして充分な現実だけを読者に伝えてくれる。それに行動的なのはハードボイルド物の常で、場面がこころよいテンポで変化するし、人物は気の利いた会話を交し、主人公は気の利いた警句を述べて読者の眠気を覚ます。なかなか洒落た小説だが、それは例えばT・S・エリオットの詩をそらんじる召使が登場することや、従って主人公の私立探偵がこの召使とすこぶる通ぶった話をすること、などにあるのではない。私立探偵フィリップ・マーロウの教養をひけらかすのは、作者の計算違いの感がある。しかし、作者がここにインテリの召使を登場させて逆にエリオットを皮肉り、かつこの召使をかかえている金持の女を皮肉っていると考えれば、作者はなかなか隅に置けない。というふうに、一般の探偵小説のやりかたよりも、この小説は少々高級であるらしい。つまり探偵小説の純文学版を狙っているらしい。

そこで、一体どこが純文学的なのかということになる。僕は元来、探偵小説遊戯説だから、文学的だなんてことはちっともありがたがる必要はないと考えている。文学であるか探偵小説であるか、どっちかでいいので、文学的探偵小説なんてものは曖昧だ。ところが『長いお別れ』では、主人公の探偵が、世の常のタフ・ガイに較べて、その英雄的性質がよほど平凡かつ人間的である。強いことは強いが、ピストルも撃たなければ拳固もあまり振りまわさない。もっぱら頭で行くらしい。それにたちまち女に惚れることもない。しかしこの人物が最も人間的に書けているのは、彼の友情の性質であろう。マーロウはテリーという男のために一臂《いっぴ》の力を貸す。ところがそれがなぜなのかは書いてない。金もうけのためか、義俠心のためか、友情のためか、しかし危険を冒してまで彼が自殺した友人のために力を尽すのは、ただごとではない。といって決して不自然には見えない。それは意識下の何等かの動機によって、人間がしばしば動かされることを僕等が知っているからだ。この小説の最もすぐれた部分、従って文学的な部分は、探偵とテリーとの交渉から、テリーの遺書が届くまでの最初の十二章にあるだろう。つまりテリーという人物が、光の当らない不可解な影を秘めたまま、現われそして消えて行く過程である。他人を「識る」ことの表現としてすこぶるうまいし、文学としても充分に適用する。逆にテリーを通してマーロウという人物も、現実から截り取られた通りに生ま生ましく表現されている。そしてこのテリーという変な奴が印象深く紹介されたからこそ、この小説は最後まで謎めいたものを失わずにいられたのだ。

しかし十三章からあとは、文学的な味は薄くなる。それはそれでいっこう構わない。しかし作者は、例えば殺人現場を会話の中でしか示さないとか、犯人があっさり死ぬとか、いろいろ探偵小説の公式を破ろうとしたところを見せているが、犯人よりも被害者の方に読者の驚きを誘う点などは、大いに探偵小説的である。文章の巧みさは俗流のハードボイルド派とは比較にならぬが、これは当然のことで、探偵小説だから文章がまずくていいことにはならない。せめてこの程度がふつうなら（翻訳の程度も）、僕ももっとこの種のものに手を出したのだろうが。

＊　＊　＊

ここのところで、僕は胃を悪くして一月以上も入院する破目になり、従って原稿を一月休載した。チャンドラーはハードボイルドの王様みたいに偉いらしいが、やや悪口に渡ったのは僕の御機嫌がよくなかったせいである。だいたいバルザックを持ち出して話を始めたというのが、我ながら大人げなかった。近頃の僕はロス・マクドナルドの大の御贔屓《ごひいき》で、『ギャルトン事件』『ファーガスン事件』『ウィチャリー家の女』など、いずれも傑作と信じている。従って先輩のチャンドラーの方も、読み直せばもっと点がよくなるかもしれない。

ワグラム街のバーの方へ

現代のフランスの小説家の中には、外国人でありながらすっかりフランス人になり切ってしまった連中が幾人かいる。例えばジョルジュ・シムノンはベルギー人だし、ジュリアン・グリーンはアメリカ人だし、アンリ・トロワイヤはロシア人である。大体フランスはそういう点で度量が寛く、前世紀の終り頃、ギリシャ人パパディアマントプーロス君をフランス象徴詩派のうちに引きずり込んで、ジャン・モレアスと命名して以来、ダダイスムの代表詩人トリスタン・ツアラはルーマニア人だし、モデルニスムの代表詩人ギヨーム・アポリネールはポーランド人だし、すこぶる陣営を補強した。もっとも絵の方でも、「エコール・ド・パリ」は殆《ほとん》ど外国人ばかりで、ピカソやミロなどのスペイン人、フジタの日本人、モヂリアニのイタリア人などを含むのだから、まるで人種展覧会の感がある。もっとも絵というのは、いわば万国共通語だから猫でも杓子でもパリへ行けば腕は上るそうだが、文学の方では、何しろ外国語を母国語なみに操るのは至難の業で、よっぽど子供の頃からそのつもりで修業しない限り、ちょっとフランス語で小説を書くことはむずかしかろう。

ところで少し脱線したけど、ここにアイルランド出のイギリス人で、従って英語を用いて小説を書きながら、その作品の何十冊かがすべて花の都パリを舞台にパリ警視庁の主任警視を主人公にするという、奇妙な二重国籍者に出くわした。マーテン・カンバランドという探偵小説家である。自分の国のダブリンでも舞台にすればいいのに、と僕なんか苦々しく感じないでもないが、ダブリンよりパリの方が読者受けはいいだろうし、何しろ作者は十何年もパリに住みついてすっかりお気に召したらしいから、単なるパリ病患者と同一視してはいけないらしい。といって、フランス語で書くほどの腕もなく、もっぱら異国情緒に頼ってフランス以外の国に売り込んだが、翻訳されるとフランス本国でも評判がいいという。これはきっとフランス人のgénérositéのせいだろうと僕は思う。

十一月の肌寒い朝、ブーローニュの森に、自動車に轢《ひ》かれた三十歳ばかりの女の屍体が見つかり、サチュルナン・ダックス警視とその子分のフェリックス・ノルマン警部補とが駈けつける。被害者は独身のオールドミスで、お針っ子を少しましにした位の洋裁師、なぜ殺されたのかさっぱり見当もつかぬという、お定まりの発端である。

とこれだけでも、フランス的な舞台装置であることが分るが、そこから故人の可愛い妹とか、しょっちゅう飯を食わしてもらっていた下手くそな絵かきとか、故人の家に下宿していたアメリカ帰りの老人とか、年の頃のさっぱり分らない名女優とか、いかにもパリの住民らしい人物が現れ、警視と警部補との二人づれが、あの町この町とパリ中を隈なく歩き廻って次第次第に謎が解けて行く段取りになっている。

ダックス警視は、でぶで、美食家で、洒落た科白を吐き、通りをぶらつくのが好きで、「なにか芸術家みたいなところ」のあるパリ警視庁の腕利きである。作者に拠れば、第一次大戦前はピアニストだったそうだが、これは子分のノルマン警部補がもとボクサーで絵心もあるというのに較べて、少々眉つばくさい。ダックス警視の最大特徴は、何と言ってもその大食いにあって、ブリヤ・サヴァラン以来の伝統を受け継いでいることは明かである。その点ではレックス・スタウトのネロ・ウルフと似ているが、ダックスの方は町の料理屋で詰め込み、ウルフの方は自宅の食堂で満腹するところが違う。ダックス警視が犯人を追い求めてパリの町々を駈けめぐり、その合間合間に平げる献立は、例えば、かき六十個、菊芋、アルサス産若鶏、クリームチーズと杏ジャム、加えるに飲物はモンラシェ、コーヒー、マールである。もう一回分の例を示せば、ボルドー風の貝料理、きのこ入りビーフ、栗入り七面鳥、蒸菓子、クリームチーズと杏ジャム、飲物は前と同じ。そして何時でも若い警部補が、まじまじと先輩の健啖ぶりを眺めて、いつになったら終るのかと感心している。このワトスン役は、彼なりの推理をめぐらして献策するが、ダックス警視がむしゃむしゃやりながら考えた智慧には及ばない、という仕組である。ただしその智慧も、驚くほどのものは何もない。この『ベアトリスの死』を見ただけでは、事件の方が勝手に底が割れて来て、警視の方はただ歩いていればいいことになっている。

ところでパリ警視庁といえば、誰しもすぐに思い出すのはシムノンのメグレ警部である。初めにちょっと引合に出したように、この作者はベルギー人だが、パリの下町の雰囲気を伝える腕前にかけては、純文学の作家連に些かも劣らない。従ってメグレがパリの町々をぶらついて「罠を張」れば、頭の働きから言っても、押し出しから言っても、ダックス警視よりは少々立派なようだ（これは贔屓にして言うわけではない）。一つにはシムノンに較べてカンバランドには小細工、小道具が多すぎる。パリの地図を参照しつつ、有名店から場末のカフェまで、やたらパリを振り廻しすぎる。どうもちょっと「お上りさん」じみた興味がありすぎる、と言ったら悪いかしら。

この『ベアトリスの死』に較べると、『パリを見て死ね！』の方は発端にイギリス人の少女が出て、これがパリ近郊で誘拐される。それを若いアイルランド人が心配して探し廻る。というスリルがダックス警視の活躍と平行して描かれているから、話の半分はお上りさんたちの恋愛物語で、構成が少々平凡である。それにFar better deadの翻訳題名がこれではどうも大袈裟すぎるが、これは作者のカンバランドに翻訳者が釣られたせいだろうと思う。何しろこの作者は、各章の初めに短い引用文をくっつけて愉しむ癖があり、その引用文が現代探偵小説からならまだしも、ダンテあり、セルヴァンテスあり、ゲーテありと来ては、その勢いに恐れ入らざるを得ないのだから。

僕は胃を悪くして、禁酒禁煙を余儀なくされ、食いものも哀れ小鳥の摺り餌のようなものを食わされているが、たまたま『ベアトリスの死』の中で、ダックス警視がワグラム街のバーでバーテンに話し掛け、「飲まないか」と誘うところにぶつかった。その時バーテンはにっこり笑って、自分用にミルクを一ぱい、それにグルナディン（ざくろのシロップ）を数滴落して、

「禁酒中のお客さん用のやつなんです」

そこで僕もまた明治屋に人を走らせて、このバーテンのひそみに倣うことにした。現にグルナディン入り牛乳を飲みながらこれを書いているが、実を言えば、そう大してうまいものじゃない。だからこれは明治屋の宣伝ではなく、カンバランドが小癪な男であることへの僕の鬱憤《うつぷん》なのである。

五番線バスの方へ

お抱えの名探偵がどの作品でも活躍するいわゆる名探偵システムから、最近は次第に名探偵抜きのスリラー・システムに移りつつあることは、前にもアンドリユウ・ガーヴを肴《さかな》にして述べておいたが、読者にしてみれば、生じっかな名探偵がいない方が面白いのには次のような理由がある。探偵小説の公式として殺人事件には被害者と容疑者とが必ず登場するわけだが、怪しい奴ばらの間に名探偵がまじっていたとしても、当然容疑者から除外しなければならない。ついでに名探偵に助手やら警官やらがくっつけば、この連中も犯人ではあり得ないし、こういうふうに容疑者が減れば減るほど、片やオールマイティの探偵一派、片や犯人候補の一派と、明かに二手に分れてしまう。だから例えばE・S・ガードナーのメイスン物では、弁護士と女秘書と私立探偵ポール・ドレイクの三人組は絶対にいつでも白だし、ついでに地方検事ハミルトン・バーガー、殺人課のトラッグ警部、ホルコム部長刑事なども犯人ではあり得ない。しかし眼光紙背に徹する如き熱心な読者にしてみれば、いっそ探偵をも疑ってかかった方が気が楽である。とすれば、登場人物すべてこれ怪しげな人物に充ち満ちたスリラーの方が、安心してぞくぞく出来るというものだろう。

スリラー物は一般に言って、非力な主人公もしくは女主人公が、いつの間にやら運命或いは悪人どもの網に引っかかり、次第に危機が迫るという筋書だ。この悪人が誰なのか、アイリッシュの『幻の女』やレヴィンの『死の接吻』など、すぐれたスリラーでは容易に分らず、主人公に迫って来る危機感に犯人は誰かの推理的要素が加わって、スリルを一段と高める。これが読者をおびやかす公式と言える。

ところが同じスリラー物でも、悪人が初めから姿を見せている場合がある。そいつがオールマイティに近い存在で、名探偵の白に対してこちらは黒そのもの、それをのっけから読者に教えておき、さてその上で主人公が、如何にしてこの悪人の仮面を剝ぐか（それが剝ぎそこなって、逆にこっちの身が危くなるか）という点でぞくぞくさせる。この方法の成功したものが、シャーロット・アームストロング女史の『疑われざる者』であろう。

悪人は疑われざる者として悠々自適、女秘書と金持の娘と綺麗な娘と、三人ほど若い女を自分の家に住まわせている。金持の娘が出奔しその船が沈んで死ぬ。女秘書が自殺する。そこに現われるのが兵隊がえりの若い男と、彼の叔母さん（には違いないが年はずっと下で、そこに変なおかしみがある）の二人。死んだ女秘書の縁つづきで、彼女が殺されたのではないかと疑われざる者を疑い始める。そこで叔母さんの方が身分を偽って女秘書にやとわれ、男は一芝居うって、金持の娘が船に乗る前に結婚した良人だと称し敵陣に乗り込む。ところが娘は死んではいず、無事帰って来て偽の良人と対面する。良人は「君は記憶喪失症だ」といってごまかす。とこれだけの筋でも、この作品がスリラーと滑稽との巧みな混合物であることが分るだろう。疑われざる者は、いずれ金持の娘を殺して財産を奪う気らしい。男は綺麗な娘から有益な証言を得るが、とたんにこの娘も自殺と見せかけて殺される。男は金持の娘を味方に入れようとするが、頭から信じてもらえない。これが前半。後半はそれまでの心理的スリラーと打って変り、安全なアクション・ドラマである。若い男があっという間に悪人の手でさらわれる。トランク詰にされ、ゴミ焼きの炉の中で焼き殺されそうになる。それを助けるべく女秘書の叔母さんと金持の娘と無能な警官とが大騒ぎする。筋骨たくましい青年があっけなくのされて、後半では全然活躍せず、眼をまわしたきりだというのも、実におかしいやら怖いやらで、作者の腕をうかがわせるに足りる。

『夢を喰う女』も同工異曲だが、この方が手が込んでいる。やはり初めから悪人が登場するが、悪人が何を目論んでいるのか途中まで分らない。その代り、一人の女が気を喪っていた間に、全く別の場所にいたことを思い出し、しかもそれが客観的に証明されるという陰謀が、繰返して出て来る。これを不可能趣味で描けば、ディクスン・カーの『読者よ欺かるるなかれ』やヘレン・マクロイの『暗い鏡の中に』と似たようなみそになるのだが、アームストロング女史は、楽屋裏の方も同時に書いて行くから、だいぶ狙いが違う。話の最後は例によってスリル満点だが、全体としてちょっとごたごたしすぎた感がないでもない。

アームストロング女史がスリラーの大家であることは、この二作でも、充分証明されるが、彼女の持つ独創性を一段と発揮したのは何と言っても『毒薬の小壜』である。公式破りの作品で、殺人もなければ犯人もない。悪人も登場しなければ陰謀も行われない。主人公はオリーヴ油の小壜に入れられた一ドラムの毒薬である。この主人公の行方不明をめぐって、読者を顫え上らせる魂胆である。

前半は五十五歳の独身教師と同僚の忘れ形見である優しい娘との恋愛物語で、遂に二人は目出たく結婚する。教師の妹のオールドミスが手伝いに来たままいっこう帰らず、小姑つきの新婚生活が始まるが、主人は取越苦労、妹は出しゃばり、妻は引込思案と来て、そこに少しずつ影が射して来る。とどのつまり小心者の主人は、妻が友人と恋し合っていると思いこみ、友人の実験室から毒薬を失敬し家へ帰って自殺を計るつもりでいたところ、五番線のバスの中で、折角の小壜を落してしまったというのが話の半分。

後半は夫婦が、毒薬の小壜を探して歩く巡礼紀行で、ここからテンポの早いアクション・ドラマになる。五番線バスの運転手がまず登場し、その時のバスの乗客を一人思い出すが、これが運転手の意中の人であるブロンドの看護婦さん、その看護婦さんの思い出すのが慈善家の奥さん、その奥さんの思い出すのが変り者の絵かきさん、その絵かきさんの……という具合に、五番線バスの乗客メンバーは次々にふえて行くが、その間にも刻々に時はたつ。落し主の主人はますます蒼くなる。段々に輪が狭まって行った最後には、オリーヴ油のつもりで毒薬で味つけしたスパゲッティが、今まさに或る人の口の中に滑りこみそうになる。

この着想はすこぶる日常的で、薬屋が間違えて毒薬を売ったなどというニュースと同じ性質のものだが、アームストロング女史の滑稽スリラーでも、登場人物がすべて善人で、誰が死んでも困るという読者の願望が、巧みに計算されている。バス乗客たちの会話もなかなか高尚だし、（中でも最も高尚なのが運転手、というのも笑わせる）いくら高尚でも野次馬は野次馬という皮肉もあり、人間の善意を無条件で称えているわけではないらしい。とにかくスリラーの新手と呼ぶに足りる。

ヨット「幸運児」号の方へ

いわゆる探偵小説のそもそもの鼻祖は、誰でもエドガー・アラン・ポーに指を屈するだろうが、ポーの作品の中にも二種類あって（勿論、文学的に区分すれば何種類にもなるのだが、特に探偵小説に限った場合）その一つは狭義の探偵小説、名探偵デュパンの活躍するもの、「盗まれた手紙」を筆頭に、「マリイ・ロジェ事件」と「モルグ街殺人事件」とがあり、その別格として、「黄金虫」のような暗号小説的宝探しの物語がある。もう一つの方は、罪と死とに取材した短篇で、これはポーの作品全体の多くの部分を占めているが、「黒猫」と「赤い死の仮面」とを例にあげておこうか。

ところでポーの場合には、狭義の探偵小説でも文学的感興を盛り上げていて、決して単なる遊戯ではないが、後者のような広義の犯罪小説に於ては、犯罪は単なる材料にすぎず、それを料理する作者の腕前が水際立っているため、僕等はふつうこれを探偵小説のジャンルの中に加えない。名探偵デュパンの出て来る作品だけで、シャーロック・ホームズからエルキュール・

ポアロに至る伝統の原型とするのに、充分すぎるからであろう。

こうした名探偵ものを初めとして、その亜流であるハードボイルドの勇ましい探偵小説に於ても、一言で言える共通点はハッピイエンドであることだ。これは娯楽小説の、そしてまた娯楽映画の、常に公式なのだが、探偵小説ほど公式の図式を明かに示すものは一寸ない。殺された被害者の霊は最後に必ず慰められ、無実の容疑者は青天白日の身となり、名探偵はそれまでの失敗の汚名をそそぎ、犯人は電気椅子へ歩かされるなり、自殺するなり、とにかくめでたく決着する。従って探偵小説は、謎が解決されるという目的に従えば、どうしても娯楽的にならざるを得ない運命を持ち、めったに文学的或いは芸術的ならんと試みても、肝心の公式によって縛られてしまっている。勿論、謎が解けるということは一種の文学的カタルシスにも通じるし、勧善懲悪もシェイクスピアぐらいになれば、決して娯楽的というだけではすまされない。しかし探偵小説の範囲内にとどまる限り、なかなか純文学的には仕上らないものだ。ジョルジュ・シムノンは、メグレ探偵を活躍させているうちに次第に野心が大きくなり、ノーベル文学賞を目指して純文学作品を書くと宣言したが、そういう傾向の作品では決して名探偵は登場しない。

そこでまたポーに戻ると、ポーの広義の探偵小説には、ハッピイエンドでないものが幾つもあることを思い出してほしい。例にあげた「黒猫」は犯人自滅小説で、勧善懲悪の一種には違いないが、「赤い死の仮面」に至れば、これは残酷小説の傑作で、悪魔的な美しさを描いている。そしてこうしたジャンルは、リラダンやワイルドなどの唯美的作品に通じるもので、犯罪や悪が、美と結びついている。従ってこのジャンルを押しつめれば、悪魔的な探偵小説が誕生してもいいわけだ。単にハードボイルドの悪徳小説でなく、広義の探偵小説として悪の主題に則った作品が生れないものかと思っていたら、意外にもフランスの無名の新人が、奇妙に残酷な小説を書いた。しかも作者が女性だから驚かされた。

一人も身寄のない三十四歳の女性が、「妻を求む」という新聞広告を読むところから始まる。相手は莫大な財産を持つらしい。彼女はそれに応じる手紙を書くが、これがなかなかの名文である。その結果、彼女は予選をパスして、財産家の秘書に会うが、この秘書が彼女の黒幕になって、彼女が妻になれるよう努力する、但し成功の暁《あかつき》には分前として二十万ドル貰う、という契約が成立する。その予備工作に、秘書は彼女を自分の養女にする手続きをし、また彼女が結婚した時の名前で、二十万ドルの横線小切手をここに同封するという趣旨の手紙を書かせる。これがいざという時の、秘書のための保証ということになる。

それから始まるのが、気むずかし屋の財産家と、秘書と養女（彼女は看護婦に化ける）の一組との心理的戦争である。財産家はヨット「幸運児」号に乗って、地中海や大西洋を漫遊しているが、次第に看護婦の作戦に引掛り、彼女と結婚する気になる。この部分の心理的な掛引はなかなかうまい。二人はアテネの沖合で結婚し、ヨットはニューヨークに向う。秘書は彼女に、日附入りの二十万ドルの小切手を作らせて、それを受け取る。そして夕方ニューヨークに着くというその朝、財産家はヨットの中で毒殺されている。

ここまでが分量として全体の半分に少し足りない位だが、話の表、シンデレラ物語である。

裏の方は陰惨でグロテスクなゴチック・ロマンスとなる。まず秘書の命令で、彼女は死体を椅子に乗せ、生きているように見せかけて、ニューヨークの屋敷まで自動車で運ぶ。これはどうみても不自然な方法だが、秘書に言わせれば、彼女に財産を贈るという故人の遺書が明日にならなければ公文書として登録されない、それに識り合いの医者にごまかしを頼むことも出来るというので、彼女が何となく納得させられてしまう。このスリル満点の死体を運ぶ場面が、読者に共感を与えれば、この小説は成功だし、もし読者が、そんな馬鹿なことをするとは、今迄の賢い女の印象とはそぐわないじゃないか、と言ってしまえば、作品の後半は興味が半減するだろう。事実このあとは、如何にこの女が愚かで、如何に秘書の完全犯罪が緻密だったかを示すだけのものである。残酷でくどい。彼女は死刑になる前に自殺し、秘書は養女の死を悲しんで、不幸な父親の役割を果す。

これがカトリーヌ・アルレエの『藁の女』の筋書である。「藁の女」という題名が実に含みが多くて、植草甚一《うえくさじんいち》氏の解説によれば「囮にされた女」という意味だそうだが、「名前だけ貸す」とか「中身はからっぽ」とかの意味も「藁」の中にある。小説の前半では、中身の詰っていた筈の女が、後半では全くからっぽになるが、特に前半に盛られた伏線の巧みさは、作者が加害者の側に立っていなければ、気のつきそうにもない程のものだ。それを被害者の側から描いた点が凡手ではない。

ところでこの一風変った探偵小説が、果して文学的な高さにまで引き上げられているかと言えば、やはり少々物足りないようだ。それは悪の被害を描くことよりも、悪のトリックを描くことに重点があって、思想としての悪が不足しているからだ。植草氏が引合に出していられるポーリン・レアージュには、思想があったと僕は思う。探偵小説に悪の形而上学が加わった傑作は、とても望めないものだろうか。

＊　＊　＊

アルレエの作品はこの後ぞくぞくと紹介されたが、どうも『藁の女』を抜くだけのものはまだ生れていないようである。ポーリン・レアージュは『Oの物語』という、これ一作だけの閨秀作家で、作品は一種のポルノグラフィと心理小説との合の子のような、特異なものである。この作者は噂によればジャン・ポーランの女秘書（名前を失念した）のペンネームで、しかもこの小説はポーランが自分で書いたものだそうである。とすれば文学的なのは理の当然と言わなければならない。『Oの物語』は何とか賞（これも失念した）を貰ったが、その授賞式に、レアージュは黒覆面で顔を隠して現われたそうだが、カトリーヌ・アルレエは顔写真もあることだから、文豪の変名ではなかった。しかし初めは色々と取沙汰されたものである。

百番目の傑作の方へ

日本読書新聞が世界探偵小説の九十九の傑作という記事を紹介した（九九〇号、九九三号）。もとはイギリスの週刊誌「サンデー・タイムズ」に載ったもので、英米の探偵作家や批評家など数氏の意見を求めて、ジュリアン・シモンズが選択編輯したとある。九十九篇も集めれば大抵の傑作は網羅していそうなものだが、探偵小説の読者は常に自分の好みが強いから、そのへんを慮《おもんぱか》ってわざと百番目が抜かしてある。読者が勝手に選ぶようにというイギリス的ユーモアだが、実際に読者はそんな手間を掛けるだろうか。日本読書新聞は、更に趣好を凝らして、わが国の作家やジャーナリストを九人集めて解答を求めた。僕もその一人に選ばれて、何となく気のいいところを発揮して承知したが、実際にやってみるとこれは仲々の難物である。何しろ九十九篇も作品名が並べば、自分の考えている傑作がそこに含まれているかどうかは、よほど丹念に探さない限りつい見落してしまう恐れがある。現に九名の解答者の一人、聡明なる花田清輝《はなだきよてる》氏は、ケネス・フィアリングの『大時計』を選んだところ、この作品はまさに現代の部にはいっていて、次の号に訂正が出た。花田氏のような眼光紙背に徹する批評家でもこの始末だから、僕なんか小心翼々としてテキストを読み返し、とんだ時間を潰してしまった。

ところでこの九十九篇のうち、一人で二篇選ばれた作家が九人いるから、作家数は九十人になる。随分たくさんいるものだと思うが、但しこのリストの中にはひどく純文学的なものもまじっている。ポーの短篇集は当然だし、スチーヴンスンの『新アラビアン・ナイト』とか、モーリア女史の『レベッカ』とかは広義のミステリイで許せるとしても、ドストイエフスキイの『罪と罰』やフォークナーの『サンクチュアリ』がはいっているのは、少々間口が広がりすぎている感じだ。こういうところが折角の九十九篇に、一本の線が通っていない気のする原因だろう。だから文句をつけ出すときりがない。例えば名の通った作家の選ばれた作品を少しあげると、エラリイ・クイーンが『ギリシャ棺の秘密』と『クイーンの冒険』の二冊だが、わが国の読者に圧倒的な人気を持つのは『エジプト十字架』と『Yの悲劇』だろう。アガサ・クリスティー女史は『アクロイド殺し』と『死が最後にやってくる』の二冊、前者は定評に則り、後者は味を狙った選びかただが、これも作品が多いだけに『ABC』や『ゼロ時間へ』や『三幕の悲劇』や、読者の意見がだいぶ分れそうである。ディクスン・カーは『三つの棺』の一作。これも作品が多いから異論があるだろう。クロフツの『坑木会社の秘密』というのは僕は知らないが、『樽』とか『マギル卿最後の旅』とかの方が妥当だろう。アントニイ・バークリイも『毒入りチョコレート』より『試行錯誤』がいい人もいよう。だいたい一人二篇の大家はクイーン、クリスティーの二人の他にコリンズ、ドイル、メイスン、シムノン、チャンドラー、セイヤーズ、イネスなどだが、そうなると例えばヴァン・ダインが『グリーン家殺人事件』一作なのには『僧正』を加えたくもなるだろうし、ブッシュの『完全殺人』と『百パーセント・アリバイ』、フィルポッツの『赤毛のレドメーン』と『闇からの声』のせめて一篇ずつなりとも入れたくなる。ノックスの『陸橋殺人事件』、ハル『伯母殺し』、ワイルド『インクェスト』、ヒルトン『学校殺人事件』などは客観的に見てもベスト一〇〇には数えられそうだし、新しいところではブリーン『ワイルダー一家の失踪』、ガーヴ『ヒルダよ眠れ』、マッギヴァーン『最悪のとき』（又は『緊急深夜版』）などは僕の好みとしても、あってもいいようだ。

　そこで初めに戻って、第百番目の傑作を九人の人が選んでいるからそれを少々ひやかしてみよう。作家代表の江戸川乱歩氏が『赤毛のレドメーン』で、同じく木々《きぎ》高太郎《たかたろう》氏が『闇からの声』というのは、お二人の作風からいってもしかあるべきところで、フィルポッツも「サンデー・タイムズ」の選には洩れたが以て瞑すべきであろう。同じく作家代表の松本清張《まつもとせいちょう》氏は、ぐっと古びてフレッチャーの『ダイアモンド』だが、氏は多忙にすぎて近頃はあまり探偵小説はお読みにならないようですね。次に批評家代表として植草甚一氏がウィリアム・モールの『ハンマースミスの蛆虫《うじむし》』、ジャーナリスト代表としてEQMM編集長の都筑道夫氏がノエル・クラッドの『野蛮人』、同じく「創元社推理全集」の編集長厚木淳《あつぎじゅん》氏がハドリイ・チェイスの『ブランディッシュ嬢の蘭はない』と、未邦訳の傑作がずらりと並んだのは、如何に皆さんが「学」があるかを示してあまりがある。当然これらは広告を兼ねているのだろうから、早川書房と創元社とから翻訳が出るのが待ち遠しいようなものだ。次に読者代表（だろうと思うが）

として哲学者の三浦《みうら》つとむ氏がワイルドの『インクェスト』、それから僕がダールの『あなたに似た人』を選んだ。花田清輝氏が選び直された作品がやはりこれだから、僕の選もなかなか妥当であると、証明されたと見ていいだろう。

ベストテンというような遊戯がはばを利かすのは、まず映画と探偵小説の二つ位のものではないか。これは決して、映画と探偵小説が芸術ではないと軽んじたことにならない。寧《むし》ろ如何に大衆性を持っているかの証拠みたいなものだ。読者もひとかどの批評家になって、自分の選択を愉しむことが出来る。ところが厳密に選ぶとなれば、肝心の作品を全部、見ているか読んでいるかしなければならないのだから、その労苦は並々でない。ちょっと脱線をすれば、僕は大学生の頃「映画評論」という雑誌でアルバイトに映画批評をしていたが、たまたまその夕方からベストテン会議をするという日の午後、同じ仲間の清水晶《しみずあきら》だか登川直樹《とがわなおき》だかに、吉村公三郎《よしむらこうざぶろう》の「暖流」は絶対上位にはいるから急いで見て来い、と言われた。そこで映画館に飛び込んだが、これがばかに長ったらしい映画で、会議に間に合うためには終りまで見ることが出来ない。御贔屓の水戸光子《みとみつこ》もろくろく愉しむだけの心のゆとりがなかった。結局ベストテンのびりに入れたような気がする。

というわけだから、ベスト九十九の傑作も、この頃は探偵小説を翻訳でしか読まない僕には、未読のものが数多くある。公平に第百番目なんか選べるものではないし、十だけ選ぶのでも怪しいものだ。しかしこのリストの最後の一篇、エリンの短篇集と、花田氏と僕との選んだダールの短篇集とはこと短篇集に限れば、ベスト二十くらいには必ずはいると思う。

＊　＊　＊

都筑道夫君はその後ＥＱＭＭの編集長をやめて、ちゃんとした探偵作家になった。『ブランディッシュ嬢の蘭はない』をはじめとして、ハドリイ・チェイスの翻訳も幾つか出た。月日の経つのは早いものである。水戸光子なんて今の若い人はまるで知らないだろう。

封をした結末の方へ

探偵小説を批評するためには、それを書くのに面倒くさいルールがあるのと同様に、やはり窮屈なタブーが控えている。例えば犯人の名前とかトリックの仕掛とかを決してばらしてはいけない。それは読者が原作を読む際の、自分で推理するという愉しみを奪い取るからである。もしも批評が、確実にその原作を読んだ読者のみを相手にするならこんな気苦労は要らないが、しかしそれは絶対に不可能なことだから、結局探偵小説の批評という奴は成り立たないではないか、というのが僕の考えだ。このことは前に本誌の「証人席」というのに書いたことがある。従って既に原作を読んだ読者どうしの間でしか、活発な議論というものは行われないのだし、その時には読者はみな批評家を兼ねて自己満足しているのだから、ますます専門の批評家の出る余地はなくなってしまうだろう。

僕は何もこの欄で、探偵小説の批評をやっているわけではないが、気楽な散歩を試みていてもこれで仲々タブーにぶつかることが多い。先日中村真一郎が僕に忠告して、君の「散歩」を読むと筋が分ってしまうから読まないという人が多いぞ、と言った。甚だ心外である。筋を書くのも或る意味ではタブーなので、それを承知で筆が滑るというのも、あまり制約ばかりではつい書くこともなくなってしまうのが原因である。

　と、こんなことを言い出したのは、確実に原作を読んだ読者のみを相手にして、都筑道夫君が気持のよさそうな解説を書いているのに出くわして、大へん羨しく思ったからである。ビル・S・バリンジャーの『消された時間』はハーパーから出版された探偵小説だが、原作同様に翻訳でも、終りの三分の一ほどが厳封されていて、封を切らずに出版社に本を持参すれば、値段通りのお金を返してくれることになっている。これは小説のみそというより、出版宣伝のみそみたいなもので、誰がわざわざ買った本を返しになんか行くものか。それは面白いとか詰らないとかいうこととは別問題である。

　ところで右の厳封の中に都筑君の解説もはいっているわけだから、それを読む読者は、必ず本文を読み終っているわけだ。如何に都筑君が涼しい顔をしてこれを書いたかと思うと、探偵小説の批評家をはじめ僕のような気軽な散歩者まで、みな一様に口惜しがるのも当然だ。この作品は確に一つだけ重要なみそを持っていて、一番最後まで読まなければこの構成の面白味は分らない。しかし僕は、如何せんそれを説明するわけにはいかないのである。

　バリンジャーは『赤毛の男の妻』というのを前に読んだ。脱獄して妻と共に逃げる男とそれを追う刑事との、二重の物語を交る交る書く手法を使っていたが、これはスリラーとしてはよくある手で、特にみそという程ではない。両方の話は最後で一致する。ところが『消された時間』の方は、やはり二重の構成だが、そこに複雑な意味があって必ずしも最後で一致しない。一つは記憶喪失者の主題であり、一つはマンハッタン警察分署の活躍を物語るが、この方では特に主役らしい人物もなく、そっけない文体で報告書の体裁に近い。記憶喪失者の方はいわば喪われた彼自身を求めながら、彼を狙っている男を逆に追って行くスリラー仕立で、主人公が誰なのか本人にも分っていないのだから、読者の方もそれが分るまでは附き合わざるを得ないし、そのうちに厳封の部分になって、あとを読むか代金を返してもらうかという二者択一を要求される破目になる。

　終りの三分の一に封をするというのは、本格的謎解き小説ならどんな作品にでも当てはめられる方法で、解決篇を先に見てしまえば興味索然とするのは探偵小説の宿命であろう。ところがこの『消された時間』では、決して謎解きの方に重点があるのではなく、ただ作者のみそが早く分っては困るという点だけにあるので、少々はったりじみている。つまり何も警察の活躍などを平行して書かずに主人公に関する物語だけでこれが出来上っていたとしても、スリラーとして傑作ならそれで充分の筈だ。実際この小説では、マンハッタン警察分署の調査の部分は、無味乾燥でさっぱり面白くない。最後に至って、なるほど、と呟くだけの代物である。スリラーの方も何となく物々しい反面、主人公が怖がっているほど読者は怖くない。つまり僕は今迄に読んだ二作だけでは、バリンジャーをあまり高く買わない。

　こんな悪口を書くのも、封をする以上はそこが解決篇であり、従って本格的謎解き小説だろうと、こちらがあまり期待しすぎて読んだせいだろう。そこでどうせ封をするなら、二〇頁目か三〇頁目か位から後を封にしたらどんなものだろう。これは本格物とスリラーとを問わないが、とにかく発端が素晴らしければ誰だって引き続いて読むのだから、何も一三〇頁まで待つことはない。本当に自信のある探偵作家なら、初めの数頁で読者に厭《あ》きられるようではおしまいだから、進んで賭に応じる筈である。

フランス人の批評家ホヴェイダの書いた『推理小説小史』の中に、やはり解決篇を封の中に入れたという本のことが出ている。第二次大戦の数年前にイギリスで出版され、作者はデニス・ウィートリイとI・G・リンクス、本の名前は書いてない。本文の方は、何でも警察の報告書とか、証人の証言とか指紋写真とか、汽車の切符とかのはいった書類入れの体裁をとっていて、読者が（それでも読者と言えるなら、と作者は註を入れている）事件の真相を充分に研究したあとで、初めて別の封筒の解決篇をのぞくという仕掛である。何だかこの方がバリンジャーよりも面白そうである。つまり封をするだけの必然性があるからだろう。

近頃は手の込んだ方法がはやるが、封をする位なら、その部分を抜きにして犯人当ての懸賞でもしたらどうだろう。但し雑誌でやるのと違って、単行本の場合には読者が解決篇の出るまで待ち切れない恐れもある。しかし犯人の名前が当りさえすれば、本の代金どころか大枚の賞金が貰えるとなったら、存外ベストセラーになるかもしれない。終りのない小説というのは、短篇ならリドル・ストーリーというのがあるが、長篇ではあまりお目に掛らない。もしも長篇のリドル・ストーリーを誰かが書いて、解決篇を読者から求めてそれを出版したらどんなものだろう、――などと詰らぬ素人考えばかりあれこれ書いたというのも、『消された時間』を封を切らぬままで都筑君に渡して、本代の百五十円ほどを貰いそこなった僕の口惜しさのあらわれであろう。

＊　＊　＊

ホヴェイダの本は『推理小説の歴史』という題名で、僕が創元社から頼まれて翻訳を出した。ところが高尚すぎて、さっぱり売れなかった。いくら推理小説がはやっても、学問とは縁遠いものなのだから、「歴史」まで覗いてみようなどと奇特な考えを起す読者が、そうそういる筈もない。とんだ誤算だった。

マジスン市の方へ

　ここに新刊の翻訳探偵小説が四、五冊あり、ありがたいことに今晩暇だとすると、僕が取り上げる一冊はまず確実にＥ・Ｓ・ガードナーの作品である。彼のメイスン弁護士ものはあきれるほど翻訳が出て、そろそろ五十冊くらいになるのじゃないかと思われるが、それを僕は全部といっていい位読んでいる筈だから、これまたあきれる。バーサ・クール女史とドナルド・ラム君との登場する「どたばた」シリーズも、僕は大好きだ。しかしこの両者はいずれ取り上げることにして、今回はマジスン市の方へ散歩に行こう。

　ここで少し脱線すると、ガードナー作品の最大の魅力は、後味がさっぱりして、読み終ったその瞬間に、筋から人物からまるで忘れてしまう点にある。勿論僕には健忘症的素質があり、かつ探偵小説には一般に健忘症を促進させる機能があるが、ガードナーの、それもメイスン物ほど、見事に忘れさせてくれるのは他にはまずない。メイスン物の題名だけをずらりと眺めまわしても、どれ一つ確に読んだという記憶が出て来ないのだからがっかりする。

マジスン市なる架空の都市の、新任検事ダグラス・セルビイを主人公にするD・A物は、今のところ翻訳はただの三冊だが、筋を忘れさせることに変りはない。その代りガードナーの作品は、どのシリーズも主人公を取り巻く人物たちが必ず姿を見せて、毎度お馴染の舞台装置によって読者の記憶力を刺激する仕組になっているから、読者にすこぶる安心感を与える。それがD・A物では特に目立っている。

主人公の地方検事ダグ・セルビイに、彼より二十五も年上の保安官レックス・ブランドが手足の如く働き、そこに美人の新聞記者シルヴィア・マーチンが加勢するとあっては、この三角関係はまさに、弁護士のメイスンと私立探偵のドレイクと女秘書のデラ・ストリートとのチームに生き写しである。メイスン物では毎度憎まれ役の地方検事や警部が敵がたに廻るが、D・A物では市のボスや前任検事の息のかかった警察が行手を遮る。しかもシルヴィア嬢がクラリオン新聞の記者であるために、反対派の新聞であるブレード新聞の一派がことごとに反対運動をやる。というふうに敵味方の関係が第一頁から一目瞭然であり、主人公のセルビイ検事が若くてすばしこくて頭がいいと来ているのだから、当然メイスン物に負けないほど面白い筈なのに、これが一段も二段も落ちる（と僕には思われる）のは、どういうわけだろう。

D・A物の最新作『検事卵を割る』でも、その発端の面白さはさすがガードナーである。一章で、ブレード新聞の社長が地方検事を懐柔しに来てはねつけられる。二章でマジスン市に初めて来た若い娘が、シカゴにいる婚約中の恋人に電話を掛ける。三章で、彼女は恋人の家に到着し、彼氏の母と妹とに会うが、その晩彼女の自動車を誰かが操縦して出掛けるということが起る。自動車が戻って来ると、そのあとで妹の部屋に泥棒がはいる。四章で、町の公園に女の屍体が発見され、地方検事と保安官とが出張する。それからは例によって、主役の三人組があっちこっち歩き廻って、失敗したり成功したりする。最後に成功することは勿論だが、どうもそれまで、メイスン弁護士みたいに快刀乱麻というわけにはいかない。つまらない失敗が多すぎる。というのも、事件の裏に「どんな困った事件が起っても、この人に頼めばABCのように易しい」と噂される、すこぶる悪賢い刑事弁護士A・B・カー老が隠れているからなのだ、ABC老が糸を引いている限り、若い地方検事にはなかなか事件の全貌がつかめない。何といっても弁護士の方が役者が一枚上手である。

処女作の『検事他殺を主張する』では、このABC老は登場しないが、『踏み切る』と『卵《ろう》を割る』ではまるで主人公である。もっともあんまり表面には現れない。たまに現れても、老猾《かい》ぶりを発揮して、バタ入りホットラムを検事にすすめて御機嫌をうかがう。ところが大急ぎでは飲めないこのラムの御馳走にも、ちゃんとした魂胆があるのだから、弁護士の賢いことは疑いを容れない。

と考えると、D・A物がメイスン物の裏返しであることは明かだ。主客転倒して、いつもは憎まれ役のハミルトン・バーガー地方検事が悪徳の名も高いペリイ・メイスンを向うにまわして見事な勝利を収めた、というようなものだ。これでは大して面白かるべき筈がない。何といっても地方検事の側には、正義と法律、つまり権威がついてまわり、プレード新聞がどんなにお金もあり勢力もある反対新聞でも、検事と行動を共にするクラリオン新聞の女記者が、常に有利な足場を占めているのは当然であろう。メイスン弁護士が人気を呼ぶのは、敵がたの検事局や警察があらゆる点で優勢に思われ、こちらは神速機敏な行動を取って機先を制する以外に勝目はない状況なのに、必ずや機先を制し、必ずや裁判で引繰り返してみせる点だろう。叙事詩的英雄の資格は充分である。これに反し、セルビイ検事には誰しも大して贔屓したくはあるまい。

このへんから僕が空想をほしいままにして、もしもメイスン物で相手かたの地方検事がバーガーさんでなくてセルビイさんだとすれば勝負は如何と考えたが、それはもう問題にならず第三ラウンドあたりでKOであろう。但しどっち側にも取巻きがたくさんいるから、例えばデラ・ストリートとシルヴィア・マーチンとが喧嘩でもすれば、さぞや面白い光景が見られるだろう。

もう一つの取組は、片やバーガー検事、片やABC老という場合だが、これは伯仲した好勝負が見られることは間違いない。しかしどうもABC老の方に勝目があると僕は睨んだ。この煮ても焼いても食えない弁護士は、メイスンほどの頭脳も行動力もないかもしれないが、ただ一つ奥の手がある。『踏み切る』の中で、彼はだんだんに追いつめられ（必ずしも彼がへまをやったわけではない。責任は依頼者たちの側にある）とうとう逮捕されそうになる。そこで手取り早く証人の一女性と結婚してしまう。つまりせっかくの証人も、良人に対して不利益な証言は出来ないから、三年の時効が過ぎるまでは奥さんを大事にしていれば助かるというわけだ。何たる早業か。

この奥の手ばかりは、如何なペリイ・メイスンといえども用いるわけにはいくまい。万が一、彼が証人の女性と結婚するの止むなきに至ったなら、ストリート嬢はどんな反応を呈するだろうか。猛烈な嫉妬心を起すだろうか、妻と女秘書とは別よ、とあっさり割り切るだろうか。興味津々たる研究課題である。

クール&ラム探偵社の方へ

前回にE・S・ガードナーのD・A物の悪口を書いたがどうも寝覚がよくない。何しろガードナーは僕の御贔屓筋だから、取り急いで名誉を挽回させてやる義務がありそうだ。そこで真打のメイスン物はいずれとして、ここではクール&ラム探偵社の方へ散歩に行くことにしよう。これは作者がA・A・フェアの変名で物している滑稽物シリーズである。この変名も人を食っていて、D・A物に悪徳弁護士ABC老が登場することは前回に書いたが、このAAF老のFはフェアプレイのフェアで、本当ですか、と問い返したくなるような代物だ。

主役の二人がすこぶる特徴を持っていることは他のシリーズ物と同じだが、この場合取り合せがうまい。B・クールと書けば男か女か分らないし、現に探偵社のドアには金文字でB・クールとしか書かれていない。依頼者は必ず男のところに相談に行くので女なんか相手にしないというのが、この女所長の考えだが、どうして生じっかな男よりよほど腕っ節が強そうだ。かた肥りで体重一六五ポンドあり、彼女が動き出すとビルの建物全体が地震のように揺れ出すという騒ぎだ。もっともこの一六五ポンドというのを我が国の貫目に換算してみたら二十貫弱ということになった。これならさして驚くほどの大女でもあるまいが、一方のドナルド・ラム君が小さいから、よっぽど大きく見えるんだろう。この方は、クール女史に言わせれば「頭から水をつけてせいぜいふやかしても一三五ポンドしかないし、生れて一度も喧嘩して勝ったためしのない」「笑ってくたばる奴もいる」といった男だ。換算すれば十六貫強になる。但し僕は算術は苦手だから、計算に責任は持たない。

この二人の共同経営になる探偵社は、専らクール女史が内勤の金勘定、ラム君が外廻りの殴られ役ときまっている。女史は大きな図体に欲の深そうな小さな目を光らせて、金のありそうな依頼者が現われるたびにラム君のお尻を蹴飛す。ずぼらなラム君はしょっちゅう出勤時間に遅刻するが、ものの三十分で「社の金を十万ドルも使い込んだような大騒ぎ」(『女は待たぬ』)が起るのだから、ラム君も気の毒な男だ。一歩表に出れば腕っ節も駄目、ピストルなんか触ったこともない始末で、警察には苛められる、ギャングには殴られる、社へ戻れば女所長にがみがみ怒鳴られる、まるで取柄はないが、それが不思議と探偵社の女秘書エルシー・ブランドに色眼を使われているのみならず、ありとあらゆる美人から常にちやほやされるという奥技があって、彼が聞き込みに歩けば謎は向うから(向うにいるのは大抵女ばかり)解けて来るという仕組だ。頭だっていいに違いない。

このクール&ラム探偵社シリーズのみそは、でぶ女とちび男とのどたばたコンビにあることは勿論だが、加えて絶対に損はしない、というより必ず大いに儲けるところが光っている。警視庁づめの名刑事ならサラリーだけしか貰えない相場だが（もっとも『列車の死』でフレンチ主席警部が、功を買われてめでたく警視に昇進する、というようなことはある）その点私立探偵は稼がなければ商売が成り立たないのだから、如才のないポアロにしても謹厳なフィロ・ヴァンスにしても、しこたま溜め込んだに違いない。しかし女丈夫バーサ・クールにはかなうまい。どんな探偵小説も、収支金額は明示しないようだが、Ａ・Ａ・フェアの特徴は、如何にして事件の謎が解けるかにあると同時に、如何にしてこの二人組が儲けたかという点にある。その代表作は『嘘から出た死体』で、次に僕がその収支勘定をしてみよう。

依頼者ビリングズ二世からクール女史がせしめるのは、調査前金三〇〇ドルとうまく行った時の賞与が五〇〇ドルという約束。二人の女の行方を探すという簡単な仕事である。

ラム君が使ったのが、モテル宿泊代（二〇ドル）サンフランシスコまで飛行機往復代（不明）靴みがき代（二ドル）マニキュア代（不明）女の子との食事代（不明）、ところがこの調査はビリングズ二世が故意にアリバイを固めるためのインチキと睨んで、ラム君は更に調査を続け、モテル女中にチップ（五ドル）お巡りにチップ（一〇ドル）新聞売の少年に新聞代及びチップ（五ドル二五セント）使って、シスコの安ホテルに、転り込んだなり、遂に金につまってロスアンジェルスの探偵社に先払い電報を打つ。従って彼がクール女史から調査用に貰ったのはせいぜい半額の一五〇ドルだろう（ちゃっかり屋の女所長が残りの半分を金庫にしまったことは確実だ）。ところでラム君は、ビリングズ二世（そこに親父の一世も現われる）にこの調査依頼はインチキだといきまいたため、賞与の五〇〇ドルはふいになり、女所長は激怒しラム君はシスコで孤立無援、女秘書からへそくり三五〇ドルを送ってもらって、やっと息をつく始末。

ところがそのあとが凄い。彼は大いに奮起し、大活躍の末、殺人事件の嫌疑を受けたビリングズ一世から調査費一〇〇〇ドルと、例の賞与五〇〇ドルとを貰うと、調査の間に有望と睨んだ鉱山株に一三五〇ドルを投資する（このうちの三五〇ドルは女秘書のへそくりである）。残りの五〇〇ドルの中から彼が使うのは、ヨットクラブの番人にチップ（二〇ドル）その番人を引張り出して張番させる費用（六〇ドル）賭博代（二〇ドル）。彼はルーレットでだいぶ儲けるがそこで例によって殴られるのでこの金はポケットにはいらない。しかるに事件が無事解決して、ラム君が探偵社に帰るや、ぽんと女秘書に渡した小切手が一三〇〇ドル、次に怒鳴りちらす女史の息の根をとめるようなめざましい獲物というのが、ビリングズ一世の謝礼金として五〇〇〇ドル、しかも調査前金一五〇〇ドルで鉱山株を買い、その儲けが四万ドル（税別）とあっては、女史のびっくり顔がこちらにも感染する。どうも一桁違うんじゃありませんか。僕の計算では、女秘書のへそくりが四倍になったんだから、こっちも調査費一〇〇〇ドルが四〇〇〇ドルになって、例の賞与の五〇〇ドルの方はラム君のポケットに落ちついていたのではないかと疑う。もっとも僕の算術だから保証はしない。ところがまだある。調査の途中でラム君はストリッパーあがりの金持の未亡人に、手持の一万ドルでこの鉱山株を買えとすすめる。相手の美人は気を廻して、彼が何をお礼にほしがるのかと訊くと、澄まして「純益の五十パーセント」と答える。とすれば、彼はここでも四倍（或いは四十倍）の半分、二万ドル（或いは二〇万ドル）儲けたことになる。そこで内輪に見積り四倍で計算すると、収入は二万四千八百ドル、支出は合わせて二五〇ドル及びホテル代となる。

こういうみみっちい計算ばかりしたのも、ＥＱＭＭ誌の原稿料が安いせいだろうが、実に僕にとっていまいましくかつ面白い探偵小説だった。

＊　＊　＊

右の文章の最後で大いに「抵抗」したお蔭で、次の号から原稿料が上ったことを、ここにＥＱＭＭ誌の名誉のために訂正しておく。

カーステヤズ家の方へ

主人公が二人組或いは三人組よりなるというのは、必ずしもE・S・ガードナーの専売ではない。その好敵手はクレイグ・ライス女史であろう。ガードナーのメイスン物の向うを張っては、同じく刑事弁護士マローンとその相棒のヘレンとジェークの三人組があり、ラム&クールのどたばたコンビに対するものは街頭写真師ビンゴとハンサムのお二人である。ところでガードナーの三番目のD・A物に対して、ライス女史の番外的系列は、三人の子供が探偵をつとめる『スイート・ホーム殺人事件』で、こればかりはガードナー如き男性作家には真似の出来そうにない領域である。この母性愛溢れる傑作が、僅《わず》か一作きりでシリーズをなしていないのは残念きわまりない。

一番上が十四歳のダイナ、万事お姉さんぶって、美人で、上品で、おっとりして、結婚式といえばすぐ泣き出すような健全型。次が十二歳のエープリル、これが我が家の名探偵、おしゃまで、お喋りで、頭がよくて、学校をさぼる口実などは立ちどころに考え出す。その下が十歳の弟アーチー、ちゃっかり屋で、せっせとお小遣いを溜め込んでは、高利を以て姉たちに貸しつける。しかもか弱き姉たちを保護してやる男性的気概までそなえている。三人揃って喫茶店ルークにはいりこみ、つけでアイスクリーム、コカコーラの類を飲み、家に帰ると小鼠の如く洗いざらいの食物をかじる。マローン物の三人の主人公がやたらアルコールをたしなむのに較べれば、飲み食いはしても、その種類が違う。

この三人の子供達には未亡人の母親がいて、これが朝から晩までタイプライターを叩いて探偵小説を書く商売である。となると、どうも作者自らではないかと疑われる。現に献辞を見ると、彼女の三人の子供たちの名前が出ているから、この小説の家庭的な親密な雰囲気は、どうも実生活からそっくり借り取られたように見える。子供想いの母親と母親想いの子供たちとの交渉となれば、つまりこれは家庭小説だと言えよう。かの非家庭的な、ヘレンとジェークのジャスタスタス夫妻と較べると、これはまさに「ホーム」である。子供等は一致協力して、この仕事好きの、しかしさびしそうな母親に、お似合のパパを探し出して来ることを心掛けている。即ち陰謀をかくし持っている。

このカーステヤズ家のお隣に住む奥さんが、ピストル二発（一発ではない）で殺されるところから小説は始まる。と共に、子供たちにとってもう一つの陰謀がたくらまれる。つまり母親が実地にも名探偵として有名になれば、それが宣伝になって、彼女の書く探偵小説は洛陽の紙価を高めるに違いない。現場に現れた警部さんは、独身の好男子ではあるが頭はあんまり宜しくないようだ。その下の巡査部長は八人の子持を鼻にかけるばかりで、犯人の気持どころか彼等三人の気持も分りそうにない。そこで子供たちは警察を出し抜いて、母親に名を為させようと目論むが、肝心の母親は仕事が忙しいと称して、いっこう乗って来る気配がない。必然的に三人は地廻りと称する悪童連を下っぱに使って、あの手この手で犯人を探し始める。

母親の書く探偵小説の最大の愛読者である子供たち、特にエープリルにとって、捜査のお手本はすべて母親の書いたものの中にある。いやしばしば、大事な科白までそっくり本の中にあるのを踏襲する。ことのついでに、一人の容疑者を発明するが、その名前も実は母親が現に書きかけの探偵小説の中の一人物である。このルーパート・ヴァン・デューゼン氏が実在の人物として、今日はとばかり現れ出ることによって、事件はますます紛糾する。つまりこの小説の基調はユーモアである。

殺された奥さんは脅迫を業としていたことが判明すれば、殺人の動機を持った人物はやたら沢山いるわけだから、犯人探しの探偵小説としての興味は充分である。その奥さんがどこかに犠牲者の名簿を隠している筈だとなれば、宝探しの冒険小説の味もある。実に複雑多様な面白みを持った小説だ、断じて少年少女むきの単純な読み物ではない。これは大人が読むために書かれた、しかも健全無比の作品なのだ。

作者の眼が暖かで、あらゆる人物を母性愛的にいたわることは、マローン物のような殺伐な事件ばかり起る小説でも言えることだが、この『ホーム・スイート・ホミサイド』ではそれが一層「スイート」である。「ホミサイド」の方は、謎がひとりでに割れて来るような仕組みだから、その意味では探偵小説として必ずしも一級品ではない。その代り、子供たちの一人一人をこれほど書き分け、子供たちの眼から大人の世界をこれほど空想的に描いた作品は、探偵小説としては殆ど空前であろう。犯人が実は子供だったたというのは、クイーンやクリスティーにもあるが、探偵が子供だという長篇は僕は知らないし、それもこの場合、三人の姉と弟たちがそれぞれの特質を補い合って、大人なみの一人前になる仕掛である。子供だから子供らしい嘘も言うし、子供らしいヒステリイも起す。彼等には「タット王イロハ」という暗号があり、例えば「おだまり」は「オコ・ダカ・マカ・リキ」となる。こんな他愛ない雰囲気がある一方に、姉二人はそろそろボーイフレンドをお持ちのおませさんで、末恐ろしい素質もないわけではない。三人の子供たちの日常生活が微細に書きとめられ、しばしば、本筋の探偵小説よりもそっちの方に惹きつけられるところが、大人の読者にとって興味深い原因とも言えるだろう。

クレイグ・ライス女史のマローン物は、同じ笑いでも爆笑的ファースだが、この作品では微笑的ユーモアで、前者がアメリカ的なら、これは寧ろイギリス的である。女史は家庭的にはめぐまれないで、四度も結婚したらしいが、「ホーム」に対する彼女の願望が、この作品の中に秘められているような気もする。イギリス的なユーモアと言えば、クリスティー女史のマープル物などがすぐに思い浮ぶが、ミス・マープルがイギリスの田舎町を背景にしてその生活の中に溶けこんでいるのに反して、ライス女史のこの作品では、あくまでアメリカ的なギャング、恐喝者、ストリッパー、スパイ、などの暗黒面を背景にして、それを子供等の眼から一種のロマンチックな空想じみたものに変形させている。つまりここには、子供たちの生活はあるが、大人たちの悪は、現実としてではなく、夢としてしか存在しない。従ってこのユーモアは、子供の眼から見た大人たちへの批判である。とすれば、イギリス的とかアメリカ的と言うよりも、ライス的と呼ぶほかはない代物である。従ってまた、これを子供にあてがっても、彼等はさっぱりユーモアを感じないだろう。大人が読めばこそ、これは全く愉しい童話なのだが。

モーナ・マックレーン家の方へ

金髪のヘレン・グランドは冒険というと目のないお嬢さんで、得意中の得意は自動車のスピード運転である。ジェーク・ジャスタスはもと有能な新聞記者で、現在はアメリカで二といって三と下らない宣伝係（誤植ではない）である。この二人が目出たく結婚し、さてこれから新婚旅行に出掛けるというところで、花嫁はスピード違反、アルコール運転、信号突破、無尾灯運転の科で留置場に入れられる。ついでに同乗した彼女の父親（大した金満家である）は、公務執行妨害、つまり巡査を二人ばかりKOしてこれも留置場入り。そこで当然弁護士が登場するが、これこそかかる些細な事件にはもったいないほどの頭の切れる刑事弁護士、ジョン・J・マローンその人である。

ところで留置場にはいったり出たりするのは、この花嫁さんにとって殆ど趣味のうちに属する。亭主にとっても同様。弁護士にとっては痛くも痒くもない。ところがジェークはたまたま素晴らしい賭をして、もしも彼が賭に勝てば、シカゴで一といって二と下らぬ（誤植ではない）カジノを手に入れることが出来、従って財産持ちの妻君にも大きな顔が出来ようというまい話になる。しかし亭主想いの妻君が、これを知れば、新婚旅行なんかをそっちのけで、賭（もちろん殺人事件が始まっている）を解くのに協力するだろう。新婚旅行にも行きたいし、といって賭の方もやりたいし、というわけで彼は大いに煩悶するが、マローン弁護士がついている以上、ヘレンが留置場に（どんなに希望したとしても）長く滞在するわけにはいかないことは無論である。そこで三人組が協力して探偵を始めるという仕掛になる。

賭を言い出すのはモーナ・マックレーン、美貌に加えるにとんだ大金持で、新聞記事とは切っても切れない経歴の持ち主、由緒ある名門に生れ、結婚して三年目で未亡人となり、インドの貴族と結婚し、ハンガリイの公爵夫人となり、アメリカの大地主と結婚し、さて離婚の後は飛行機で飛びまわり、虎狩に象狩、北極探検まで試みているから、まさに女性の理想であると共に、男性にとってもすこぶる魅力ありそうな女性。勿論年が幾つだかは書いてない。

そのモーナ・マックレーンが、ジェークに向って「誰かを殺したらどんな気持がするでしょう」と言い出したところから、はしなくもここに賭が生じた。彼女が殺人を犯し、ジェークが尻馬をつかんだらカジノを提供するというのである。しかも彼女が自分から進んで、そこに厳しい条件を附け足した。即ち次の如くである。

1　場所は公共の道路上、時間は白昼。
2　彼女の持っている最もありきたりの武器による。
3　目撃者が多数いること。

4　被害者は全然誰からも悲しまれないような不届きな人物。
5　しかも彼女に個人的な動機があること。

どう見ても至難な条件である。ところがまさにその次の日、シカゴ目抜の大通りで、古ぼけた黒い外套を着た小男が、誰も気のつかない間にピストルで射殺されるという事件が起った。さて殺したのは何者か、どうもモーナ・マックレーンがくさくないか、というので三人組がじたばたするのが、『大はずれ殺人事件』の発端である。

　クレイグ・ライス女史にとってのマローン物は、クリスティー女史のポアロ物、ガードナーのメイスン物などと同じく、表看板の立役者が登場するシリーズだが、他の作家のシリーズが名探偵、或いは名弁護士のくさみの強さで持ち、どれも面白い代りに千篇一律の感を免れないのに対して、この『大はずれ』は『大あたり殺人事件』と共に、僕のような健忘症的な読者にも、ちょっと忘れかねる印象を与えるところがある。そのわけは、まず二部作の構成（但しそれぞれ独立した解決を持っているが）というのが珍しく、かつ両者に共通して、予め犯人が難しい条件つきの殺人だと明言している点が大したみそである。こういう奇抜な着想は他に類を見ない。

　賭があるからといって、犯人が必ずモーナ・マックレーンと限っているわけではない。三人組が困却するのはその点である。たまたまモーナがこの賭を宣言した時は宴会の最中で、他にも聞いた連中がたくさんいる。彼等のうちの誰かが、モーナに罪をなすりつけるために、白昼街頭に於ける殺人を目論んだのかもしれない。三人組が慌てるのと同時に、シカゴ警察殺人課の主任ダニエル・「フォン」・フラナガン氏もまた慌てる。同氏は警官商売が厭でならず、一日も早く退職して、葬儀屋となるか田舎新聞の社長となるかしようと、日夜夢みている人物である。マローン弁護士の助けがなければ、犯人は多分つかまらないだろう。

しかし、結局のところ犯人はつかまった。但しモーナ・マックレーンではない。別の事件の別の犯人である。これが即ち『大はずれ』、しかし読者も思わずほっとするというのは、モーナがすこぶる魅力ある女性で、めったにつかまらせたくないと思ってはらはらしたせいだろう。

引続いて続篇ともなれば、ジェークとヘレンとは漸《ようや》く新婚旅行に出掛けて、弁護士ひとりがさみしくバアのとまり木にしがみついていると（時まさに大晦日の夜中）、ドアを明けて現われ出でた一人の男が「マローン」と呼び掛けるなりばったり倒れて死ぬ。例の賭はいまだに効力がある。果して犯人は誰だろうか。ここでもモーナ・マックレーン家に滞在中のお客たちが怪しいし、モーナだって勿論怪しい。そのうちに新婚旅行の旅先で夫婦喧嘩をしたジェークとヘレンとが、別々に帰って来て、やがて三人組プラス「フォン」・フラナガン氏が活躍を始める。この方では読者のはらはらは前篇よりひどい。何しろモーナが関係して来ない限り、探偵小説としてフェアではないからである。作者のライス女史としても、随分念入りの、難しい挑戦をしたもので、これに較べれば若造のエラリイ・クイーン如きが物々しい「読者への挑戦」などを振り回わすのは、謂わばドン・キホーテとサンチョ・パンサ位の貫禄の違いがある。

従って結末の見事さ、つまり三人組は（中でも張本人のジェークは）カジノを貰ってほっとするし、読者はモーナが無事と分ってほっとするという、『大あたり』のハッピイエンドには驚き入る他はない。

探偵小説も大抵長さが一定していて、ゆっくり愉しむには一冊では短かすぎることもある。早川ミステリも巨人版を作って、この二部作などは合本にすれば、大いに読者を堪能させると思うがどうですか。

気違いハッター家の方へ

「宝石」という雑誌が臨時増刊を出し、その中に文壇諸氏のベストテンを並べるというので僕のところにも註文が来た。そんな馬鹿馬鹿しいものはおよしなさいと僕は言ったが、勇ましい編集者が或いは僕の臆病を嘲り、或いは僕の探偵小説的素養をおだてるので、そのうちにくたびれて、一体他の連中はうんと言ったかい？　と訊くと、たちどころに往復ハガキの半片をぞくぞくとポケットから引張り出した。ではお手並拝見とちょっと見せて貰い、それによって僕の決心を促すことにした。

ベストテンが詰らないという僕の根拠は、数ある作品を同じ次元で扱うのは無理なようだということに帰する。例えば昔、江戸川乱歩氏の作ったベストテンでも、黄金時代のそれ、一九三五年以後のそれと二種類が別々に挙げられている。時代的にはこの他にまだ古典的時代もあればごく新しい現代もある。一律に論じるのは無理な話だろう。ましてやその各時代に本格物ありハードボイルドありスリラーありと来ては、とても一緒くたにして順序をつけるだけの能力がない。未読のものも、綺麗さっぱり忘れているのも、すべて数知れぬ。

というわけで諸氏のリストを拝見に及ぶと、第一位にエドガー・アラン・ポーがたくさんあるのにまず驚かされた。大岡昇平《おおおかしようへい》氏は『モルグ街』、関根弘《せきねひろし》、三浦朱門《みうらしゆもん》両氏は『黄金虫』、埴谷《はにや》雄高《ゆたか》氏は『メエルストロムの渦巻』とある。どうもポーみたいな純文学を持ち出したのでは頭でっかちの懼《おそ》れが多分にある。現に埴谷氏なんか、二位に『木曜日の男』三位に『闇からの声』と挙げて、四、五、六位は「ナシ」となっているが、どうもちょっと苦しいんじゃないですか。『メエルストロム』を一位に置くやりかたで行けば、僕は一位から五位ぐらいまでずらりとポーを並べたくなる。南條範夫《なんじようのりお》氏の一位は『罪と罰』だが、これなんかも如何でしょうか。近頃は純文学と探偵小説との境目がだいぶ曖昧になって来て、それはそれで悪くないとしても一位『罪と罰』、二位『R世襲領の人々』と来たあとが三位ボアゴベイ『鉄仮面』では、ドストイエフスキイやホフマンが可哀想じゃないかしらん。

それでなくても数が多くて大変なのだから、純文学作品、古典的探偵小説はすべて取りのぞき、狭義の探偵小説だけにしたい、宜しいか宜しい、ということでつい引受けた。しかしいざきめるとなると、どうも編集者にいっぱい喰わされたような気がしてならない。思いついた作品を十ばかり並べれば済むとは言っても、遠い昔に読んで感激した作品、つまりヴァン・ダインやエラリイ・クイーンやシムノンのような作品と、近来お馴染になったガーヴ、マッギヴァーン、ブランド等々の作品とを、簡単に較べられるものだろうか。適当な物指の持ち合せがないから、記憶の美化作用でつい昔の印象的な作品を上位に並べてしまう。諸氏がポーを推されたのにも似たような動機があったに違いない。僕の場合には、ヴァン・ダインの『僧正殺人事件』とエラリイ・クイーンの『Yの悲劇』との記憶が実に鮮明で、横綱は初めからきまっていた。但し、東かた西かたは問わない。僕が探偵小説に病みつきになったのもこの二作のせいなので、もし僕がそこで夢中にならなかったとすれば、今さらベストテンなんかに関り合うこともなかっただろう、という次第である。

『Yの悲劇』について思い起すと、僕はこれを学生時代に読んだ。その頃「映画評論」という雑誌の同人だったことは前にも書いたが、たまたま先輩の同人辻久一《つじひさかず》氏がすこぶるの探偵小説好きで、僕がごく幼稚な意見を持ち出したところ、そんなことを言う前にバーナビイ・ロスの『Y』を読むんだね、とおどかされ、憤然として丸善《まるぜん》に駆けつけた。

『Y』で一番凝っているのはその構成である。プロローグに始まり悲劇三幕、エピローグに至っても犯人は分らず、最後に舞台裏からの説明というのがついている。目次でまず感心し、さて、第一頁目を開くとトロール船が水死体を引上る光景が如何にも本物の小説めいている。傑作らしい匂いがとたんにぷんと鼻をついた。

僕はこの頃もっぱら翻訳以外では探偵小説を読まないが、この『Y』の時には、原書で読んだからこそ面白かったのではないかと思われる節が幾つかある。例えば盲で唖で聾という三重苦の娘が、ドミノ盤のような点字の駒を使って、警官と一問一答するところがある。このまだるっこい会話が、稚拙な英語で少しずつ運ばれるところなんかは、実にぞくぞくする。彼女が暗闇で犯人に手探りで触ったというところで、soft, smooth cheek と答えるあたり、今でも覚えている位だから、よっぽど感銘が深かったのだろう。

　しかしこの小説の最大のみそは、第三幕で、自殺したヨーク・ハッターが考案した探偵小説の梗概が発見されるところだ。このプランが、彼の死後に気違いハッター家でぞくぞく起る事件といちいち符合するあたりは、まず本格探偵小説の醍醐味と称するに足りる。ヨーク・ハッターの草案たるや、犯人は「わたし」であり、現実生活の上で暴君の妻を紙の上で殺そうという仕掛を縷々《るる》として述べたものだから、謂わば私小説ふうの探偵小説である。従って犯人はこのY氏以外にはない筈だ、よってもう一度、プロローグのトロール船の描写を読み直すということになれば、まず徹夜は必至である。

　読み終って辻さんに、探偵小説を馬鹿にして済みませんとあやまった。但しこの『Y』は後味があまり宜しくない。カタルシス的作用は専ら純粋の謎解きに懸っている。しかし、よく考えてみれば、エラリイ・クイーンの作品はどれもこれも謎解き専門で、とにかく仕掛の他には見るべきものがなく、小説としての後味も何もあったものじゃない。この作の後味、つまり「気違い帽子屋《マッド・ハッター》」的雰囲気は、ひょっとするとクイーンの唯一の例外的文学性かもしれない。と今では誰でも知っているからこんなことも言えるが、その当時は、『Y』の作者は新人バーナビイ・ロスだったし、僕は辻さんと大いに議論して、クイーンなんかロスに較べれば物の数でないなどと言った覚えがある。実に楽屋裏の説明を聞くまでに、それから十年以上もかかった。実に見事に騙された。こういう点にも、僕が『Y』に点数の甘い原因があるのかもしれない。クイーンも随分たくさんの作品を書いたものだが、『Y』に匹敵できるのは他にはあるまい。戦前では『エジプト十字架』、戦後では『途中の家』などがまず及第点だが、箸にも棒にもかからぬ駄作も幾つかある。ダネイとリイというこの二人組の作者の、どっちの方が主導権を握った時に『Y』のような傑作が生れたのか、楽屋裏の説明を聞きたいようなものである。

*　　　*　　　*

ついでに僕のベストテンを御披露に及べばおなぐさみなのだが、この時何をあげたものか、きれいさっぱり忘れてしまった。という点にも、探偵小説のベストテンの無意味さが証拠立てられるというものである。もっとも僕の健忘症のせいだと言われればそれまでだが。

クロスローズ南方の百姓家の方へ

我が国では純文学の作家たちが探偵小説を書くことが流行している。もっとも掛け声のみ高くて、実際にはそうそう作品にお目にかからない。遊びに徹してしまえば、探偵小説を書くのは随分面白い遊びだろうと思われるが、彼等もそうそう遊んでばかりはいられないだろうし、それにこれはこれで仲々骨の折れる仕事に違いない。中には、どっちが専門だか分らない位、探偵小説——というより推理小説と呼ぶ方が範囲が広いから適切だろうが——の方ばかり書いている作家もいる。しかし一般に言えば、探偵小説的方法が広く純文学に取り入れられたという点に、最近の探偵小説流行の眼に見えぬ影響というものがあるだろう。もっともこれは、我が国よりはヨーロッパやアメリカの文学の方に著しい現象で、特にフランスの反小説と呼ばれるジャンルの作品、例えばミシェル・ビュトールの『時間割』やアラン・ロブグリエの『消しゴム』なんかは、まさに探偵小説的方法による純文学と呼ぶことが出来よう。

ところでその反対の場合、というのは考えられないだろうか。つまり探偵小説作家がひとつ純文学を物するという場合である。これはとても遊びなんてわけにはいかないから、真剣に、筆を洗って取りかからなければなるまいが、我が国の探偵作家諸君には、今日までのところ、どうもそれだけの野心をお持ちではないように見受けられる。しかし海彼岸では、そういう傾向も見られないことはない。例えばウィリアム・R・マッギヴァーンである。

僕は以前に彼の『最悪のとき』というのを読んで、大いに嘱目《しょくもく》した。ハードボイルドというのは、とにかく非情なレンズのような目玉を通して、事件を即物的に描き出しさえすれば足りる。過不足なく、正確に、余分の心理を混えないで書くのだから、例えばレイモンド・チャンドラーの行きかたが正攻法ということになる。『最悪のとき』が面白いのは、こうしたハードボイルド固有の方法に、作者のどうしても言いたい主題がわざとらしくなく附け足されている点だ。その主題とはアメリカ流のヒューマニズムだと言ってしまえば平凡だが、とにかくこの作者は何かしら訴えたいもの、ぶち蒔けたいものを持っているらしく、彼が小説を書く動機の中には遊びだけでは済まされないものがある、との印象を受けた。

しかし後から読んだ『囁く死体』やビル・ピーターズ名義の『金髪女は若死する』が月並なハードボイルドにすぎなかったから、少々僕の期待は外れたが、『緊急深夜版』で見直し、『明日に賭ける』に至って、まず昭和三十四年度（但し翻訳物）のベスト5に加えていい作品だと信じるに至った（あとの四つが何であるかは読者諸君のお好みに任せる）。

『明日に賭ける』は銀行ギャングの話である。この作品は或る程度筋を書いても、決して未読の読者諸君に対して不親切にはならないだろう、という点に、既にこれが探偵小説から少々ずれている。つまり純文学の方に傾いている一つの特徴が窺われる。最初に主人公がいる。白人であり、第二次大戦の復員兵だがその頭脳はまだ完全に平時に切り換えられていない。そこにこの小説の一種の不気味な雰囲気がある。この主人公はどこか狂っているし、そのためにたとえ彼の行動が非論理的でも尚読者も惹きつけるだけの原因がある。次に彼と同棲している勝気な、働き者の女がいる。次に彼に仕事を与えてくれる男、つまり銀行強盗の主謀者がいる。次に仲間の一人として賭博を業としているしがない黒人が登場する。他方にクロスローズの町の老保安官がいる。彼は娘と二人暮しだが娘の気持が分らない。次に若いＦＢＩの職員がいる。

主人公の性格、その相棒たち、彼等の計画、クロスローズの銀行を襲撃するその方法と実行、これが前半である。初めのうちは少々退屈だが、いざ襲撃という段になると俄然スリルが盛り上る。しかしこの小説のやま場はこの場面以後、つまりこの銀行襲撃が失敗して、ボスは車で逃げてしまい、残された二人、いがみ合う白人と黒人とが一蓮托生でクロスローズ南方の曠野の中にある百姓家に逃げ込んでから後にある。主人公は最初から徹底的に黒人を嫌っているが、負傷している今となっては黒人の助けがなければ一歩も動くことが出来ない。彼は武器を持っているが、黒人は必ずしも武器を恐れるが故に彼と行を共にするわけではない。そこに奇妙な友情らしいものが生れて来る。

この部分は、百姓家を舞台とする一種のドラマである。そこに住む寝たきりの老人と気の変な老婆、それに主人公の妻も登場する。勿論舞台は、ここ以外に、例えば黒人が女を迎えに行ったり医者を呼んで来たりする場面や、保安官がやきもきする場面をも挿入するが、中心のところは動かない。そしてそれは心理的スリラーといっただけのものではない。作者の狙いは主人公の心の内部に於ける対立にある。自己愛と他者愛、人種的偏見と友情、悪意と人間性、自由と死、の闘争である。そしてそれは、外面的な状況による緊迫感と較べて少しも遜色のない内部的ドラマであり、探偵小説としてだけでなくただの「小説」として充分に興味ある主題である。

僕は多少の勘を持っているから、この作品の筋立は初めの方で直に見当がついた。銀行強盗がそんなに簡単に成功する筈もない。しかし失敗したあとの部分がこれほど面白いとは思わなかった。と言うより、この小説は失敗したあとが本筋なので、それはスリル満点で読者の勘を完全に上廻るものである。ただ作者がこのスリル満点という持前の探偵作家的方法を更に強調するために、少々お膳立てを複雑にし、老保安官が娘を理解できないでいる悩みとか、若いFBIの職員がこの親子に同情することとかを加えたところが、どうもかえって娯楽作品じみた印象を与える結果になった。この白人と黒人との二人きりの内面的ドラマはそれ自体文句なしに面白いので、作者がもっとすっきりと、直線的にこの悲劇を描いたならば、この作品は探偵小説というジャンルを離れて現代の悲劇となっただろうと思われるのに。

結城《ゆうき》昌治《しょうじ》君が僕に『明日に賭ける』も面白いけれどもスタンリイ・クレーマーの映画「手錠のまゝの脱獄」にはかなわないと言った。僕は残念ながらこの映画を見そこなったので比較することは出来ないが、結城君に言わせると、主役をつとめた黒人俳優の顔が今でも面影に浮ぶそうである。もしもこの小説の黒人の印象が稀薄であるとすれば、それは作者が結局真の主題だけに徹し切らなかったことの証拠でもあろう。なまじ文学性を狙うというのは、或る意味では危険なことである。

ウェールズ地方の古い廃坑の方へ

　ジャーナリズムは忘れっぽいから、中央公論社の女流新人賞の当選作が盗作だというので取り消された事件も、もう話題にのぼることもなくなってしまった。しかし考えてみると、これはなかなかの探偵小説的事件なので、文壇的には取るに足らないことだったとしても、新聞の社会面を賑すだけのことはあっただろう。これについては識者がいろいろ感想を述べていたようだが、僕の感想を遅まきながら記しておけば、次のようになる。

　1　ウィリアム・フォークナーは、僕に言わせれば現存する世界の小説家のうちの第一人者で、フォークナーに学ばないで何が新文学ぞやと言ったものだ。だからN嬢がその文章を暗記する位読みかえしたというのも甚だもっともと言える。ただどうして個々の文章という枝葉末節にのみこだわったのか、盗むのならなぜ主題とか、文体とか、時間的観念とか、そういった根本的なところだけを盗まなかったのか、と不思議でならない。少くとも原文と訳文とをつき合せて、せめて多少の部分でも原文で読み、それを翻案したのなら、読者の方で気のつく筈はなかっただろう。僕も白状すれば、四、五年前から時々、平仮名の文章の間に意識描写を片仮名で入れる（原文に於けるイタリックの代りである）というフォークナー的方法を踏襲しているが、どうせ真似るならこういう点を堂々とやる方が、公明正大である。

2　巧みに織り込まれたフォークナーの文章を選者も気がつかず、読者の投書によってそれが明らかになった点。つまり作者と読者とがフォークナーに親密だった点が、僕に一種の感慨を催さしめた。僕がフォークナーに凝っていた頃、つまり十年以上も前には、まだ日本語訳というものはなかった。僕はあの難解な原文を容易に読み下し得ないので、専らフランス語訳を参考にしていたものだ。『一九四六文学的考察』という本の中で、ちょっとばかし我が国のアメリカ文学者の奮起を望んだところ、大久保康雄《おおくぼやすお》氏が一九五一年に初めて『野性の棕櫚《しゆろ》』を翻訳し、あとがきでその苦心談を語られた。それからフォークナーの訳本は巷《ちまた》に氾濫し、今では若い女性がその訳本をお手本に小説を書き、或いは読者が引用個所を発見するという、目覚ましい普及を見た。そこで僕はフォークナーのために、かつ新しい文学のために、慶賀にたえないと考えた。

3　しかし選者にとっては、全く災難もいいところだった。仮にこれが探偵小説の懸賞募集だったとすれば、盗作は更に容易であり、智能犯的読者の手にかかれば後生おそるべしである。ただ探偵小説はフェアプレイを旨とするから、まさかそんなこともあるまいが。とここで僕も亦《また》、ＥＱＭＭ誌の催している短篇コンテストの選者であることに思いを致し、そぞろ背中が寒くなった。僕は健忘症で、むかし読んだ探偵小説は題名もろとも綺麗さっぱり忘れる方だから、だまされる可能性すこぶる大である。そこでこの種の智能犯の代表的な例としてアンドリュウ・ガーヴの『ギャラウェイ事件』を参考にしてみたい（と、この位の傑作なら、僕も直に思い出すから、まんざら選者の資格がないわけでもあるまい）。

発端はロマンチック、終結部はスリラー、と常道を行く作品だが、問題は中心に据えられた犯罪内容にある。殺人事件が絡むのは勿論だが、その犯人探しよりも、盗作という新しい犯罪が描かれている点が他に比を見ない。そこがみそである。

発端は短い。或る新聞社の社会部記者がジャージー島で若い美人と識り合いになる。その美人が忽然と消え失せる。その辺はまず月並である。新聞記者は遂に彼女を探り出す。そこで彼女の父、即ち著名な探偵小説家ジョン・ギャラウェイが殺人容疑で逮捕され、有罪となり、終身刑に処されていることをしらされる。このギャラウェイ事件とは、「ある作家志望の貧しい青年の作品を、およそ考え得るもっとも卑劣な手段を用いて剽窃し」、「青年がそれに気付いて告訴沙汰にしようとした」ために、彼を殺害したという事件である。新聞記者は恋人のために一肌脱いで、事件の真相を究明するが、いくら調べてもギャラウェイ以外に犯人と目される人物は登場しない。それは彼以外には殺害の動機が見つからないからであり、また彼の動機がすこぶる決定的と思われるからだ。

ギャラウェイのところに、彼の愛読者と称する男から、『大冒険』という題の長篇を送って来る。ギャラウェイはその封を開かずに、多忙で読めないからと言って送り返す。その一年後に、彼は自作の『海底四十尋』を書下し、評判になる。と、ショウという例の男が現れてこの作品は自分の『大冒険』の焼き直しだから、金をよこさなければ真相を暴露する、と脅迫する。その帰りにショウは暗闇で襲われてテームズ河に水死体となって発見される。

この二つの作品は明らかに酷似している。勿論ショウの方のが下手なのは当然だが、そこにあるプロットの類似は偶然といった種類のものではない、明らかに盗作である。ギャラウェイにしてみれば自分の出版された本を見てショウがインチキ原稿を作ったものだと考える他にはないが、相手かたには、『大冒険』の生原稿を読んだ或る探偵小説家の手紙があり、原稿の内容についても触れているし、その日附も一年近く前である。但しその探偵小説家は既に死亡しているから説明を聞くことも出来ない。というわけで、裁判に於てもギャラウェイに有利な条件は何ひとつ見出されない。

ここからアンドリュウ・ガーヴ特有の調査小説が始まる。如何にしてショウが、彼の盗作を自分の方が先に書いたらしく見せかけることが出来たか。調査して行く間に、更に他の探偵小説家が『大冒険』の生原稿の印象を語った手紙まで出て来る。新聞記者とその恋人との必死の探索も、どの道を辿っても行き詰りに終る。このあたりの精密な分析は、まさにガーヴの持ち味を最もよく示すものだろう。

従ってこの『ギャラウェイ事件』は、一人の智能犯が試みた巧妙な盗作の真相を突きとめることと、その智能犯を殺した犯人を突きとめることとの二つの謎が、相互に入り組んで出来上っている。何よりもこのプロットが独創的である。最後に二人の恋人たちは、犯人を追いつめて反対に逆襲され、ウェールズ地方の古い廃坑の間を逃げ回るが、本当のスリルはそれ以前の論理的追求の部分にあるだろう。盗作というテーマが興味深いだけでなく、恐らくはガーヴの（この僕の御贔屓作家については前にも一度「散歩」した）会心の作品だろうと思う。

＊　＊　＊

フォークナーは既に死んだし、盗作事件もとうの昔に忘れられた。しかしガーヴは健在で、その後もぞくぞくと翻訳が出た。これがまたどれも面白いと来ているから、僕はこの作家に殆ど失望したことがない。いつも同じようなパターンで書き、同じような風景と人物との組合せなのだが、その一つ一つが奇妙に異った印象を与え、ちっとも飽かせない。海とか島とか荒涼たる浜辺とかが、この作家ほど生き生きと描写できる人はちょっと他に見当らないし、そういった特色も推理小説の味つけとして、非常に貴重なものであろうと思う。

ここまで散歩したところで、とうとう僕はくたびれた。少し遠出をしすぎたようである。そこで僕の代りに、中村真一郎がおみこしをあげることになる。

隠れんぼ

子供の頃、隠れんぼをして遊んだ記憶は誰にでもあるだろう。

分らないところ分らないところと探しあぐねて、古井戸の蔭の草むらの中に、棘《とげ》や茨《いばら》に刺されながら無理やりに身体を滑り込ませる。小さな身体がやっと草の中に埋まってしまうと、大きな声で、もういいよ、と叫ぶ。それきり死んだように息をひそませて、見つけられたら殺されでもするようにどきどきしながら、鬼が次第に近づいて来るのを薄眼で見ている。

おや、どこに行っちまったんだろう。鬼が独り言を言っている。それがもうすぐ側なのだ。ちょっと手を出してつつけば、つつける位の側なのだ。ところが鬼は、草むらの中にしゃがみ込んでいる僕に気がつかない。きょろきょろと辺りを見廻して、変だなあ、なんぞと呟いている。こそぐったいような、大きな声で怒鳴ってみたいような、それでいて怖い気持。蜂が耳許でぶんぶんいっているが、追うわけにもいかない。薄い草履をはいた足の底が次第につめたくなって行く。と、鬼が急に僕の方を見詰め始めた……。

そういう記憶が、どういうわけか、探偵小説を読んでいて話が佳境に入り、本を置いて煙草に火を点けて一服するような時に、ふと僕に返って来る。真犯人が誰なのか僕にはまだ分っていない。怪しい人物が四五人いるし、それにどうもこの小説は連続殺人に発展するらしいから、のんきな顔をした容疑者の間には、可哀そうに、次の餌食に狙われている者がいるのかもしれない、――と考えてみたり、また名探偵は早くも犯人が誰だか分ってしまったらしい、怪しい奴のうち、どの一人がそれなのだろう、或は共犯がいるのかもしれないぞ、この女はあんまり疑われていないからこの辺が一番怪しいのかな、――そういうことを考えてみたりする。胸のどきどきするような緊張、どんなかすかな物音をも聞き逃さない磨ぎすまされた神経、それは子供の頃の隠れんぼと、そっくり同じな、愉しいような怖いような気持なのだ。つまり僕と鬼との智慧くらべは、ここでは名探偵と犯人との智慧くらべで、それはまた読者である僕とこの探偵小説の作者との智慧くらべということになる。もっとも、作者に化かされて見事に背負投をくらわされたからといって、何も不名誉ではない。隠れんぼで鬼に見つかったからといって、泣き出すような子供はいない。

こんなことを僕が言うからといって、僕は決して探偵小説を子供っぽい読み物だと軽蔑しているわけではない。寧ろ反対なのだ。大人である僕たちの中にも、異常なものへの好奇心、冒険への憧憬などと共に、不明なものを次第に明かにして行く時のどきどきする気持を好むものがまだ残っている。隠れんぼでは鬼はただ勘をたよりに探し廻るのだが、僕たちは理づめで謎を解いて行く。つまりは推理という奴だ。むずかしい外国語の翻訳や、考古学的民俗学的な究明や、暗号の解読や、それから読者の推理を要求する小説、——こういったものは、単に趣味として扱う場合には、どれも隠れんぼの興味に似ている。隠れる方の子供にしても、鬼になる子供にしても、その興味はどちらも同じ心理から出ているので、隠されたものを明かにしたいという一種の本能的要求なのだ。隠れんぼはスリルとかサスペンスとかいうだけのものでなく、子供なりの知的な要素も含まれているのだ。

僕は探偵小説のファンだが、その興味は、うろ覚えのギリシャ語の字引を引いたり、柳田国男《やなぎたくにお》氏の本を読んだりするのと全く同じで、知的な興味に属するものと自分できめている。単なるスリラーでは物足りないし、推理小説、それも名探偵の登場する探偵小説プロパーを好む。そう言えば昔、僕は隠れんぼをやると、隠れても鬼になっても、断然うまかったものだが。

探偵小説の愉しみ

むかし、まだ学生の頃に、身分調査とか就職志望とかの用紙がまわって来ると、本籍とか得意の語学とかいう欄の他に、必ず趣味という欄があった。一体ひとの趣味なんか聞いて何になるんだと腹も立つが、正直に答えるとすれば、これがなかなかの難問なのだ。本を読むのは商売みたいなものだから「読書」でもないし、「音楽」ではキザだし「映画」では俗っぽい。結局は斜線を引いて、没趣味な奴だという悪しき印象を与えることになった。

今でも時々、趣味欄というのに書き込まされることがある。そこで近頃は探偵小説が大はやりだから、僕も安心して「趣味は探偵小説」と書くことにしている。つまりは碁が好きだとか、カメラに熱中するとか、蝶の採集が面白いとかいうのと同じ性質だ。

もっとも探偵小説と一口に言っても、書くのが趣味の人もいるだろうが、僕のは読む方だから広義の「読書」に含まれる筈だが、昔のようにその点にはこだわらない。というのも、探偵小説が文学だとはつゆ思っていないから、専門の本を読むのとは少々意味が違う。面白くなければいつでも途中で止めるという、甚だ無責任な読みかただ。

探偵小説の愉しみは、一言にいって個人的な、謂わば秘密の愉しみである。こっそり読んで、ひとりで悦に入って、読み終ったら忘れてしまうだけのものだ。これが芸術作品なら、友人をつかまえて議論をする。仮に友人がまだその作品を読んでいなければ、筋を話す、特徴を論じる、感想を述べる、つまりは人を説得する。

しかるに探偵小説の場合には、「君、あれ読んだ？　まだ？　ぜひ読みたまえ、面白いよ。」それだけだ。筋にも立ち入らないし、況《いわん》や特徴などは論じない。なぜなら、それは他人の愉しみを奪うことになるのだから。たまたま二人とも読んだ作品にぶつかっても、会話は極めて簡単だ。「あれは面白いね。」「いやあれは詰らん。」「そうかね？」「そうだよ。」それだけだ。まさに個人の自由は尊重すべきである。

だから一番腹が立つのは、探偵小説（および探偵映画）の筋書を書いた解説や批評の類だ。犯人はこうとか、トリックはこうとか、書いた方は親切かもしれないが、たねがばれたんでは愉しみはゼロになる。僕はこういったものは、初めから眼をつぶって読まない。探偵小説というものは、何等の予備知識なしに、自分の頭脳を作者の挑戦にぶつけて行くところが面白いのだ。作者の側からは名探偵が登場するが、僕の方だってけっこう名探偵のつもりなのだ。

勝負はフェアに行くべきで、僕が予め解説などを読んでいたら、これはフェアではないし、だいいち面白みが減る。そこで例えば、こういう探偵小説はどうだろう。――

ある新聞に新刊の探偵小説の匿名批評が出て、そこにトリックおよび犯人がばらされる。その匿名の批評家が殺される。名探偵が調べた結果、犯人はその探偵小説家で、殺人の動機は、彼の本が書評のためにさっぱり売れなかったからだった。動機が奇抜で、匿名の批評家は誰かというサスペンスもあり、ついでに小説中に問題の探偵小説が全文掲載という新形式を踏めば、これは素晴らしく独創的な探偵小説になるんじゃないかと。――こんなことを考えるようでは、僕の「趣味は探偵小説」も、そろそろ読むだけでは収まらぬ段階に及んでいるのかもしれない。

これは冗談で、僕は長篇探偵小説を書くだけの勇気はないが、もし探偵小説がひとりだけの、秘密の愉しみだとしたなら、作者たることがその愉しみの絶頂だろう。

イギリスには、フィルポッツやメイスンや、ミルンのように、専門は文学で趣味は探偵小説作家というのが多い。アメリカのヴァン・ダインや、エラリイ・クイーンのように匿名で書いた連中は、きっと書きながらぞくぞくするほど嬉しかったろうと思う。

犯人が誰かという上に作者は誰かという謎まであれば、読者にとっても愉しみが二重になるというものだ。

＊　＊　＊

探偵小説が文学かどうかという議論があるようだが、結果的に見て文学というに足りる作品があるとしても、まず探偵小説は探偵小説という特別の世界に安住している方が、無難なように思われる。つまりこのジャンルは、それを形成する条件が普通の文学とはいっぷう変っているのだ。

探偵小説の本質的要素は、第一に筋、第二にトリック、第三に推理と、これだけは絶対に必要。従って構成はきちんとして、物語の進行はこころよい迫力を持ち、そこに魅力ある主人公（名探偵）が登場しなければならぬ。

これに対して、人物が書けているとか（例、フィルポッツ『闇からの声』）、描写が精密だとか（例、クイーン『Yの悲劇』）、雰囲気が盛り上るとか（例、カー『夜歩く』）、作者が教養をひけらかすとか（例、ヴァン・ダイン『僧正殺人事件』）、すべてこういう特質は二の次であり、これらの作品が優秀なのは、何よりも筋・トリック・推理の三点がすぐれているからに他ならない。しかもそのうち、特に推理の部分が傑出していなければ、如何に文学的に見せかけても探偵小説としては落第だ。

従って、筋が分り犯人が分った探偵小説は、魅力が半減どころかゼロになるわけだが、たまたま少数の例外として、同じものを二度読んでも三度読んでも面白いというのがある。こうした傑作は、僕の経験した範囲内ではクイーンの『Yの悲劇』、ヴァン・ダインの『僧正殺人事件』と『グリーン家殺人事件』、クリスティーの『アクロイド殺人事件』などで、読み直したくなるほど印象的な作品はそう沢山はない。そしてすぐれた作品は、例外なく、推理の部分が美しい。一種の幾何学的な美しさである。

芸術としての小説は、大ざっぱに言って、登場人物たちの人生を肯定的に、あるいは否定的に、読者に追体験させ、そこに読者それぞれの感想を喚び起させる。読者に訴えるのは、精神と感情との総和である全人間的なものに対してである。ところが探偵小説は、人生に肉薄する必要は少しもないし、その訴えるものも読者の精神、その知的な分析力に対してである。読者を怖がらせたりはらはらさせたりすることは、すべて附けたりで、面白さの本質ではない。

ところでここに、芸術としての小説と探偵小説とが、結果的に見て同じ効果を与える点がある。探偵小説は、僕に言わせれば、読者を作品に参加させるものだ。途中まで謎のままに提出されている材料は、名探偵が推理するのとは別に、読者の方でも推理してみなければ作品を愉しんだことにならない。つまりすぐれた作品は、否応なしに、読者に参加を強要する。そして読者が全力をあげて彼自身の解釈を発見した場合に、たとえ作者から見事にいっぱい食わされたとしても、読後に爽快なカタルシスがある。

この種のカタルシスは、芸術作品の場合に読者の感じるカタルシスとは性質が違うかもしれないが、読書の与える効用に他ならない。

＊　＊　＊

読者が作品に参加するという問題は、謂わば象徴主義の理論なのだが、二十世紀の小説が作者の意見を押しつける種類のものから、次第に読者の想像力を刺戟し、作品の中に空白の部分を残すようなものに変りつつあることと睨み合すと、探偵小説がはやることも、文学とまんざら関係がなくもない。アメリカ文学で、ヘミングウェイはこの種の象徴的な、読者の参加を求める文体を創始したが、この文体がアメリカ的探偵小説に大いに影響を与えたというのも、単にこの文体が、非情でスピーディな現代生活の描写にふさわしいものだというだけのことではあるまい。

　僕は何もヘミングウェイを論じるつもりはないし、ハードボイルド派の探偵小説は少数の例外をのぞいて、本格派のものほど好きではないが、ただ読者の参加を要求する小説方法というものに興味があるから、ちょっとそのことに触れてみた。

探偵小説と批評

野球には野球評論家というものがあるし、映画には映画批評家というものがある。専門家ともなれば、選手の顔を覚えたり、映画スターの経歴を諳《そら》んじたり、それ相応の苦労はあるだろうが、もともとは好きな道なのだから、はた目には羨ましい商売の如く見える。その他万般にわたって、芸術、スポーツ、趣味、風俗、すべてお抱えの批評家を擁していないものはない。況や文学などに至っては、批評家は小説家に劣らない重要な登場人物で、横から出て来ては大向うを唸らせる。詰らない小説よりは、その小説をうまく料理した批評のほうが、多分に上等である。

という大前提から、さて文学の特殊部門である探偵小説界に眼を移すと、不思議に批評家に乏しいことに気がつく。アメリカやイギリスのような探偵小説の盛んな国では、もちろん、専門の批評家がいるのだろうが、僕はよく知らない。知っている範囲では、古文書学者、文献蒐集家、といった高級な学者か、年の暮にベストテンを作製する時評家ばかりが眼について、これといって優秀な批評家の名前を聞かない。我が国でも、江戸川乱歩氏や中島河太郎氏は高級な学者に属するようで、批評家はとんと払底している。花の活けかたから茶碗のデザインに至るまで、すべて専門の批評家がいる世の中に、極めて珍しい現象である。その理由を一つ考えてみよう。

およそ探偵小説の批評ほど、タブーで縛られたものは、他のジャンルにはないだろう。タブーの第一は、真犯人の名前、第二は殺人の動機、第三は殺人の方法、第四は小道具、等々、こうなると、じゃ一体何を書けばいいかと反問したくなる。このタブーは、真面目な批評を下そうと思うと、どうしても抵触してしまうから、「やや退屈だ」とか「論理が一貫している」とか「風変り」だとか「もう少しサスペンスを」とか、つまりはごく曖昧なことを言ってお茶を濁す。

どうも酒壜を撫でて葡萄酒の古さを論じるようなところがある。といって、犯人の名前もばらす、トリックも教える、という批評では、読者はかんかんに怒るだろう。生じっかな素人批評は、読者からせっかくの愉しみを奪い取る悪徳の一つである、と息巻く者も出て来よう。とすれば、タブーを承知の上でうまい批評を書くことは、並大抵の才能では出来ないということになりはしないか。

ところが更に重要な問題は、探偵小説というジャンルそのものにかかっている。僕等は一冊を手に取る。面白いと言って人にすすめられたか、偶然に本屋の棚から引き抜いたか、とにかく、最後に近い部分は間違っても開いてみないから、誰が犯人かは知らない。そこで第一頁からゆるゆると手探りで読み進むうちに、女というものはいつでも臭いとか、なぜ窓がしまっていたのだろうとか、マッチ棒が燃え尽きているのはパイプに火を点けた証拠だとか、しょっちゅう考える。それからまた気が変って、犯人は力持ちだから女の筈はないとか、窓は寒いからしまっていたまでだとか、ぼんやりしてれば紙巻煙草でもマッチ一本使い切るとか、自問自答する。それが読者の愉しみというものだ。つまり、読者は、探偵小説を読むに当って、一人一人が名探偵なのである。名探偵というのは、つまり批評家である。

探偵小説は（本格物の場合だが）謎解きの論理が一貫していれば、ひどく詰らないものでも、読者は或る程度我慢する。人物の性格が書けていない時には、読者は自分の想像力を働かせて、その部分を補って読む（そこでは読者は小説家に転身している）。そして無意識的にその小説の不足した内容を埋めるという作用は、もしそれが意識にまで高まれば、批評家としての仕事に等しい。意外な犯人なら満足するだろうし、トリックが子供騙しなら、憤慨するだろう。探偵小説は、殺人という約束ごとの上に成立するから、読者は常に高見の見物である。見物は身銭を切っているだけに、その殺人の方法や動機にどんな文句でもつけられる。最後まで作者のペテンに引っかかって、文句をつける点が見つからなければ、それは立派に批評に耐え得た作品である。

その点から探偵小説は、一般的に言って、小説の二十世紀的方法に対して一種の重要な暗示を与えているように思われる。つまり一つの作品は、読者の想像力の協力によって成立する、という方法。単に小説の世界に誘い入れるだけではなく、その世界の中では、読者が一緒になって考え、想像し、批判し、同情するという精神作用を、読者に強要するのである。そこから、探偵小説界の最近の傾向であるハードボイルド物を考えてみよう。しばしば犯人は既に分っている。従って推理的興味は薄い。読者は、主人公（タフ・ガイである）と共に、自分とは縁遠い世界の中に投げ込まれ、その男が目まぐるしく駆けめぐる間、一緒に附き合される。大人向きのお伽噺《とぎばなし》なのだろうか。お伽噺なら無条件で愉しめばそれでいい。しかし良質のハードボイルド物では、現代の一断面が截られ、現代人が行動する。シカゴの裏街が舞台だからといって、決して縁遠い世界と言い切ることは出来ない。その世界に僕等が没入する場合、僕等の想像力（それがつまり、ぞくぞくする快感の源なのだが）と同時に、僕等の批評力も働き始める。この主人公は腕は確かだが頭のほうは大丈夫かな、ピストルを忘れるなんて飛んだ奴だ、背後にいる大物のボスはそれじゃないぞ、こんな考えがしょっちゅう生れたり消えたりしている。そして読者の方で創り上げた世界が、読むにつれて大きくなり、作品がそれに充分に抵抗し得る場合に限って、作品も優秀であり、読者も満足するのだ。読者を批評家にし得ないような作品は、単なるお伽噺か、でなければ、一般の小説と較べて、あまりにもひ弱い読み物というに過ぎない。読者の方も馴れるに従って、単なる筋とか論理とか以上に、批評の眼を働かせるようになるだろう。だから探偵小説の公的批評が、どんなにタブーで縛られていようとも、その小説を読んだ読者の一人一人は、自由に自分の批評を持ち得るし、かつ自分の批評は、他人の批評よりもよっぽど面白い筈である。ところが批評という形式は、読者のためよりも作者であるべき小説家の方にこそ必要なのだから、読者がみんな批評家になっても、その声は小説家にまでは聞えて来ない。従って探偵小説家は、いっこう進歩もなく、駄作ばかり書くということになる。これが我が国の現状のようだから、小説家が自分のうちに批評家の分身を持つか、タブーを物ともしない優秀な専門批評家が現れるか、この二つがなければ、我が国の探偵小説界の前途は洋々たりとは言えないように思われるけれど、どうだろう。

推理小説とSF

推理小説は依然として大流行である。そして確実に大衆文学の一翼を担うようになった。もっとも中村真一郎の近著『小説入門』を見ると、日本の小説の現状は、純文学、大衆小説、推理小説の三つの分野に分れるそうである。そうなると、もう一翼なんてものではない。肩を並べる勢いというほかはない。現にある若い推理作家は、これが本物のシリアスな文学だと信じている。勇壮活潑で羨ましい。

推理小説がこんなに流行している原因の一つは、これが風俗小説の代用品として読まれていることにあろう。風俗小説はもともと純文学のうちでも、最も大衆文学に近い存在である。ディッキンズやバルザックは特別な例かもしれないが、我が国でも『金色夜叉』や『不如帰』や『青春』が大衆小説なみに扱われたのは、その風俗的興味が読者に受けたことも、理由の一つに数えられるだろう。現代の推理小説は、その多くが、風俗的なパターンの上に立って犯罪事件を取り扱っているから、読者の眼は一種の面白い絵巻物を見るように、水平に、作者の筆のあとについていく。その意味では、推理小説は映画やテレヴィの原作というにすぎない。小説には小説固有の、一人だけの愉しみがあることは勿論だが、余分なところを刈り込めば、ちゃんと一時間物のテレヴィなり、二時間あまりのシネスコなりに、おさまってしまうことは確実である。もしこれが水平にではなく、垂直に、読者の心を沈めて行くようなものであれば、推理小説は確かに文学になるだろう。

推理小説は犯罪を、それも殺人を、主として描くのだから、つまりは生死の問題に関っている。現代は、ありがたいことに平和の時代で、多くの人は核戦争の恐怖を忘れて、ささやかな刺戟を求めながら生きているのだから、推理小説に現れる死は、当人と何の関係もなく、痛くも痒くもない。時代劇や西部劇で、悪人やインディアンがばったばったと殺されるのと同じである。つまり推理小説の被害者は「物」にすぎない。これがもし「人間」であれば、たとえ吹けば飛ぶような存在でも、そこに人間的現実が、従ってまた運命が、示される筈だ。ディッキンズの小説でもバルザックの小説でも、しばしば犯罪が扱われるが、そこには風俗的に水平に展開して行くものがある以上、悪人の異常な心理を追って、垂直に下降して行く何かがある。推理小説の分野でも、例えば私が傑作と呼んで憚《はばか》らないロス・マクドナルドの『ギャルトン事件』や『ファーガスン事件』には、こうした運命の感覚がある。そこのところを摑まない限り、推理小説は風俗小説のただの平べったい模造品にすぎないだろう。

ところで近来、少しずつはやり出して来たものに、ＳＦ（サイエンス・フィクション）というジャンルがある。空想科学小説と偉そうに言うより、まだ読み物といった程度を出ていない。

この方は推理小説と違って、多くは遠い未来に舞台を設定しているから、風俗小説の代用品としてあるわけではない。つまり現代とは無関係に、人間の未来像を見せてくれるので、そこに作者が楽観的であるか悲観的であるかによって、たいそうな違いが出て来る。

従って根本的には、これは人間の運命を、垂直に掘り下げる（というより、幻視的に抽象する）結果として生れたものである。人類は核戦争を避けられるか。次の大戦が始まれば、人類は滅亡するか、生き残れるか。地球は一つの平和社会になり得るか。未来の人間たちは宇宙にどのような建設と破壊とを試みるか。――ここには無限の題材があり、しかもそれらは作者がこの現代をどう見ているか、つまり彼の世界観と密接に関係しているのである。

ここで少し脱線すれば、実は私は、五年ばかり前に、ＳＦを一つだけペンネームで書いたことがある。私のＳＦは、恒星プロクシマを探検に行く宇宙船の話だった。一人称で書くことにしたので、なぜ主人公が日本語を用いるのかという点に、大いにこだわった。その結果、こういう手を用いた。その頃（幾世紀か後の話である）地球人はすっかり混血して国家意識はなく、新しい世界語を用いているが、彼らの間に最も流行している趣味は、すたれてしまった過去の言語の研究である。中でも一番むずかしいと言われる日本語を、主人公が勉強中なのだから、それを用いて日記をつけたとしても不思議ではない、という設定である。

それにつけても、目下ＳＦはもっぱらアメリカ産で、次いでソヴィエト産と、この二国の専売だから、世界語が英語かロシア語でも、向うの作者たちにとっては当然かもしれない。しかし私は、核実験を平然と続けているこの二国が、世界語を掌握するのは面白くない。アメリカ産のＳＦを読んで、私がいつも顰蹙《ひんしゅく》するのは、未来の地球人がどれもアメリカ人の顔をしていることである。

推理小説の流行の次に、ＳＦの番が来ることも充分考えられる。推理小説は風俗的な犯罪を扱うが、ＳＦは未来の人間を、つまりは人類の運命を扱うのだから、どうもこの方が規模壮大である。但し推理小説を書きとばすほど楽ではあるまい。勇敢なる推理作家諸君、一つやってみませんか。

ポーについての一問一答

加田伶太郎

僕は昔、友人福永武彦にそそのかされて、推理小説をいささか物したことがある。彼の悪がしこい口車に乗ったばかりにとんだ苦労をしたので、このところはすっかり筆を洗った。というのは、文化大学の語学教師である僕は、のんびりと推理小説を読む愉しみはいまだ保留しているが、何も近頃流行の推理小説ブームの風下に立って、原稿用紙を風に木の葉と吹きとばすような真似はしたくないからである。すると或日、彼が大学の僕の研究室に現れて、次のような問答が行われた。以下は忠実なその記録である。

彼——君に一つ頼みがあるのだが。

僕——お出でなすったな。どうせろくでもない頼みだろう。原稿がつっかえているから代りに書けとでも言うんだろう。

彼——よく分ったね。（にこにこと）実はポーの推理小説集に解説を書かなくちゃならないんだが、その役に君を推薦したんだ。

僕――（憤然と）勝手なことをしやがる。なぜ君が書かないんだ。断りもなく僕に押しつけるなんてひどいじゃないか。

彼――ポーの推理小説なんて、猫と言えば小判と言い、豚と言えば真珠と言うくらい自明の理だ。そういうものは書きたくない。

僕――君の比喩はおかしい。猫と言えばニャアと言い、豚と言えばシッポと言うようなもんだろう。

彼――それそれ、そういう洒落たことを言う人に書いてもらいたいと、訳者もぜひにと望んでいるのだ。

僕――（やや好奇心を生じて）その訳者とは誰だい？

彼――これが丸谷才一という、小説家にまだなりきれないでいる英文学者だ。ポーが推理小説の大家であるのと同じくらい、丸谷君が名訳者であることは自明なんだ。僕はそういう当然そのもののようなことは書きたくない。だから君を推薦した。

僕――丸谷君というのは、たしか癪田一矢《しゃくだいっし》という批評家の友人だな。近頃は結城昌汁《ゆうきしょうじる》なんて若手の推理作家と附き合って、だいぶ推理物にかぶれたと見える。もう少し骨のある男かと思っていたんだが。

彼――（同情的に）骨はあるよ。癪田君みたいにジャーナリズムを遊泳するのはうまくないがね。いずれ彼は立派な風俗小説を書くと思うね。

僕――（懐疑的に）そうかね。だいたいポーは詩人であり、批評家であり、形而上的宇宙論の神秘家であり、小説家としては色んな実験をやっているんだ。その中から、とみに世評の高い推理物だけを訳すなんてのは、丸谷君の骨の程度が知れるね。

彼――（ますます同情的に）この本は、世界推理小説名作選というシリーズの一冊なんだ。だから決して丸谷君のせいじゃないんだ。ところで何だって、ポーの推理小説はとみに世評が高いって？

僕――自明だとさっき君も言ったくせに。ポーが名探偵物の型をとうの昔に完成してしまったから、近頃みたいに、本格物は行きづまりという哀れなことになっちまった。僕なんかも（と声をひそめて）最初の短篇に伊丹英典《いたみえいてん》なんて名探偵を登場させたから、自縄自縛であとが書けないいんだよ。

彼――（慰めるように）ポーだって少ししか書いてないさ。

僕――ポーを引き合いに出したんじゃ、誰もかないっこない。『モルグ街』や『マリー・ロジェ』や『盗まれた手紙』は、ただの推理小説といったものじゃない。何度読んでも面白いというのは、文体とか筋とか言った以上の何かがあるからだ。犯人が分ればそれで事足りるだけの代物じゃないからね。

彼――その何かとは何だね？

僕――ポーという人間には、抒情的というかロマンチックというか、昔の恋人を忘れかねるようなしみじみとしたものがある。と同時に、この男は数学や論理が好きで、ひどく理詰めな点がある。詩人と数学者とが同居しているんだな。だから彼が推理小説を書く時のモチイフは、金もうけの手段という点を別にすると、一種の論理的な遊び、代数の数式を文字で書くというか、幾何学を絵で描くというか、或いは論理学を小説で表わすというか、そういったものが惑じられるのだ。

彼――しかし文学だからこそ、ポーの推理小説は古典なのだろう？

僕――勿論さ。しかし文学というのは、まずモチイフがあってから発酵し、成熟するものだ。そのモチイフが論理であってもちっとも悪いことはない筈だ。『盗まれた手紙』の面白さは、手紙の発見に至るまでの消去法が、論理的な発展に基づいて、それが文学的な興奮と一致するからだよ。君みたいな非論理的な人間にはこの妙味は分らないかね。

彼――僕は合理的な人間のつもりだがね。

僕――ポーの小説が論理明快なのは、一方に於て彼が非合理的、神秘的、夢想的であることの副作用なんだよ。それは合理主義の産物といったものじゃない。殺人事件や盗難事件はすべて神秘で、従って推理を働かす余地がある。しかし反対に、論理的に解釈のつかない事件もあるのだ。例えばポーは『アッシャー家の崩壊』や『黒猫』などを書いた。怪奇小説というのかな、ちっとも説明はないがひどく強烈な印象を与える。そういう場合に、ポーは決して余計な論理を用いることはない。それはモチイフが詩にあって論理にはないからさ。一方の推理物の場合には、極端に論理の面白さだけに遊ぶ。『黄金虫』なんてのは、まさに難しい代数の問題を解いているようなものだ。

彼――というと、はっきり二種類に分れるわけかね、モチイフが詩によるものと、論理によるものと？

僕――そう、僕は推理物は、ポーに於ても一種の頭脳の遊びだったという説だからね。（教師面になって）しかし一人の文学者が同時に詩人と数学者とを兼ねている以上、その特質はあらゆる小説の中に滲み出て来る筈だ。ポーの謂わゆる詩的な小説でも、緊密な力学的な構成は、まさに数学者のものだよ。一方の推理物の場合にも、思考機械のようなデュパン氏の創造は、その創造自体が詩的なものであると思うな。オーギュスト・デュパン氏は、後輩のシャーロック・ホームズ氏ほどの詳しい描写は与えられていないにも拘らず、ちゃんと生きているのだ。ヴァレリの怪物テスト氏が生きているようにね。だからデュパン氏の推理の内容がどんなに論理的であっても、僕等はデュパン氏という人間を通してそれを知ることによって、頭脳の愉しみを得るわけだ。

彼――つまり論理も亦詩であるということかね？

僕――論理も亦人間的産物であり、人間的産物はすべて文学に翻訳されるということさ。

彼――文学万能みたいになって来たな。

僕――近頃の推理小説には、論理らしい論理なんかありはしない。もっとも、詩があるものも稀《まれ》だがね。ポーのようなのは例外だよ。その例外が、推理小説史の一頁目に出て来たというのが、推理小説の不幸というものさ。ああくたびれた。

彼――（にやりと）御苦労さま。この対話を原稿用紙に写してくれれば、それで解説になるよ。丸谷君も悦ぶだろう。

僕――（憮然として）ああ、またはかられたか。

『深夜の散歩』の頃

早川書房の「ミステリ・マガジン」が二十周年を迎えるというので、お目出たいとばかりに原稿を引き受けたが、二十年というのは古風に言えば二昔《ふたむかし》で、当方のお年が知れるというものである。この雑誌がもともとは「エラリイ・クイーンズ・ミステリ・マガジン」と称して、「リーダーズ・ダイジェスト」の流れを行く翻訳専門の雑誌だったことなど、今の若い読者にはまるで関心がないだろう。しかし略して「ＥＱＭＭ」と呼んでいたこの雑誌ほど、その当時、知的な雰囲気を漂わせていた娯楽雑誌は他になかったのではないかと思う。編集の根本方針は今の「ミステリ・マガジン」でも大して変らず、翻訳の探偵小説がずらりと並んでいるところは昔の「ＥＱＭＭ」と同じだが、惜しいかな魅力に於て少々欠けるところがあるらしい。というのは傑作が鮨詰めだったが、今はなかなか面白い短篇に当らない。これは長篇の単行本の分野でも、同じような嘆きがある。

早川書房の「ＥＱＭＭ」が出る前は、古本屋でアメリカ兵の読み捨てた本国版の「ＥＱＭ

M」を見つけて来て暇な時に読むことが、一種の知的な愉しみだった。それが日本語版が出るに及んで、定期的な愉しみとなった。もっともその分だけ知的な要素の方は減ったとしても、探偵小説はもともと知的なものである。何しろ日本語版というのは、たくさんある本国版の作品の中から面白いのだけを選りすぐって載せてあるのだから、どの号も充実していて、およそ詰らない作品のあろう筈がない。端から端まで一息に読み通せる。これは編集長の都筑道夫君の選択眼がすぐれていたことも、もちろん関係があるだろう。

子供の頃「新青年」という雑誌が、ぎっしりと面白い小説や読み物に充満していたという印象が今でもあるが、恐らくこの「EQMM」も、それに匹敵する出来映えだった。私はたびたび引越をして、当時の雑誌は一冊も残っていないから確かめることが出来ないが、めったに確かめる気を起しでもすれば、何しろ二十年経ってすっかり忘れているだろうから、忽《たちま》ち夢中になって読み耽ることは請合いである。

私の記憶が間違っていなければ、初めのうち「EQMM」は完全な翻訳物ばかりで、オリジナルなものは殆ど載っていなかったようである。そこへ都筑君が日本人の手によるコラムの欄をつくり、私は一度「探偵小説と批評」という文章を書いたことがあるが、その後暫《しばら》くして連載のエッセイを頼まれることになった。私はちょうどその頃、加田伶太郎のペンネームで探偵小説をぼつぼつと書いていて、この名前の蔭にいる本名の方は絶対にばれないようにしていたから、都筑道夫がそれを見破って、私をからかうつもりで連載を依頼したのかどうかは確かでない。私も探偵小説のマニアを以て自認していたし、この仕事を引き受けると、ぞくぞく刊行されるポケット・ミステリを端からくれるというのだったから、一も二もなく承知したにきまっている。宜しいとばかりに昭和三十三年七月号から、「深夜の散歩」と題して書き始めた。

探偵小説を読むことが暇潰しの筆頭である人間にとって、こんな易しいことはない。何しろ暇はつくれば必ず生ずるものだし、材料の方は早川のポケット・ミステリと創元社の推理文庫とが毎月新刊を出しているのだから、どうせ一冊残らず必ず読むのである。連載を書くのは、ただその読後感をしるすだけである。いとも簡単に考えていたが、しかし探偵小説の批評もしくは紹介には色々とタブーがあって、多少なりとも読者に犯人やトリックのヒントを与えたりしてはいけない。面白いぞとは言っても、その面白さをあまり詳しく説明するとタブーに引掛る。決して楽な仕事ではないことが、追々に分って来たから、十八回ほど続けたところで勘弁してもらった。私がやめたあとは中村真一郎が「バック・シート」と題して十五回ほど書き、そのあとを丸谷才一が「マイ・スィン」と題して二十一回ほど書いた。つまりこういう二頁見開きの連載コラムの欄がすっかり定着したので、この形式が今にいたるまで続いているところを見れば、私はまあ草分けの一人にはいるだろう。

編集長の都筑道夫はその上「ＥＱＭＭ」の別冊というものを考えて、こっちの方はオリジナルな日本人の作品だけで行こうとしたから、私も加田伶太郎の名義で短篇を二つばかり書いた。これは「深夜の散歩」を連載していたのと同じ時期で、思えば都筑君のためにだいぶ尽くしたものだ。ところが都筑君にしても、またバトンを引き継いだ次の編集長の小泉太郎《こいずみたろう》君にしても、翻訳物ばかり見ているとそのうちに腕がむずむずして来るものか、編集業に見切をつけて実作の専門になり、忽ち名をあげてしまった。「ＥＱＭＭ」という雑誌は、読んでいると自分もやりたくなるような奇妙な魅力を持っていたらしく、結城昌治君なんかもそのくちである。お蔭で私も読者としてそれまでの翻訳物一辺倒から次第に日本物を読むようになった。

中村真一郎と丸谷才一と私との三人が、「ＥＱＭＭ」に連載したこれらの短いエッセイを一本に纏めて、早川書房から新書版で出したのは、丸谷君の連載の終った昭和三十八年だったし、その頃は私も加田伶太郎に見切をつけて、こういう遊びを全然しなくなっていた。そのうちに「ＥＱＭＭ」も題名を変えてただの「ミステリ・マガジン」になったのは、そろそろ本国版の「ＥＱＭＭ」だけでは材料が不足して来たせいだったろう。私の加田伶太郎時代はちょうど「ＥＱＭＭ」の盛んだった時期と重なるから、それはまだ本格探偵小説が息の根をとめられずにいた幸福な時代だったと言うことが出来るかもしれない。

私の手許に古い雑誌がないと先にも書いたが、単行本の方は一冊だけ残っていて、これをぱらぱらとめくっていたら、中村真一郎の「バック・シート」の八回目に「最も純粋な芸術家である福永武彦が、時に加田伶太郎に転身して、息を抜くように。」という文章にぶつかった。昭和三十五年十二月号である。私はこのペンネームをひた隠しに隠して、親しい友人といえども天機洩らすべからずとしていたから、いつどの辺からジャーナリズムでは周知のこととなったのか不思議に思っていたが、存外わが友中村真一郎などがその元兇であるのかもしれない。私の創作慾もその頃からめっきり衰えたから、思えば私が加田伶太郎として一番張り切っていたのは、ちょうど「ＥＱＭＭ」に「深夜の散歩」を連載していた頃かもしれない。恐らく翻訳物の探偵小説を毎月たくさん読まされて、私もまた腕を撫していたからであったろう。

バック・シート

中村真一郎

アイソラの街で

〈87分署シリーズ〉というのが、最近非常に評判がいいという噂を聞いて、そのうちに読んでみようと思っていたら、だいぶあちらこちらで、専門の推理小説批評家たちが論じているのが目に入ったので、思いたって読んでみた。(次手ながら、ようやく我国にも、「専門の推理小説批評家」がでてきたのは、御同慶にたえない。推理小説というものは、歴とした娯楽品で、そして娯楽品に対する批評や鑑賞の専門家が何人も現われたというのは、それだけそのジャンルが成熟したという証拠である。――もともと娯楽品を批評するのだから、批評家も偏狭な使命意識を持たずに、作品に即して、そうして愉しく語る。またその批評そのものが、読物として面白いように工夫する。段々、そうなって行く気配があるのは愉快である。本当をいえば、純文学の方もそういう鑑賞家、読巧者の、また語り上手の批評家が、もう一ダースくらいでてくれば、どれだけ、小説を読むということが、愉しいことだと読者に判るようになるのかも知れないのだが。――とにかく、ぼくなどは、植草甚一さんや、中田《なかだ》耕治《こうじ》君の書くものには、いつも視界を拡げられて、うれしい思いをしている。)

さて、この〈87分署シリーズ〉だが、読んだのは、第一作『警官嫌い』第二作『通り魔』第三作『麻薬密売人』である。予想以上に面白いところと、また予想外につまらないところとあった。

面白い方から、先に書くと——

これはひとつの集団を扱った小説である。普通、小説はある個人の運命なり性格なりに関心を持たせるものである。面白さはそこにある。

ところが十九世紀の後半くらいから、近代的な都会というものが成立し、個人の生活は向う三軒両隣だけとの交渉では済まなくなった。昔の小説の典型的なものというと、たとえばジェーン・オースチンのものなどだが、あれは近所づき合いだけで、小説の世界が成立している。その近所づき合いだけが、強固なひとつの社会を作りあげていて、そこから外へ出る場合は——一人物がロンドンへ出かけて行くというような何でもないことが、ひとつのドラマの種子になれるくらいな、大きな事件となる。ああいうやり方で、ひとつの社会を描こうとすれば、今日では、余程、山の中の辺鄙《へんぴ》な村か、でなければ夏場の避暑地かなにかに舞台を設定しなければならない。

そこで、会社とか、官庁とかいう、仕事のひとつの単位を中心に描いて、現実社会の似姿を作りだすという方法が、小説にとり入れられるように、次第になってきた。

つまり、小説中の人物が、家庭中心から職場中心に移動するという傾向がでてきたので、この分署シリーズなどは、その明らかな例である。

ここでは、ニューヨークのような大都会の、そのある区劃の警察署の警部とその部下の刑事たちのグループの活動が描かれる。

あるひとつの事件を、その刑事たちが手分けして追求し、遂に解決して終るわけであるが、作者は数人の刑事に、はっきりした性格づけを行い、またそれらの刑事の個人生活を描写する。ある刑事は家庭に帰って妻君と話しあったり、また別の独身の刑事は恋人を訪ねて行って、一緒に寝たりしている。

また、それぞれの刑事たちの性格づけというのが、現代小説風に、内面から描くという方法が採用せられているから、探偵小説だといっても、本筋に関係のない、個人個人の様々な夢や苦しみが、よく書きこまれている。

ある刑事は、はりこみの最中に、女性に送る贈物のことを考えていることもあるし、また、細君とベッドを共にしている間に、仕事のことが頭を去らなくて困るというようなこともある。また時には、警部の子供が事件に捲きこまれそうになり、職業的良心と家庭の平和との間で、板ばさみになって苦しむという場合もでてくる。

この小説シリーズの魅力の第一が、ひとつの集団と、その動きを明確に描きだしてくれているところにあるとすれば、第二はだから、その集団のなかの何人かの個人の生活が、夜も昼も報告されているという点だろう。つまり、この小説の刑事は、あくまで刑事であると共に、現代の都会生活のなかでの、個人なのである。

そうして、そのうえシリーズ物だから、同じお馴染みの人物が何度も現われては、同じような言葉を使い、同じような心の動き方をするし、一方でまた時間の推移と共に、初めの物語で、逢引をしていた独身刑事が、次の物語では新婚旅行から帰って、結婚生活へ入るということにもなる。――つまり、ひとつずつの挿話が筋の点では独立していると共に、長い物語としても読めるというのが面白い。

銭形平次《ぜにがたへいじ》や、ペリイ・メイスンも、シリーズであるが、あれらの物語では、いわば人物たちは年をとらない。メイスンとストリート嬢はいつまでたっても、恋愛におちいらないで、同じ距離でいるというのが、愛読者にとっては、物足りない。この87分署はそういうのとは違って、確実に時間が推移して行く。また面白さもそこにある。だから、読者は第一巻から順に読んで行くのが、最も愉しめるやり方だといえるだろう。

それから、純粋に文学的な興味からいうと、こういうことがある。(近頃の推理小説読者は、大体が非常に贅沢な小説読みが多い。だからこういうことを指摘するのもまた一興ということになる。)

それは、大体が、アメリカの新しい推理小説は、二十世紀の新しい純文学の手法を大胆に消化している傾向があり、このシリーズなどにも、それがはっきりと現われているという事実である。(これに反して、イギリスの推理小説はその国の小説の黄金時代だった、ヴィクトリヤ朝の小説手法をそのまま踏襲しているものが、大部分である。これは、英米の単に探偵小説にかぎらず、小説一般の伝統というものと直接に関係があって、重要だと思う人には仲々重要な問題なのである。）

このシリーズにおける新手法の消化で、目立つのは、第一に、人物の内面を描くのに、例のジョイスの内的独白が採用されているという点である。寒い冬の夜中に、人通りのない街をパトロールしながら、刑事がベッドのなかの女房のことを考えたり、また真昼の動物園のライオンの檻のまえで、はりこみ中の刑事が、ピーナッツをかじりながら、テレビのディスク・ジョッキーのスタイルを模倣して暇つぶしをやる、といったところが、この内的独白の手法で描かれるという、愉快なことになっている。（そういえば、刑事のひとりに読書家がいて『ユリシーズ』もちゃんと読んでいるらしい。）

新手法の第二は、ハクスリーの発明した対位法的な場面転換である。これは映画のカット・バックの手法とも、勿論関係がある。

（そこで思うのだが、由来、我国の文壇は新しい手法に対して、過度に警戒的である。そういう手法を使うと、それだけで意図が不真面目だと裁定されてしまう。だから、寧《むし》ろ、推理作家の方で、先にこうした実験を自由にやって、逆に純文学の方に輸血してやったらいい。折角の遊びをやろうというのに、我国の狭い純文芸の伝統に捉われている手はないのである。）

最後に一言、このシリーズの不満といえば、非常に人情的なモラルで、一貫しているという点である。性善説が人物の魅力を限られたものにしている。チャンドラーなどと比べれば、そういう点への不満が、はっきりするだろう。

英国の疎開地で

アガサ・クリスティーの『無実はさいなむ』を読んだ。

五八年の作品だから比較的近作に属する。

クリスティーは随分、沢山、書いている。滅多に英語で探偵小説などは読まないぼくが、安本の原書で読んだ記憶もあるから、かなり沢山、こっちも読んでいる勘定になる。

彼女の作品は、出来不出来はあるが、いずれも面白い。そうして、その面白さというのは、よく書けている小説の面白さである。——少くともぼくには。

「よく書けている」というのは、どういうことか。それはイギリスの田舎の生活の情景が、生き生きと書けている、ということで、つまり、ジェーン・オースチンの小説が、時代こそ違え、やはりイギリスの田舎の生活を、きめ細かい肌触りで、見事に描きだしているのと同じことである。要するにぼくにとっては、クリスティーはオースチンのように面白いということになる。

これは大変なことで、断っておくが、出不精のぼくは、まだ一度も日本の本土の外へ出たことはない。(昭和三十五年現在)従って、ぼくは、イギリスの田舎などは、見たこともないわけである。そのぼくの心のなかに、まるでそこで暮しているような錯覚を与えてくれるほど、生き生きとした生活情景を、文章によって再現してくれているというのは、余程の技倆だということになる。

現代の日本の作家で(あえて探偵作家に限定しないが)、ちっとも日本を知らない欧米人に、そのある部分の生活に立ちあっているような幻影を見させるだけの達人が一体、何人いるか、と考えてみれば、クリスティー女史の腕前のすごさも判ろうというものである。

断っておくが、それは何も英国の地方生活に、ぼくが特殊な興味を抱いているというのではない。たとえ地球の向う端であろうと、人間が集って生活している状態を、ありのままに再現してくれる作品に接すると、人は心を動かされる。小説を読む愉しさとは、そういうものである。

ここで、小説とは何ぞやという、一大議論を正面から展開するのは、読者に迷惑だから、回を重ねるにつれて、浸透的に、ぼくの小説観を目立たないように出して行くつもりだが、一度、はっきりさせておけば、つまり、小説の理想的な形には、ふたつの極があって、一方に、倫理的な追求をする小説、一方に世態人情を描く小説があるわけである。

そうして、我が近代文学の歴史では、真面目な純文学の読者は、主として、倫理派であり、読者代表たる批評家も、だから、大概、作品を評価するのに、作者の思想いかんという方向からする。それはそれで結構なのだが、もう一方の、風俗的な方の小説に対する考え方が、普及していないものだから、我国の純文芸は、どうも堅苦しく体あたりに過ぎる方へ傾いてしまう傾きがある。人生いかに生くべきか——ということばかりを、小説に問うているということになる。

ところが御承知のように、日本の近代文学は専《もつぱ》ら仏露の小説の影響を受け、英国の小説は、大部分の文学者から、一向にかえり見られなかった。しかし、英国は近代小説の発祥の地であり、大陸では「小説の国」と呼ばれるくらい、この形式の文学が沢山生まれた。そうして、英国の小説は、我国の小説とは逆に、今、あげた二つの極という見方からすれば、風俗的な面が強く、——だから、日本の小説理念とは離れているわけで、従って、影響も受けなかったのだが——クリスティー女史のような才人が現われるのも、伝統的に当然なのである。それは殆《ほと》んど、日本人に柔道の名人が現われるのが、当然だというようなものである。

いや、クリスティー女史ばかりではない。現在、英国には実に沢山の風俗的小説家がおり、探偵小説も、実に沢山、製造されているが、これほど英国で探偵小説が長い間流行しているというのは、ひとつには、それが、謎解きということだけでなく、生活の情景が細かく書かれていることへの読者の共感が強いからだろう。つまり、英国人は探偵小説を小説として読んでいる。

かつて吉田茂《よしだしげる》氏は何を読むかと問われて『銭形平次』を読むと答え、多くの識者の笑いを買ったが、英国好きの紳士である吉田老は、ただ、英国流の文学の読み方の常識に従って答えただけなのだ。というのは吉田老は、『銭形平次』を読む理由として、現代の小説は読んでも、さっぱりそこに生活が浮び出てこないからつまらないが、『銭形平次』のなかには江戸の市民生活があると説明しているからである。つまり、氏は小説に対して、倫理的見方に偏する我が近代小説観を排し、英国流の風俗的見方に合致するものとして、『銭形平次』を挙げたということに過ぎない。高級低級の問題ではない。軽蔑した「識者」の方が、小説に対して、あまりにも日本的な狭さを持っていたということなのである。吉田老は『銭形平次』を小説だといっているだけで、それ以上の意味はない。

そういうわけで英国の探偵小説を好きな人は、大抵、それを普通の小説として読んでいる。我国の探偵小説も、ぼくはそちらの方向へ——というのは生活情景の生き生きとした描写の方向へ、進むのがいいと思っている。探偵小説は芸術なりや否やという議論なども、このあたりに視点を定めて立直すと面白いことになるだろうと思う。そうして、病的で特異な戦前派の探偵小説が、日常生活を舞台としたものに、次第に移ってきているのは、ぼくなどは、だから歓迎しているわけだが、もしこの方向を押して行けば、近代日本の狭い小説観を逆転させるような、風俗的小説が、探偵作家の腕から生まれるかも知れないと、半ば本気でぼくは期待しているわけである。

ところで、本題のクリスティーにもどると、ぼくはさっき、女史の数多くの作品には、出来不出来が多いといったが、あれもよく考えてみると、風俗小説として失敗しているものが、出来がよくなく、従って、つまらないのである。『オリエント急行』『青列車の秘密』の二大愚作は、そのよい——というか、悪いというかの——例である。それは探偵小説というよりも、人情の自然に反しているか、あるいは描き方に自然さが足りない——つまり、小説として駄目だというわけである。

この意見は、ぼくだけの趣味の偏りというようなものであろうか。

クリスティー女史は、長い作家経歴のなかで、いつもその時代時代の生活を舞台にして、小説を書いてきた。だから、戦前のものには戦前の生活が、戦時中には戦時中の生活が、そして、戦後は戦後の生活が、見事に反映している。

今もって、ぼくが感心しているのは、彼女が戦争直後に書いたある作品で、疎開生活を描いたものだった。その小説を読んで、ぼくは疎開生活というものを、これほど鮮やかに小説化したものは、我国にもないのではないかと思ったくらいである。

疎開者は、周囲の田舎の人たちにとっては異邦人であり、いつも周囲から一挙一動を疑いの目で見られている。つまり、疎開者は探偵に取り巻かれているのと同じである。そこに犯罪が起これば、どうしても田舎人たちにとっては、経歴不明の、疎開者が睨まれる。そういう疎開地の心理的情況を、そのまま、探偵小説として取りあげたというのは、女史の一大活眼というべきだろう。

今度の『無実はさいなむ』を読んだとき、ぼくは英国の田舎も戦後、すでに十年以上たったのだな、ということを感じた。それは、何も、素人劇団がフランスの前衛作家サミュエル・ベケットの『ゴドーを待ちながら』を上演していたり、婦人会に日本の生花が流行している、というようなことからだけ判るのではなく、人物たちの心理そのものに、ゆったりとした平時的なものが復活しているし、一方でその復活ぶりは、しかし、戦前とは違っている。つまり「一九三〇年代の典型的な慈善事業家」である女主人公の行為が、戦後の世代にとっては、もはや善ではなく悪と理解されるということが、この物語の主軸をなしている。そうして、シチュエイションそのものは、戦争によって作りだされたものであり、その点から見れば、この探偵小説は、川端康成《かわばたやすなり》の『山の音』がそうであると、同じような意味で、反戦小説ともいえる。

クイーン検察局で

一般的にいって、推理小説は長篇に限る。短篇は謎も簡単すぎるし、読者に考える暇を与えない。つまり、スリルとサスペンスの愉しみの時間が少い。

だから、短篇で面白く読ませようとすると、特別の工夫が要る。

（半分余事ながら、ぼくは普通の小説においても、長篇主義者である。西欧人は小説をロマンと呼ぶが、これは長い小説のことで、小説家はロマンシエ。小説家というのは長篇を書く職業なので、短篇が余技以上にいっているのは、西欧作家では極く少い。大概、若い時期の習作か、老年の筆のすさびで、代表作は長いものということになっている。この傾向にぼくも賛成である。）

ところが我が国では本職の短篇小説家というものが多い。日本人は短篇の方が得意なのではないかという説もあるくらいである。何故そうなったかについては、ぼくは独特な見解を持っているが、それはいずれ他の場所で紹介するとして——推理小説においても、我が国は短篇のジャンルで大いに新風を作り出してくれるに違いない。またそうならなければ、近代文学百年の歴史の手前、恥かしいようなものである。
が、先ほどもいったようにぼく自身は長篇主義者だから、日本の推理作家が、続々と長篇を書きだしたのを、実は拍手しながら見つめている。

　何だか長篇讃美の方へ、どうしても筆が滑りそうで閉口だが、ここで強引に歯止めをかけて——そういうわけだから、繰り返しになるが、短篇は長篇にない味を必要とする。長篇の小型だというだけではだめである。

　短篇で世界的名声を得ているのは、わざわざ挙げるのもテレくさいが、シャーロック・ホームズのシリーズで、このシリーズを研究すると、短篇推理小説の独自の可能性というものも判るだろう。が、ぼくは怠けもののせいか、ホームズ物と長篇推理小説との本質的相違についての、名論には未だお目にかかったことがない。

　次手をもって云えば、半七《はんしち》捕物帖はたしかにホームズの方法を継いだものだろう。そうして、我が友、戸《と》板《いた》康二《やすじ》氏の芸界推理短篇シリーズは、綺堂《きどう》の方法を更に意識的にしたものだろう。もし、ホームズの方法が諸々の短篇のなかに英国生活の諸情景を巧妙に生けどりにしているところにあるとすれば、綺堂のものは安定のある旧幕時代の背景をとり、戸板氏は更に限定された歌舞伎の世界を中心にして、舞台を設定している。

　こうしたことから判断すると、短篇推理小説は、単発でなく、シリーズにする必要がある、ということになり、そしてそのシリーズは同一探偵、同一舞台が理想的だということになる。

現代の——維新以後の変転の激しい日本の社会では、舞台は綺堂のように、動かない過去へ持って行くか、戸板氏のように、特殊な世界へ限定するかということが、第一の必要条件となる。

つまり、個々の小説がひとつの世界を作るというのでなく、幾つか集って、効果が積み重ねられて、そこにひとつの世界が出来上るということになる。これは短篇小説の美学としては、寧ろ『千夜一夜物語』とか『十日物語』とかの方法だということになる。

そこで、この回の主人公であるエラリイ・クイーンの『クイーン検察局』という作品が登場する。

この作品は、今までのべて来た、短篇推理小説のやり方を全て備えていて、そして見事な成果をかち得ている。

第一にここに集められた十八篇が、全て同人探偵、おなじみエラリイ・クイーンである。(本来長篇の主人公であるこのクイーンは、読者が今まで、もう充分につき合っているから、いきなり顔を出しても、すぐなじめるという長所がある。読者はクイーンが登場しただけで嬉しいし、作者はそれが利用できて、短篇としての簡潔さを乱さないで済む。うまい仕掛けである。)

第二にこの十八篇は、夫《そ》れぞれ題材を変化させている。目次を通覧すれば判るように、恐喝、偽装、不可能犯罪、珍書、殺人、公園巡視etc・etcである。

このように題材の多様さを示すことは、読者の目先きを変えるというだけでなく、実は現代のアメリカの犯罪の一覧表を提出することによって、アメリカ生活の複雑さそのものを見せてくれるということになる。

戸板氏が舞台を限定することによって成功したとすれば、クイーン氏はここで、できるかぎり舞台を拡散することで、全米国のパノラマを作りあげるという、離れ業を演じてみせた。従って、この書物は勝手な一篇を抜き読みして面白いだけでなく、全篇を通読することによって、いわば、ジョン・ドス・パソスの『U・S・A』にも似た感動を受けることができる。オペラ歌手、拳闘選手、富豪の寡婦、大学教授、鉱山会社の重役、騎馬巡査、ホテルの女中、愛鳥家の老夫人、文書偽造者、家政婦、――これが、最初から十番目までの主人公たちである。才能ある作家クイーン氏としても、これだけヴァラエティーのある人物を、ひとつの小説のなかに登場させることは不可能だろう。

いや、可能にしたといった方がいいのかも知れない。この短篇集をひとつの長篇として読めばである。少くとも作家はこのような一冊の本をつくるつもりで、はじめに各短篇に主題を分けた。ひとつの見取図から、これらの作品が次々と生まれたのだろう。だから、長篇小説というものが、ひとつの世界を作りだしてみせることであるとすれば、この短篇集は、先にも述べたように、全体が集って、ひとつの社会の展望を見せてくれるのだから、やはり長篇そっくりの読後感を与えてくれるといえるわけである。構成は短篇の連続なのだが、効果としては長篇である。

第三に、この書物の面白味は、作者クイーンが長篇の場合とちがって、非常に気楽に遊んでいるところにある。長篇作者クイーン氏は、特にバーナビー・ロス氏になった時など、普通のシリアスな小説を書くのと同じような真剣な緊張をもって、作品を書き進めている。ところがこれらの短い小説のなかでは、それぞれひとつだけの小さな謎を一直線に解いて行けばいいのだから、作品を作りだす動機は、その謎を思いついた瞬間に展開しきり、書く間はひたすら遊びつづければいいわけである。

そこで、クイーン氏が長篇では緊迫しすぎた空気を和らげるために行なう遊びを、ここでは、それだけを独立させてやっている。

つまりこの書物は、クイズであり、パズルであり、余興なのである。だから、ひたすら愉しいわけで、これらの短篇はそれぞれ、クイーン氏の長篇のパロディーになっていると云ってもいいわけである。クイーン氏自身が、クイーン氏の声色をやってみせてくれていると云ってもいいわけである。

恐怖感覚！

「読者への警告！　夜、この本を読むことを奨められない。一人のときはとくに。まして夜中には！」

こういう恐ろしい言葉が裏表紙にすりこんである、ロバート・ブロックの『気ちがい』（原名Psycho）は、仲々評判だ。

読んだ男または女が、口をそろえて、すごい、不気味だ、こわい、戦慄的だ、という。中には親切に、君などは読まない方がいい、と忠告してくれた人もいる。

そこで、私は枕許に鎮静剤とウイスキーを置き、スタンドの他に天井に明りまでつけ、扉を明け放して、いつでも逃げられる手筈にしておいて、読みはじめた。

仲々いい小説である。平和な安らかな空気の支配している部屋で、主人公はインカ帝国の歴史を読んでいる。その静かな四十男は、やがて親一人子一人で、マザー・コンプレックスに支配されていることが判る。それから普通の殺人があって、探偵が出現して、この四十男は段々完全な狂人だということになって終る。

私はこの主人公の心理構造の底へ底へと、作者が分析して行く、明快な手法に感心した。愉しかった。

そして読み終えて、はっとなった。これは恐怖小説なのだ。そして、もしかすると怪談かも知れなかったのだ。

ところが私が今、読みおえたのは、愉しい認識小説で、このなかには何らの謎も不可解もなく、作者によって、数学を解くように明快に解きあかされている。全然、こわくないのだ！

一体、我が友人たちは何を読んでいたのだろう。私が今まで読んだ探偵小説のなかで、こんなに恐ろしくない小説は他にはちょっと思いだせない。ノックスとかクリスピンとかいう英国のパロディー小説ならともかく、本格的な探偵小説は、たとえばクイーンの『エジプト十字架の秘密』にしても、フィルポッツの『闇からの声』にしても、もっと崩れたボアロー＝ナルスジャックの『悪魔のような女』にしても、それらは必ずしも、恐怖ばかりをねらった作品ではないが、それでも私を、二三日、変な気持にするだけの、強烈な衝撃があった。私は文字通り、飯が喉を通らなくなった。

ところが、この「恐怖小説」が、全然こわくないばかりか、読んでいる間に、心が落ちつき、静かな知的快感に包まれる、ということになると、話はどうも辻つまが合わなくなる。

何故だろう。――それはこの小説が、徹頭徹尾、知的分析によって構成されているからである。主人公の行動は全く、心理学的な公式によって描かれている。そこには、何らの意外性もない。完全な症状として説明されつくしている。

作者は狂った人間の、その狂気の原因を先ず、充分に分解して、読者を納得させ――納得できない読者は物判りが悪いのである――次にその病気の結果をやはり、いちいち提示し、解説する。それは反駁《はんばく》したり、疑念を持ったりする余地の全くない、完璧さである。

ひとつのことをすっかり判らせてもらうというのは、愉しいものである。だから、そういう知的な愉しみを求める読者は、是非、一読に及ぶがいい。これくらい頭の整理された小説家も珍らしい。そして、読者はこの小説を読みおえると、自分も頭がよくなったという気がするだろう。自分のつきあっている人間の不可解な行動も、暫《しば》くの間は、同じやり方で見れば、忽《たちま》ち判ってしまうという錯覚が抱けるだろう。

そういうわけで、この小説は探偵小説風の意外性なども用意しているのだが、作者はあまりに知的にフェアであるために、最初の殺人のところで、論理的に自然に、もう最終頁まで見抜けてしまう。そうとしか、とれないように――というのは、現実の複雑さが、作者の明快な唯一の説明によって、一本の論理の線に統一され、結論を間違えることを不可能とするように、すっきりと出来上らされている。

断っておくが、私は『銭形平次』を読んでも、時々、犯人は八五郎《はちごろう》ではないかと、思いちがえるくらいに、勘の悪い男である。尤《もっと》も、勘が悪いかわりには、論理的精神は発達している。従って、私が八五郎を犯人だと思い違いするのは、私が悪いのではなく、野村胡堂《のむらこどう》さんが論理的に、アンフェアだからだ。つまり完全に説明してくれないからだ。

ところが、このブロック氏は少くとも私と同等、あるいはそれ以上に、頭脳が明快であるため、彼にとっては現実は完全に説明されつくす。つまり現実は、一見、どんなに怪奇な現象だろうと、怪談にはならずに、知的好奇心による分析の対象となってしまう。それでは、恐がりようがない。

恐がるとは、そもそも、現実のなかで、人智では説明のできない、超自然の現象に触れた場合に、人の心に起る反応である。

この『気ちがい』のなかには、超自然は一頁もない。私たちの理智を超越した事柄は全然、起らない。ばかりでなく、もし、その事実に、合理的な説明が加えられなかったら、充分、恐怖感をかりたてるような現象も、作者は大いに、頭脳明晰なところを見せて、解明してくれている。終りの方で、一人物はわざわざ、こういう感想をもらす。「怖いのはあの家でなくて——彼の頭のなかだったんだわ。」

そうである。この小説の恐怖は、全て主人公の頭脳の所産であり、しかも、その頭脳の構造は、作者が完全に分解し、三重人格であることまで判らせてくれる。

が、ここまで書いて来て、私は少々気味が悪くなって来た。何故なら、私のこの説明にもかかわらず、現実には、私以外の全ての読者は、この小説を読んで、戦慄し恐怖し、興奮し叫喚した。

ということになると、私ひとりが別物なのだ。

そこで思いだしたが、福田《ふくだ》恆存《つねあり》さんは恐怖感覚が（高処恐怖を除いて）先天的に欠如しているそうである。そうして、普通の人が恐がることに、滑稽感を刺激されるという。あの恐ろしい、そして、やはり、絶対に夜中に読んではならないことになっている『楢山節考』を読みながら、笑いつづけたそうである。

だから、この『気ちがい』を読んで、いい気分になった私も、福田氏のように、恐怖感覚の神経が間違って滑稽の神経に接続されている男なのだろうか。

しかし、私は友人や知人の間では、恐怖感が異常に鋭い男ということになっている。

現に、ナチスの残虐な記録などは、家のなかのどこかの片隅にしまってあると判っただけで、顔面蒼白になり、平常の会話も不可能になってしまう。

そういう男にちっとも恐怖感を起させなかった、そして、普通の神経の所有者全部の心臓を凍らせてしまった、この『気ちがい』という傑作は、やはり注目すべき小説といわざるを得ないだろう。

小さなホテルで

ここにひたすら個人生活の幸福を守ろうと心掛けている小心な、しかし、あくまで善良な男がいる。

彼は独身の語学教師で、唯一の道楽はカメラである。彼は給料を貯めて、暑中休暇に小さな避暑地へ行く。そして、そこで好きな写真をとる。そのフィルムを町の薬屋に現像に出す。それが彼を全く意味不明な事件に捲きこんでしまう。

しかも、彼は冒険などは大嫌いな男で、三日後にはパリへ引き返さないと、学校をクビになるから、何が何でもそれに間にあう最後の汽車の出るまでに、この事件から脱けださなければならない。

ようやく彼は、その最終列車に乗りこむことができ、首もつながり、そして、彼の個人生活の幸福は、その三日間だけを例外として、相変らず持続する。

彼はその不思議な三日間の体験を、その後、一冊の回想記に書き記す。

――という体裁の物語が、このエリック・アンブラーの『あるスパイの墓碑銘』である。

これは一種の「スパイ小説」である。というのは、主人公の捲き込まれた不思議な事件というのが、国際的スパイ事件における、あるスパイ団の本拠をつきとめるために、フランスの反スパイ警察が計画したもの、及びそれに対するスパイ側の反応だったからである。

しかし、主人公は警察側がどのような計画を持つかも判らないし、また、スパイが誰なのかも判らないでいる。

善良な一市民が、何のことやら判らずに、しかし、今までの生活が、全く不合理にも破壊されてしまう危険に――しかも、自分には何の罪もないのに――おちこませられる。

これこそ、現代人の誰もが、巨大な政治の動きのなかで、時々、ぞっとするほどの思いで、思い知らされる事実の戯画化である。たとえば松川《まつかわ》事件なども、そうした事件のひとつかも知れない。

だから、この物語は最も切実な現代的主題を扱った小説で、必ずしも「探偵小説」の枠でだけ考える必要のない、一個のかなり傑《すぐ》れた「文学」というべきだろう。

また、これは、「政治」と「文学」とか、「組織」と「人間」とかいう、最近の数年間の我が国の文壇において、種々に論議されている問題の、ひとつの場合を取り上げた小説だ、といってもいいだろう。

一体に、この物語の作者、エリック・アンブラーは、グレアム・グリーンなどと共に、探偵小説のなかに、政治という要素を持ちこみ、その政治が個人生活をどのように揺すぶるものであるかを描きつづけている作家として、我が国でも、多くの読書人の注目を引いている。

勿論、過去においても政治は、全く探偵小説から排除されていたというわけではない。が、その政治はたとえば、ルパン物におけるように、いわば善玉悪玉物に置き換えられている。しかし、現在においては、政治はそのように単純に善が栄え悪が亡びるという風に、私たちを納得させるものではない。

善悪にかかわらず、いや、「善悪の彼岸で」の、政治の歯車の回転のなかに、個人が捲きこまれたが最後、その個人はどこまで連れて行かれるか判らない。

それは歴史の転換期における、政治というものの不可避的性格であって、安定期の社会なら、政治ももっと見通しのきく動きを示し、個人は政治に関心を持たない限り、ほっておいてもらえる。

しかし、不幸にして、現代は世界政治の激動期であり、その激動期のなかでは、個人の幸福は、いつ何どき、どんなことになるかも判らない。

アンブラーはそうした情況を小説にするために、一連のスパイ小説を書いた。彼はこの『あるスパイの墓碑銘』の後記で、これが「リアリズムによる試み」であると断っている。また、「特に悪漢という人物は登場しない」とも述べている。つまり、アンブラーの作品と比べれば、ルパン物はロマンチスムの産物であり、善悪ははっきり区別されている、というわけである。

彼の小説が面白いのは、正にそのリアリズムにある。全体の仕組みそのものが、いかにもありそうであり、また細部も実に微妙な点まで写実的である。

この小説の舞台は南仏のある小さなホテルであるが、そこにはイギリス人、フランス人、ドイツ人、イタリア人、スイス人、アメリカ人と、数々の国民が混りあって、客となっている。その人物たちの国民性の描き分け、またちょっとした性癖や、言葉のアクセントのなかで、国籍をいつわっているのを判らせたりするところ——そういう描写が実に的確であって、それが小説の魅力の大きい部分をなしている。見事なものである。

仲々、こう沢山の外国人を出し、それにそれらしい姿をもたせるということは、普通の作家ではできるものではない。

そうして、私が感心したのは、それらの人間群をひとつのホテルのなかに集め、そこで自由に動かしながら、その動態を極めて遠い距離から、ユーモアを以て描きだした、作者の技倆である。政治というような怪物を料理するには、どうも、こうしたユーモアが必要なようである。そうでないと、無闇と悲痛になり、重苦しくなり、混乱におちいり、結局、その怪物に圧しころされて、怪物の姿は見ずに終ってしまう。

それから、やはり手法として面白いのは、主人公が自分を守るために、他の相客の真の姿を探り出さねばならなくなるという思い付きで、これによって、作者は最初に提出した、人物達の表面の姿を、自らあばいて、その奥にひそむ秘密を露呈させる。その秘密が面白いばかりでなく、奥にそうした秘密がひそむということを知らされたことで、逆に私たちにとって、その人物たちの表面の姿が、更に意味深いものに見えてくる。

この、人物の二重写しのやり方というものは、単なるリアリズムというにとどまらず、二十世紀に入ってからの、あるいはドストイェフスキー以後のリアリズムの手法である。あるいはヘンリー・ジェイムズ以後といってもよく、マルセル・プルースト以後といってもいい。

マルセル・プルーストの名前が出たので思い出したが、この小説のなかで、アメリカの青年がプルースト論をやって、「おやじさん（老いたるヨーロッパ）の容体がそんなに悪くならないうちに、きれいなスクラップ・ブックを作ってやったってのが、このプルーストなのさ」と述べている。そして、この健全なアメリカ的感受性によるプルースト批判を、更に、その青年の妹によって、逆に「お兄さんのプルースト談義を聞いている感じは、日曜新聞のカラー・セクションを読んでいるときの感じと同じ……」と、また野次らせている。

こういうひとつの事柄に対する二重三重の照明が、この小説の面白さの大きな部分を占めているので、会話に出てくるプルーストにかぎらず、人物たち自身の、だれひとりとして、きまった姿はない。時と共に（といっても、わずか三日間であるが）人物の本性は急激な変化を見せていく。それは主人公が孤独者であり、孤立しているが故に、警察側の人物まで、そうなのである。

それに、この人物たちの変貌を描くのに、これもまたプルースト以来の手法である、回想形式をかりたことが、有利にはたらいている。場景は場景自身として描かれるのでなく、回想のなかのイメージとして描かれる。それが時には、異常なまでの透明な画像となって現われてくる。作者自身「まるで立体鏡で、その部屋と部屋の中の人々の完全天然色による複製をのぞいてるようだ」と述べているくらいである。

最後に、主人公が彼の異常体験に与えた定義を写しておこう。それはまた同時に、作者の人生観でもあろうから。

「心の傷は、すぐに癒えるものである。というより、経験というものはすべて、部分的な、不完全なものである、というべきだろうか？　きょう短かい直線と見えるものが、あすは完全な円の一部にすぎなくなるのだろうか？」

百冊目のガードナー

おなじみのE・S・ガードナーが百冊目の探偵小説を出した。例のペリイ・メイスン物である。表題はいつもの通り、The Case of the ときて、それから Waylaid Wolf となる。読者も既にお気付きと思うが、メイスン物は何々事件という表題で統一されており、しかも何々と事件との結び付きが奇抜である。そのうえ何々の方は必ず二字からできていて、(たとえば「ビロードの爪」とか、「どもりの主教」とか、「びっこのカナリヤ」とか) その二字の対照がまた人を驚かすようになっている。ばかりでなく、口あたりよくもできていて、頭韻を踏んでいるのも多い(たとえば、「偽証するおうむ」は Perjured Parrot だし、「憑かれた夫」は Haunted Husband だし、「用心深い浮気女」は Cautious Coquette である)。百冊目の(メイスン物としては第六十一冊目)『待ち伏せていた狼』も同様である。

メイスン物は年と共に、手がこんできて、トリックも細かくなるし、繰り返しを避けようとして工夫するから、奇抜さが強引にもなる。だから時にはわずらわしくもなるし、却って逆効果で単調にもなる。また、場合によると話がこみ入りすぎて、すらすら読み進めない状態も起るし、凝りすぎて真実感が薄くなることもある。そうなると初期の大味な奴の方が懐かしくもなる。この『待ち伏せていた狼』も、そういう欠点がある。見事な熟練で押し切ってはいるが、やはりうまく出来すぎているし、財閥代表対一女性の対立で、前者の裏面からの圧力が充分、描かれていない。

が、そうした欠点は読み終ったあとで起るので、読んでいる間はやはりやめられない。もしかすると、この読みごたえのないという印象も、次の一冊を取りあげさせるための、作者のたくらみかも知れない。実際、メイスン物は、妙に後を引くようにできている。手許にあれば、一晩に、三冊くらいは続けて読みかねない。現にぼくの友人の文学者で、仕事のためにあるホテルに宿をとったところが、そのホテルがサーヴィスがよくて、部屋に探偵小説の棚をそなえてあったので、つい、仕事の前に手がでて、運悪くそれがメイスン物だったので、一冊また一冊と、読みつづけているうちに、朝となって一枚も原稿を書いていない自分を発見したという、悲惨なことになった、という実例がある。

だから、滅多に忙がしいときは、メイスン物は読むべからずということにもなる。またそれだけ本国のみならず、日本でも流行するというわけである。

さて、しからば、一体、これほど面白いメイスン物というのは、そもそも何であるか。——

という問題になる。

端的に私見を披瀝すれば、これは娯楽読物である。そして、文学ではない。従って決して悪い文学でもない。

世に何が不愉快かといって、悪い文学を読まされるほど、やりきれないものはない。だから、このメイスン物が、文学のブの字もないのは、大いに爽快でよろしい。(この『待ち伏せていた狼』で、文学的にこちらの気が惹かれたのは、「彼の態度はすっかり、何事かに気をとられているふうであった」という一行だけだった。そこでは珍らしくメイスンが、ドストイェフスキーの作中人物のような感じになった。が、この一行はガードナーの筆の滑りすぎかも知れない。)

尤も、メイスン物を英語で読む曾野《その》綾子《あやこ》さんなどは、人物の笑い方などに、仲々気のきいた表現があり、その表現の面白さが、メイスン物を読む愉しさの大きな要素だと語っていたが、日本訳で読むかぎりは、そういう愉しさにお目にかかったことはないので、大概の日本の読者には、純粋に読物以上の効果はないのは仕方ないだろう。(が、ここまで書いてきて、ぼくは機会があったら、英語で読んでみてもいいという気がしてきた。残念ながらぼくの書棚にはないし、それにやはり、英語で読むには太平洋航路の船にでも乗った時に、読書室の机に抛《ほう》りだしてあるのを拾いあげて、甲板へ出て行き、海風に吹かれながら、デッキ・チェアで頁を開くというような機会を待つ方がいいだろう。出不精のぼくに、そういう機会が廻ってきたらの話だが。)

ここで、我が国探偵小説史上の古典的な難問が必然的に登場する。即ち、探偵小説は文学なりや、あるいは探偵小説は文学たりうるや、あるいは探偵小説は文学でなければならぬか？——である。たりうる、ならぬ、ということになればメイスン物は完全に落第である。でない、たりえない、必要ない、ということになれば、メイスン物はその最良の見本だ、ということになる。

それに対するぼくの答えは簡単明瞭である。——どちらでもよろしい。ただし、悪い文学となることは厳禁。

娯楽読物を書こうという意識と、文学を書こうという意識は、無関係である。無関係であって、決して対立するものでも何でもない。それはうまいものを食べたいということと、栄養のあるものを食べたいということとの関係に近い。うまいものが栄養があることもあり、ないこともある。栄養のあるものがうまいこともあり、まずいこともある。相互に正比例も反比例もしない。

だから探偵小説といえども、可能性としては傑れた文学となることも大いにありうる。文学となるには、探偵小説は制限がありすぎるのだなどという議論は、文学をあまりに狭く——日本近代の小説概念で考えていることから起る悲観論に過ぎない。探偵小説というものをも近代の実例で限定しているからに過ぎない。まず、自分で文学乃至《ないし》探偵小説を狭く考えておいて、それから可能か不可能かなどといい合っても、碌《ろく》な結果はでてこないだろう。尤も文学を狭く考えるという点では、純文学の方の連中も似たようなもので、大体、明治以後に、西洋の文学が入ってきた時に、いきなり十九世紀中葉以後の小説がやってきた。そうして西欧の文学というものは、写実主義以来の小説そのものだという風な理解が一般化した。フランスの文学の伝統は古典主義だとか、ドイツ文学の背景はゲーテだとかいう事実も、知識としては伝えられたが、そうした古典主義あるいはゲーテというようなものは、日本の近代文学を高めるのに、何の実効もなかった。ラシーヌの一行も読まずに、私はフランス文学が好きですというような、トンチンカンな読者が氾濫している。そうして西洋の小説を考えるにも、その本道たる英国小説の伝統には全然、関心を持たず、その本道から最も遠いロシヤの小説を本道から遠いものとしてでなく、あたかもそこに本道があるかのようなつもりになって尊崇している。そうして、探偵小説は文学か、などという。

御承知のように、探偵小説は英国から生れた。英国のあの豊饒極まる小説伝統のなかから生れでた。従って英国の探偵小説の傑作は悠々と生れながらにして小説である。我国の探偵小説文学是非論は、大概は、だから実のところ、英国小説はロシヤ小説と違うということを、無意識のうちにいい合っているようなもので、滑稽である。

つまり「探偵小説は」という時に、頭にあるのは英国の見本——あるいはアメリカ知識人が西欧に対するコンプレックスのさなかで書いた両大戦間のペダンチックな探偵小説の見本であり、「文学たりうるか」と云う時に、無意識にその典型として考えているのはロシヤ近代小説では、両者は違うということしか判りはしない。

そういう議論の暇に、たとえば一冊のジードを（『法王庁の抜穴』でも、『にせ金使い』でも）読めば、文学と探偵小説とが、驚くべく巧妙に両立していることが判るだろう。そうして、その上で、ジードなどつまらぬとなれば、喜んでガードナーにおもむけばいいのである。――が、ガードナーに学んで書いた結果、批評家に文学だと賞《ほ》められた時に、怒ってもまたはじまらない。もしかすると文学というのは、そのように結果として判定するより仕方のないものかも知れない。

どうも余計な方にばかりペンが走ったが、これだけ余計なことを考えさせるのも、ガードナーが徹底した娯楽読物作家だという証拠になるだろう。百冊を完成した作者に、おめでとうと、云おう。

地獄を信じる

クレイグ・ライスの『素晴らしき犯罪』の新訳がでた。

ぼくは彼女が昨年、奇怪な死を遂げて以来、もう彼女の新作にはお目にかかれないことを残念に思っていた。いくら推理作家だといっても、御本人が慌てて密室のなかで死ぬことはないのである。我等の人生は推理小説のなかほどではなくても、色々な面倒なことが次々と起ってくるのだから、その面倒を左に避け右に避けして生きて行くのは、随分、身心の疲れることだし、たとえ避けそこなって死ぬという目に遭わなくても、しまいには避けること自体で参ってしまうということにもなる。

が、クレイグ・ライスのような独特な才能の所有者には、あの程度働いたくらいで死ぬ権利はないのである。

彼女は戦後のアメリカ探偵小説界に颯爽と登場した。戦後の早い時期に、たしか『タイム』

誌は彼女の特集をした。ぼくは彼女が家族と一緒に写っている写真に、ホーム・スイート・ホミサイドという、彼女の小説の題名がつけてあるのを見て、編集者の機智に感心したのを覚えている。

その時、ぼくは是非、彼女の作品を読みたいものだと思った。そして、やがて手にすることのできた、『大はずれ殺人事件』や『大あたり殺人事件』やその他は、全くぼくを抱腹絶倒させた。――と、こう書くと、多くの読者はあんな内輪なユーモアで、それほど笑うというのは、随分、変な男だと思うかも知れない。しかし、ああした「真面目な冗談」が、実はぼくなどには、いちばん面白い。余談ながらそれほどぼくは、つまり紳士なのである。

クレイグ・ライスはまず日常性の細密描写に長じている。ということは市民の芸術としての小説形式の、最も正統的な実践者である。彼女の小説は、大概の純文学作家も嫉妬を覚えるくらい、情景と心理との再現に成功している。たとえば、次の、ある人物の眼覚めの寸前の描写を読んでみよう。

「彼はまた目を閉じて、眠らなければいけない、と思いながら、まだ夜中だと考えようとした。眠るのだ。グッスリ眠るのだ。夢一つ見ないで、死んだように眠りつづけるのだ。それに限る。彼は真黒なもののことを考えてみようとした。黒いビロード、黒猫、黒檀、鉱山の底。素敵な個人用のヨットに乗っているのだ、と考えようとした。なるべくなら、自分の持ち舟がいい。今はハヴァナへ向かって航行中で、浪が柔かにヒタヒタ言っているのもきこえる。病院にはいっているのだと思ってみようとした――無論、生き死にとは関係がなく、たとえば足首を挫いた程度で——白い壁で、あたりは静かで、看護婦や医者たちが自分を看病し、外界から守ってくれているのだ、と。お祖母ちゃんの農場に帰っているのだと思ってみようとした。小さい屋根裏の部屋にいるので、今は暗くなったばかりで、ささやく木立の下でコオロギの啼いているのがきこえるじゃないか、と。前の晩のことを思い出さないあらゆる手を彼はやってみた。夜の明け方の恐ろしい一時間は、いつでも悲惨なのだ。」

ここではこの人物にとって、平和な日常性というものが、いかに心を息《やす》めるものであるかが語られている。そして、そうした日常生活の、幼時の記憶だとか、空想だとかを、次つぎと自己防禦の本能によって浮び出させる原因となっている恐怖が、その日常的な情景の列挙によって、却って不気味なものとして、背後に黒い流れとなってほのかに流れているのが感じられる。こういう意識の二重構造を、この短い描写は、憎らしいくらいに鮮かに捉えているではないか。そして、今の文章の最後の句は、書き出しの、人を驚かすような一句と、見事に照応している。

書き出しは、次のようなものである。

「毎日いつも一時間、本気で地獄を信じたくなるのだった。」

この一行は物語全体の主題を暗示するだけでなく、クレイグ・ライスの小説の全モチーフを象徴しているし、おそらく作者の人生観そのものを現わしている。

つまり、クレイグ・ライスの探偵小説は、彼女の生き方そのもの、人生というものの受けとり方そのもの——彼女の全人格によって書かれている。つまり、それは小説だということになる。小説における、作者の人生観の表白とは、作中で作者が演説するのでなく、作品の仕立て方そのものによって、自ずから知れる筈のものであるだろう。

この書き出しの一行は、では、どのようなことを表明しているか。――この人物は（あるいは作者は）日常生活というものを信じている。自分と人生とが折合いがついている。ところが、「毎日一時間」だけ、突然、人生は地獄となる。日常性の薄い皮の下に、人間存在の謎が仄見える時がある。文学的観点とは、そのようなものであろう。

しかし、年中、人生が地獄に見えっぱなしだということには、普通の市民は耐えられない。もし、人生が常に地獄である人間があるとしたら、彼と人生とは完全に折合いがついていないということになり、人生をあるがままに受け入れようという小説家などにはなっていられなくて、宗教家か狂人になるか、又は自殺するより仕方ない。

が、年中、人生と折合いのつきっぱなしというのも、楽天的に過ぎるので、そうなると、その人は馬鹿らしくて小説など読む気は起らないだろう。もててもてて仕方のない人は、恋愛小説など読まないものである。

ぼくたちの人生は、大部分は、文明の作りだした規則通りに進展し、日常生活というものが、予測通りに進行する。ぼくたちは、いちいち事柄の意味などは考えないで、学校へ通い、就職し、結婚し、子供を作り、死んで行く。

が、時として、何か重大な事件が、彼の頭のうえに落ちかかって来た時、（その重大な事件というのは、あくまで主観的なもので、必ずしも、この『素晴らしき犯罪』の主人公のように、新婚旅行の晩に花嫁が殺されて、しかも首が別の女に変っているというような目に遭わなくてもいい。ただ、木の葉が一枚、風に散るのを見るだけでも、衝撃をうける天才もある）不意に「人生とは何か？」という問いが、彼の心の中に生れる。その瞬間、人生は突然に、文明の作りだした日常の皮が剝がれて、深刻な不条理な裸の姿を見せることになる。

そうした体験が、「毎日いつも一時間、本気で地獄を信じたくなるのだった」という人生観を導きだす。

日常性と非日常性とのこのような嚙み合いが、人間生活を豊かにする。クレイグ・ライスの滑稽味は、日常性のなかに、いきなり非日常的感覚を持ちこむところから発生する。あの真面目くさったユーモアは、実は煙草に火をつけるのに、地獄の炎でもってするところから起るものである。——だから、年中、地獄の炎で肌を焼いている、勇敢無比のアウト・サイダーたちにとっては、おかしくも何ともないだろう。クレイグ・ライスの小説が紳士淑女たち（たとえば、この文章の筆者のような）のものだというのは、そういう意味である。そうして、大概の小説もまたそうしたものである。

だから、ぼくがクレイグ・ライスの小説を愛するのは、単なる探偵小説としてではなく、普通の小説として受けとっているからである。普通の小説として、充分、すぐれたものだと信じているからである。

彼女の小説のなかでは、おなじみの三人の人物が、むやみと酒を呑むが、彼等はそうやって、アルコールの助けを藉《か》りることにより、彼等の生活が全的に地獄のなかに埋没するのを防ごうとしているのである。クレイグ・ライスのように、或朝、突然に、密室のなかで、死体となって発見されるような目にあわないためなのである。

最高の後味

『死は熱いのがお好き』という小説を、本格探偵小説だという広告と、何より洒落たユーモア物らしい表題につられて読んだ。そして、あまり面白いので黙っていられなくなった。が、それがどうして面白いのか、どういう具合に面白いのか、――ということになって、はたと困った。こんなに面白くて、こんなに云うことのない作品というものはあるものではない。作品の面白さを（つまらなさではなく）論じるのに、特殊の才能を持っているということになっているぼくは、滅多にない窮境におちいってしまった。諸君、読みたまえ、というだけで終ってしまうのだ。何なら、ぼくが今まで読んだうちで、一番、面白かったといってもいい。しかし、そういったとして、さて、それが何の役に立とう。

では、作者はと云うことになる。が、この作者エドガー・ボックスなる人物についても、他の作品を読んだことはない。ハヤカワ・ミステリの後記によっても、他の作品の翻訳もまだ出ていないらしいし、ただ判ったのは、第二次大戦後の文学的世代を代表する純文芸の作家ゴア・ヴィダルの筆名であるということ、またこの男は、最近、封切られたジェリー・ルイスの『底抜け宇宙旅行』の原作者だということだけだった。

が、この新しい知識も、ぼくには殆んど何の意味もない。というのは、アメリカの第一次戦後派の作家たちは、フォークナーにしても、ヘミングウェイにしても、ドス・パソスにしても、ぼくに非常な親近感をあたえてくれたし、また多くのことを教えてくれたが、第二次戦後派の連中は、ノーマン・メイラーにせよ、ネルソン・オルグレンにせよ、トルーマン・カポーティにせよ、ぼくには結局、他人だった。将来、どういうことになるか知れないが、少くとも今までは興味の対象とならなかった。だから、ヴィダルという名前も、聞いたことがあるという程度で、何の感興も感慨も惹き起さない。三島由紀夫《みしまゆきお》氏が映画に出た、というような訳には行かないのである。

そこで友人の三輪秀彦《みわひでひこ》に向って、ためしにヴィダルが探偵小説家になったといってみた。すると、三輪君は、あのヴィダルが……と複雑な表情をした。アメリカ第二次戦後派の「旗手」であったヴィダルが、という訳である。そして彼は早速、数冊の本を持ってきて、ヴィダルについて読めとすすめた。

ぼくはその一冊、ミシェル・モール著の『アメリカ新小説』という本を開いた。ヴィダルの名は、「戦争のロマネスク」という章で出てくる。「今大戦の二大小説は『裸者と死者』と『あらし』だ」というような言葉がある。(『あらし』Williwaw というのはヴィダルの処女作らしい。)また「ヨーロッパの小説家たちは、世界と共に古いこの主題(つまり戦争のことだが)

を、これまでに高めるのに、新しい枠を使う機会を持たなかった」というような文章も続いて出てくる。何しろ非常な傑作を書いたようだ。

そこで、二冊目の本を開いてみる。ジョン・ブラウンの『米国現代文学展望』である。「ゴア・ヴィダルはカポーティ同様、天才少年で、十九歳にして、アリューシャン群島における戦争体験を書いた小説によって、既に確実な技術を身につけていることを証明した。彼はヘミングウェイに多くを負っている」、そういう書き出しである。「それから彼は殆んど毎年、小説を発表した」、そして彼の小説の題名が列んでいる。が、その後がいけない。「彼は易々と書いた。しかしまた、どうやら真の必然性なしに、灰色の中性的な散文で書いた。」真の必然性なしに書けるというのは、大した才能だが、その結果がどうなるかは、こちらも商売だから知っている。

どうしてそういうことになるのか。ぼくは段々、真剣になってきて、三冊目を開ける。ジョン・オルドリッジの『ロスト・ジェネレイション以後』。この書物では、ヴィダルのために、わざわざ一章が割かれている。――彼は「わずか二十五歳で、早くもアメリカ文学において羨むべき地位を占めている。」彼は彼の世代の最年少の作家であるだけでなく、他の作家なら一生かかって書くだろうと思う、「広汎な変化に富んだ作品」を、既に書きつくしている。が、完全に成功しているのは第一作だけで、二作目からは完全に空虚な作品になっている。（そういえば、メイラーも、二作目からはひどいことになっている。また三島さんをひき合いに出して恐縮だが、三島さんは『鹿の園』を賞めていたが、ぼくはあの文学的迫力の生ぬるさに閉口した。）

ヴィダルは戦争という極限情況から解放された途端に、道を迷ってしまった。彼の精神は空虚なまま取り残され、作中人物はその不毛さから脱出しようとして、無駄な努力を繰り返す。それは「作中人物が人生の拠りどころを探究すると同時に、ヴィダルは芸術の拠りどころを探究する」という、二重構造を持つ小説となる。小説はいきおい、混乱につぐ混乱、細部の全体からの独立という事態をひきおこす。だから、もしヴィダルが成功するためには、作家のため、また作中人物のために、「一つの価値観、一つの倫理感」を発見せねばならないだろう。——と、オルドリッジは結論する。

彼は一冊の成功した戦争小説のあとで、数篇の混乱した市民小説を続けて発表した。それから、『王を求めて』によって、空虚さからの脱出と失敗との、作者の内的ドラマを、一篇の中世伝説的物語に仕立てた。戦争小説→市民小説→寓話、それから探偵小説という道行きになる。その後は小説の筆を絶って、ＴＶドラマ→ブロードウェイと転進しているらしい。

ここまで理解を進めて来て、ようやくぼくは、大分、納得がいってきた。つまり彼は、激しい自己探究に疲れたのだ。自己中心の生き方と仕事の仕方、しかもそれは猛烈な速度での努力の繰り返しだったわけだが、非常に早く出発したために、その速度は尚更、焦燥感を伴ったものになったのだろう。だから彼は、自分を苦しめている文学精神を、ある時期、抛り出すことに、衛生的必要を感じたのだろう。丁度、最も純粋な芸術家である福永武彦が、時に加田伶太郎に転身して、息を抜くように。

そこで彼の探偵小説は、加田伶太郎のそれと全く同様に、純粋に仕上げのいい小説、主題や社会的呼び掛けなどの、野暮な要素は一切含めず、完璧な計算による、効果の集中の見事な手本となる。

だから、ひたすら面白いのだ。そして読み終えた後では、何も残らない。探偵小説においては、何も残らないというのは、最高の後味だということになる。

が、こういうと我が推理小説のなかの、数年来の真面目な傾向を代表する作家たちは、厭な気がするだろう。我が友、水上勉《みずかみつとむ》などは大いに不平な顔をするだろう。が、しかし、勉さんよ、怒るなかれ。こういう純粋な遊びというものもあり、そして、それを喜ぶ読者もあるのである。君は君の社会的意識を深める仕事を続ければいいのだ。

が、また、こういう、完全によく出来た本格探偵小説――あらゆる真面目なもの、悪趣味なもの（社会正義の演説とか、たっぷり使った血糊とか）を排除した娯楽品を仕上げるには、極めて円熟した文学的技術を必要とする。優に純粋小説の書ける手腕がなくては手が出ない。だから、我国のような、せっぱつまった文壇では、こういうけしからん遊びのやれるだけの贅沢な作家は殆んどいない。下品にも浅薄にもならず、一級の娯楽小説を生みだすには、第一に悪文ではだめだし、第二に作者の文学的成熟が必要だし、第三にいきり立ったり、身体をはったり、すごんだりしては駄目で、当分の間、我国の文学青年諸君の手にはおえないだろう。だいいち、この小説を面白がることさえ、できないだろう。マニアは、やれ、トリックが弱いの、動機がどうしたのと、いい出すだろうし、一方、善意の人生派は、ここには白熱した人間性が描かれていないと不満をもらすだろう。また新し好きは、本格物はもう古いと嘲笑するにきまっている。と、いうことになると、ぼくは暫くは、そうした生硬な連中の網の目をのがれて、このボックスあたりの作品が、続々、紹介されることを望むばかりだ。そうして、そういうものから、いい刺激をうけて、我国でも、厚みのあるこの種の小説の現われるのを、ひそかに待望するということになる。ただ、多分、我国で、これだけのものができたら、純文芸の方へ組み入れられてしまうかも知れない。が、また、純文芸の方からは、恐ろしい批評家たちに、人生いかに生くべきかが書かれていないという理由で、大衆物の方へ押し戻されるか。そうなったら、ぼくは大いに論陣を張って、探偵小説であるし、純文芸だと、両方に向って叫ぶとしよう。

ボックスが再びヴィダルに戻るだろうかは、別のドラマであり、彼自身の問題である。

子供の眼の下に

ニコラス・ブレイクという、世を忍ぶ仮の名を持つ詩人、デイ・ルイスの推理小説に接したのは『野獣死すべし』が最初だった。そして、その本格味と写実力と、形而上学的な深みとは、忽ちぼくを圧倒した。

探偵小説嫌いの真面目な文学読者にも、この小説なら読ませてみたい、と思った。その人は、きっと節を屈して、推理物を読みたくなるだろう。しかし、ぼくは彼が転向した瞬間、もしぼくの文学鑑賞家としての名誉を救おうと思ったなら、直ちに、しかし、これは当代一流の詩人の戯作であって、他の探偵物はとてもこうはいかない、と訂正したろう。『野獣死すべし』には、このジャンルの常識を越え、ゴシック・ロマンスが純文学であるのと同じような純文学性があった。だから、文学読者がそれを感心しても、必ずしも探偵小説読みになったとはいえないのである。

その証拠には、ニコラス・ブレイクの作品は後を曳かなかった。文学作品はひとつの完結した世界である。だから、『悪の華』を読みあげた後で、直ぐもう一冊ボードレールの詩集がないかしら、などとは思わないし、『白痴』の最後の頁を閉じた次の瞬間に、『悪霊』の第一頁に取りかかろうなどと考える読者はいないのである。もし、そういう読者が存在するとしたら、彼は文学読者ではなく、活字狂に過ぎない。朝に百科辞典を読み、夕に電話帳を読むという、一種のマニアである。

が、探偵小説は例外なく後を曳く。曳かないのは愚作である。ペリイ・メイスン物は、寝床の中で読みおえても、直ぐ次の一冊を百頁くらいのぞかないと、電気を消せないようにできている。（ぼくなどは、大概、ガードナーは毎晩、一冊の後半と次の前半を読むというような不都合なことになっている。）近頃流行の87分署物でも同様だろう。

という訳で、今度、『闇のささやき』を手にしたのは、『野獣死すべし』の後味を完全に忘れてしまったと自分で思ったからである。その後味が、面白かったという記憶だけになったから――それだけ時間がたったから、安心して、もう一度、同じ経験をしてやろうと思えるようになったのだ。

ところが、この『闇のささやき』は、全然、『野獣死すべし』とは違う、恐ろしく後を曳く作品である。だから、本来なら、忌々しい締切などというものさえなければ、こんな文章などを書いている閑に、『呪われた穴』でも読みはじめる方が、心理的に自然なのである。それにしても、ブレイク＝ルイスは、また、何という小説を書いたのだろう。（などと、九年前の作品に、今頃驚くのも、ぼくが探偵小説のマニアでない証拠みたいなもので、つまりほんのアマチュアに過ぎない証拠だが。）

これは完全に娯楽品だ。娯楽品を書こうとしても、オクスフォード大学の詩学教授としては、ついつい筆が走って高級で深刻なものになるというのが、戦前の彼の作品だとすれば、戦後十年もたった作者は、書きよいように娯楽品を書けるだけの、自由な気楽さを物にしたと、いえるのだろう。

例によって本格的な骨組みは、一応、作ってある。また人物たちの性格はそれぞれ、巧妙に対比させられる。そうして、各階級の人間をひとつの筋に結びつけることで、いい意味での「風俗小説」とするという、英国小説の伝統的なやり方も、充分、採用される。この小説では特に、社交界と暗黒社会とを結びつけることによって、現代のロンドンの生活が鮮かに描きだされている。が、それらは、この小説を小説とするための、実は不可欠の要素にすぎないので、作者のこの小説を書いた理由は、というか、思いつきのミソは、何と、少年探偵団物を、大人の読物とするところにあるのである。

不勉強な（というか、そうしたものに大した興味のない、というか）ぼくは不幸にして、この「少年探偵団」物についての文学史的な知識は貧弱である。が、ごくたまに目に触れたものでも、いや、そのなかで偶然に、ぼくのあまり精巧でない記憶に引っかかっているものでも、たとえば、ドイツのケストナーのもの、フランスのヴィルドラックのものなどが、有名であるはずである。そして、それらの作者がいずれも大人の文学を作る人としても、練達者であるということは興味ぶかい。と同時に、彼等が一方で、専門の探偵作家ではない、という点も。

だから、ブレイク＝ルイスは、多分、子供の頃読んだ、少年探偵物の面白さを、ある時ふと思い出し、そして突然、そのパロディーを書いたら、大人の娯楽品として成功するだろうと気がついたのだろう。

鋭い人間洞察家である詩人は、娯楽物を求める時の大人の心理のなかに、彼等が嘗《かつ》てそうであった子供の心の働きが、甦っているのだと気が付いていたのだろう。実際、たとえば山手樹《やまてき》一郎《いちろう》氏の小説のあたえる、あの明るさ、愉しさ、あの小説の作りだす世界像というものは、朝、起きた時に、子供が人生に対して抱いていた期待どおりのものである。強い男と美しい女とが、先験的に勝者であり、そして、トランプのキングが、いつも王様であるように、山手氏の小説のなかでは、子供の空想通り、決して英雄が途中で、卑小なエゴイストに変じたり、醜悪な変質者になったりはしない。何よりも彼は超人なのである。しかし、子供は我々を支配している必然性の法則に従って、いつか大人になる。生理的にだけ大人になるなら、まだいいが（たまには、そうした幸福者もいるだろうが、大概は）、精神的にも大人になる。つまり、人生は幻滅的であり、自分は英雄ではなかった、という認識に到達する。我々は腹がへって、街をうろついていても、決して絶世の美人によって、お菓子の城へ案内されるという可能性はないのである。ブッたおれなければ、警察か病院かへ連れて行かれる可能性さえもない。そして警察や病院とお菓子の城との相違については、ぼくが説明しなくても、大人ならば、いや、子供だって、誰でも知っている。

が、そうして大人的認識に達した後でも、大人は時々、子供の頃の夢想を想いだし、そして、その頃の懐しい愉しい世界に入りたくなる。精神分析学者は、そういう衝動を、母親の子宮のなかへ戻りたい衝動だという風に説明するそうである。（学者というものは、自分の学説の、心理的影響については、或いは礼節さへの適応性については、鈍感であるから、気にしてはいけない。「云っていいことと、悪いことがある」などといって、息まいても仕方ない。）

ブレイク＝ルイスは、どうせ本職の方で、大人たちの大人的認識を揺すぶる仕事をしているのだから、そして、そうした高級な仕事が必ずしも大勢の大人たちを喜ばせるものではないと知っているのだから、（つまり、金にならないわけだ）一方、多数の大人たちを喜ばせることを目的とする娯楽品を製造するには、この子供に戻りたいという、大人に共通した心理を利用してやろうと思ったに違いない。

これはうまい思いつきで、『闇のささやき』は、実に見事に成功した。読者は自分が子供になった気で、犯罪の糸を一本ずつ、たぐって行く。犯罪そのものも、子供にとっては、実際の利害関係がないから、専らスリルに富んだ冒険だということになる。

そうして、一旦、読者を「子供の眼の下に」おいてしまえば、あとは警察だろうが、社交界だろうが、マーケットだろうが、廃墟だろうが、田舎だろうが、ロンドンの街の雑踏だろうが、これすべて、ロマンチックなドラマの演じられる、照明の鮮かな舞台ということになるのである。

しかも、作者は物語の安定をとるのに、善玉、悪玉というのを、一方の善の極に子供たちと「国際平和勢力」を置き、他方の悪の極に、「資本家」、軍需業者を置いた。それによって、子供の物語のように、全世界を含んだ大きな話としたわけだ。つまり、もし少年探偵団が最後に救いだされなければ、世界の平和は脅かされるのである！

大人である読者は、子供に返る衝動も満足させられながら、他方で国際政治の戦争と平和との間の往復運動についての関心にも餌が与えられるという仕組みになっている。これだけ揃えて駄目なら、読者の方がどうかしているということになる。

そして、ぼくはどうかしてはいなかったから、抱腹絶倒しながら、この少年探偵団対国際陰謀団の大ドラマを読みおえた。こうした大奇術は、イギリスの作家でなくてはやれないだろう。人間の心理についても、世界の動きについても、いきりたたずに距離を置いて（というのは、ユーモア的見地から）眺める習慣のあるイギリス人でなくては。

この人生の軽さ

軽ハードボイルド派というものがあるという。そうして、その代表者のひとりが、カーター・ブラウンだという。アメリカでは大人気なのだという。四十五分で一冊読めるのだという。日本でも仲々、読者が多いのだという。まあ、君も読んでみたまえという。

そこで『ミストレス』というのを読んだ。なるほど面白い。尤もぼくは活字を読むのが随分、おそい方なので、一息にというわけにはゆかず、三日かかった。延べ時間は二時間くらいかも知れない。こういう活劇物は早く読めば読むほど面白いのだろう。だから速読家向きということになろうが、生憎ぼくは早く読む読み方を忘れてしまった。――余談ながら、それを忘れたのは、今は亡き堀辰雄《ほりたつお》氏のおかげである。二十歳のぼくが無暗と高速度で古今東西の古典を読み漁っているのを見て、堀さんはゆっくり読むことを勉強したまえと忠告してくれた。芥川《あくたがわ》さん（堀さんの先生の芥川龍之介《りゅうのすけ》）は「早くしか読めない人」だったが……というのが、堀さんの意見だった。それ以来、ぼくは次第に読書速度が落ち、つまり本とごく親密につき合うようになった。おかげで今迄、判らなかった作品の秘密に、大分、眼が開かれた。ぼくは大事な時に、決定的な忠告をうけたものと、今なお、感謝している。

が、それはあくまで古典の話で、そういう態度で正眼に構えられたんでは、第一、ブラウン先生自身が照れてしまうだろう。ぼくみたいにゆっくり読んでいたら、作者の方はもう次の作品を仕上げてしまって、書く競争と読む競争で、いつまでも作者に追いつかないという、珍妙なことになってしまう。

というくらい、この小説には（あるいはこの種の小説には）スピードがある。読んでいて、耳許に慌だしいタイプライターの音が聞えづめである。それがまた快感になろうというものである。

そうして、やはりこの様なものの本場はアメリカらしい。フランス語などは、余程、文体をやくざに崩さないことには、忽ち、古典主義以来の折目正しい文章になってしまうし、そうなればやはり古典主義以来の、一語もおろそかにしない読み方となり、速度も自ら制限される。そこは伝統のない、過去のない、生きた言葉であるアメリカ語が適《ふさ》わしい。何しろ、この言葉は文学においてもヘミングウェイという速度ある文章家を生んだのだから。

日本はどうだろう。日本も駄目だろう。いくら柴田錬三郎《しばたれんざぶろう》氏の小説が颯爽として、読者に切りつけても、氏の文章には毛筆の匂いが離れない。たとえ、氏が鉛筆で走り書きしているとしても、まさかトックリ・ジャケツでタイプライターの前に坐っている氏は、想像の外であるからである。日本語がタイプライターで打てる言葉になるまでは、まあ、当分は、翻訳で我慢するより仕方がないだろう。

そこで、思いついたのだが、今、都会の街頭で青年たちのしゃべっている「生きた言葉」をテープに録音して、それが表音文字に写せるかどうか、誰か言語学者が実験してみると面白いと思う。もしそれが可能だということになったら、そうした語彙と語法とで、誰か活劇小説家が、小説を書いてみるのですね。それを繰り返していると、そのうちに誰か才能のある男が、ブラウン先生くらいのものを製造し、うまく行けば天才のある男が（女でも一向、差支えないが）ヘミングウェイくらいまで行くかも知れない。そうなれば、日本の近代文学は、二葉《ふたば》亭《てい》以来の大転換ということになる。

新しい作家たらんとするものは、それくらいの実験から出発する方が、正道でもあり早道であるかも知れない。

そう思ってみると、ブラウン先生の西洋チャンバラも、仲々、ばかにはできない。このスピードはひとつのアントロポロジーに基礎を置いている、というところあたりの考察から、考え直してみるのがいいだろう。

ひとつの人間学とは何か。人間を表面において把握するという方法である。人間は表面的存在であるという認識である。

この小説に登場する人間は、対象なしでは物を考えない。つまり、身体の奥に神秘な魂という存在があるという考え方と正反対で、人間は外界に対して、脳と神経と本能だけで対処するという考え方である。「私」は私の身体の表面にしか存在しない、という哲学なのである。

だから、ブラウン先生は決して、心理描写は行わない。彼の人物たちを把えて、独房に入れたら、忽ち脱出をはかるか、自殺してしまうだろう。もし、女を（囚人が女なら男を）入れてやれば、すぐそれを裸にするだろう。決して「失われた時」を求めて、何千枚もの紙をインキで汚すような気は起さないだろう。

ぼくには——人間の心の奥底の混沌に、光を投ずるのが文学だ、つまり人間には魂があるのだ、と信じているぼくなどは、こうした「表面的な人間」が、目まぐるしく右往左往する小説を読むと、大変、愉快になり、一瞬、人生はブラウン先生の考えているような軽妙なもので、本質的な不安に脅かされたりはしない、生きるも死ぬも偶然で、死んでも名前の上に「故」という字がつくだけだ、という気がしてくる。非常に解放された気分になり、酔ったような気持で——だから眠くなる。それで、読み終えるのに三日もかかったのだ。面白いから眠くなるというのは、実際大した功徳である。

この人生の軽さを支えてくれるのが、これもまたわが日本の作家たちにはない、あのユーモアの感覚である。これだけはどうもぼくたちは苦手らしい。ブラウン先生は、猛烈な早さでしゃべりながら、びっくりするような冗談をいう。こちらが大笑いしている間に、事件はもう大分、先へ行っている。こちらがようやく追いつき、また大笑いすると、事件の方はもうまた遠くなる。ぼくたちは息をきらしきらし、笑いつづける。そうして、終りとなる。そういう仕掛けである。

たとえば、第一頁に、こういう描写がある。断っておくが、これは死体の描写である。

「髪はブルウネットの若い女で、二十四、五ぐらいにみえるが、いまどきの女の年なんて判ったものじゃない。娘だ娘だといっておきながら、いきなりぱっとお祖母ちゃんに変貌するのが常だ。もう一度みなおすと、これはたしかにほんものの娘だとわかった。」

もっと端的なものもある。

「唇はパンでもきれそうに薄かった。」

しかし、このユーモアがエロチックな感覚と混りあうと、どうもぼくにはよく判らない。いや、大体、日本人にとっては、ユーモアとエロチシズムは両立しないのではないだろうか。ぼくたちはユーモアが侵入してくる瞬間に、欲望が冷却する。それは嘗て、芥川龍之介が指摘したが、実際、西洋人の艶笑小説なり画なりは、妙にぼくらを失望させる。そのユーモアがぼくらのお座を醒めさせてしまう。次手ながら、当方ではユーモアの代りに、快楽を誘う味附けとしては何があるかというと、それは美的感覚である。いや、一体、日本文化の問題はどの線を辿って行っても、結局、行きつく先は、いつも美的感覚である。何という国民だろう。

が、話がここまできてしまっては、もうブラウン先生のところまで引き返すのは、面倒になった。だから、これでやめにする。実際、こうした種類のものについては、読む先から忘れるのが、唯一の読み方なので、それについて論じるということなど、論外である。

灰色のフラノの背広

ＥＱＭＭ誌の小泉さんが来て、短篇作家が長篇小説を書くと、構成上の難が目立つ一例として、ヘンリイ・スレッサーの『グレイ・フラノの屍衣』を推賞して帰った。

小説の構成というような問題には、元来、無闇と興味を持ち、構成上の冒険だけが特徴である作品を、「新しい小説」だと賞めて、左翼の評論家から、どこに新しい革命的イメージが描かれているかと、見当ちがいの難癖をつけられたこともあるくらいのぼくのことだから――そうしてその左翼批評家は自分がちっとも見当ちがいのことをいっているということに気がつかないほど、我国の文壇常識は構成の問題などについては思考も体験も貧弱らしいのが、慨歎《がいたん》にたえないぼくなのだが――尤も、批評家の方では、そういうぼくの構成への関心を逆に、手品か何かのように非文学的な遊びだと了解し、ぼくの小説の欠点に数えたてるのだが、ということは他にも諸々の欠点に満ちているという定評があるらしいが――疑う読者（つまりぼくに好意的な読者）は、十返《とがえり》先生に会った時にでも聞いてごらんなさい（この文章は批評家十返肇の生前に書かれた）――というようなぼくは、早速、このスレッサーの長篇を読みだした。（余談ながら、探偵小説というものは、内容が必ずしも要求していない場合でさえ、形式の方で凝るという傾向がある。たとえば、我国でも、古典的な一例をあげれば、横溝正史氏の『蝶々殺人事件』。そうして、そういう凝り方を愉しめるのも、ぼくの探偵小説好きの理由のひとつだが。）

読みおえて最初に浮んできた感想は、我が小泉さんが何と若いことか、という意見である。（小泉さん、ここに若さと美貌を誇るあなたの顔写真を挿入する道楽気がありませんか？）《ご好意はありがたいと思いますが、眼光紙背に徹する先生が、せっかくそう保証して下さったものを、カメラのレンズなどという、いいかげんものを通して出来上った絵空事でぶちこわしにする必要もありますまい。謹んでご遠慮申しあげます——K》つまり小泉さんにとっては小説というものには効果の集中がなければならない。小説というものは一本の線が、まっしぐらにクライマックスに向って上昇しなければならないのである。しかし、ぼくぐらいの年になると、もっとゆっくり低徊しながら、いつのまにか新しい展望の開けて行くという風な小説が嬉しい。小説も愛と同じく、ぼくには過程そのものが愉しいので、必ずしも頂点に達することばかりが目的ではないのである。しかし、若き小泉さんは、より端的に情熱の解放を求めるらしい。

が、小泉さんがいかなる恋愛をしようと、それは小泉さんの勝手である。問題を小説に限ろう。文学論としては、小泉さんの方がフランス的な形式感覚で小説を律しており、ぼくの方はもっと英国風の考え方をしているということになる。なにもこれはぼくの卓見でも何でもなく、英仏小説の相違については、故アルベール・チボーデが既に明快な分析をしている。ぼくはその説に啓発され、感銘して、ぼくの小説観を拡げることができた。このフランスの批評家のおかげで、ぼくには英国小説の面白さが判るようになった。

が、小泉さんはまだ若いので、小説をフランスの古典劇のようなものと考えていて、このスレッサーの小説を、構成的にだらしないと思ったらしい。そこのところが（小泉さんに喧嘩を売るわけではないが）逆にぼくにはいい気持になれた。

「グレイ・フラノ」というのは、アメリカのサラリー・マンを象徴した言葉だそうだ。「たいていのサラリー・マンが、グレイのフランネルの背広を着てますからねえ」。「うん、そうだな。週給七十五ドルの連中は、みんなそれを着ている。今どき、会社の高級社員と、畜殺人の区別はつくものじゃないからなあ」と、この小説のなかで現に、登場人物たちが話し合っている。そのサラリー・マンの劃一化された制服が、屍衣となっているというところに、この表題の面白さ、またこの小説の面白さがある。

つまり、これはアメリカのサラリー・マン（多分、多かれ少なかれ、日本でも、ソ連でも、西欧でも、そうだろうが）の生態を、いろいろと公生活、私生活の両方にわたって描いている、そういう小説である。それを推理小説仕立てにしただけの話で、探偵的にはまだるっこしくても、そのまだるっこしさそのものさえ、愉しみにならなくもないのだ。

そういうわけで、この小説は普通の探偵小説と違って、ゆっくり読む方が愉しい。つまり、サラリー・マンという、全く日常的な生活を送っている人種が、非日常的な事件に落ちこむという面白さなのだ。だから謎の犯人によって、絶えず脅かされていた主人公が、遂に拳銃で打たれた時、十分後に意識を回復すると「目が眩《くら》むほど笑いこける」。それはこうした感想にとらえられたからである。

「戦争に二度も参加しながら、一遍も負傷しなかった自分が、今地味なサラリー・マンの、グレイのフランネルの背広を着て、血を流しているとは。」

この独身のサラリー・マンが、大急ぎで出社するために、朝食を食べそこなう描写は、世界のあらゆるところで毎朝、起っている現象だろう。

「半熟の卵を割ろうとして、指を火傷し、大声でわめいた。トーストは、生まま焼けだった。やりなおしたら今度は真っ黒な消し炭になり、食べられなかった。コーヒーは水っぽかったし、マーマレードの壜の蓋は、かたくて開けられなかった。」

それに、この男が属しているのは、最も忙がしいマス・コミ業なのだ。我が国の放送関係者、雑誌関係者と同じように、この人物も催眠薬で眠り、覚醒剤で眼をさまし、働いている間は、いつも精神安定剤の厄介になっている。そういう精神状態の描写が、非常な普遍性を持った小説にしているのである。

だから、これは新しい型の――というのは今世紀になってから新しく文明社会に支配的になってきた、新しい生活形態を描くための風俗小説なのである。

ぼくは先程、これは英国小説の流れのものだといったが、イギリスの十九世紀の階級社会を描く風俗小説の伝統が、ここでは新しい「無階級社会」を――誰でも灰色フラノの背広を着ている社会を――表現するものに若返ったといえる。我国の小説も、そういう方向で大きな発展をみせてくれることを、日頃から念願しているぼくが、大いに面白がったとしても当然なのである。これからの作家は、混乱し急速に変貌しつつある社会のなかに、種々な型の人間を発見し、造型することに情熱を注ぐべきだろう。そうして、そのような「人さまざま」の肖像の組み合せによって、社会そのものの幻影を作りだしてみせてくれるべきだろう。

この小説のなかには、成り上りの社長もでてくれば、古いヨーロッパの貴族でアメリカ的実業の世界に入ってきている女もでてくれば、美と商売を一致させようとして苦しんでいるデザイナーも出てくれば、文学好きなインテリ女性もでてくる。そういう種々の群像の面白さが、この小説を成立させている。特に印象に残ったのは、表面は恐るべき神秘的な貴族的な娘が、実は極めて現実的な大食漢であり、色情狂であるという場面であった。

とにかく、そういうわけで、執《しつ》こいが、小泉さん、この小説は何とも面白かった。

最後に一個所だけこの本で、どうにも気になったのは、「オンディーヌ風に額に垂らした前髪」の二十歳の娘の死体のところで、訳者がオンディーヌにつけている註である。これは勿論、ジロドゥーの芝居がオドリー・ヘプバーンによってブロードウェイで上演された時のイメージなので、それを訳註はフーケ作と書いている。フーケというフランス貴族はドイツに亡命してドイツ語でメルヒェンを書いた。それはドイツ風に『ウンディーネ』という作品で、そのドイツ浪漫派の古典についてのレポートを学生時代のジロドゥーが宿題に出され、それをさぼったので、後年、劇作家になったジロドゥーは、その作品からヒントを得て『オンディーヌ』という劇を書いた。そうして、それを昔、宿題を出した先生の墓に捧げたわけである。

『オンディーヌ』という名は、ジロドゥーの名と一緒になって我が友、亡き加藤道夫《かとうみちお》以来、我が新劇界では伝説的な懐かしさで一般化している。ぼくなども、劇作の上で大変、お世話になったジロドゥーの名が、せっかくの註で無視されるのを見ては、黙っていられない。もしぼくが黙っていても、我国に数の多いジラルデュルシアンたち（と云うらしい。ジロードゥージァンとは云わない。ランボー派をランバルディアンというように、人名を形容詞になおすには、まずラテン型にもどしてからするようだ。Giraudoux は Giraldulcus となるのだろう。）が黙っていまい。たとえば、我が友諏《す》訪正《わただし》などが口惜しがるのが、眼に見えるようだ。

「文学的な」表現

探偵小説は大概、朝っぱらから机に向って読むものではない。一日の仕事が終って、背広を脱ぎ、ガウンを引っ掛け、小卓のうえにウイスキーの瓶を置いて、さて、徐々に頁を拡げるというのが、その正統的な読み方だろう——と、無闇と正統的なことの好きな、育ちのいい紳士である私は思っている。勿論、この正統的な読み方の勘所は、仕事から完全に解放された時、日々のわずらいを忘れるためというところにあるので、どうしてもガウンその他の小道具が必要だというわけのものではない。居間のソファの代りに、汽車の座席でもよろしい。その時には、ウイスキーの小瓶が窓際におかれるという仕掛けになる。或いはまた、夏の休暇で海岸に行った時には、ビーチ・パラソルの下で、下半身を砂に埋めながら……

何の話をするつもりか、危く忘れるところであった。私は今、探偵小説の読み方の話をするつもりではなく、さて、そのようなコンディションが整えられた時、私は一体、どのような種類の探偵小説を取り上げたくなるかという話をするつもりだった。

そういう時に、私はどういう種類の探偵小説を気軽に取り上げるか、どういう物が一番気を休め、心を愉しませてくれるか、それは本格的な謎解きで、できればペダンチックなものか、ユーモアのあるものがいい。恐怖感情をそそるもの、グロテスクなものは、最もいけない。要するに感情的でないもの、知的なもの、——感覚に訴えないで、知性に訴えるものが嬉しいということになる。

どうやら、私は日常生活において、感情と感覚とが疲らされる傾向にあり、従ってそうしたものをもう一度、刺激する気にはなれないのだろう。もし感情を愉しませようというなら、私は美しい抒情詩を読む。現に私の枕頭には何冊かの詩集が酒瓶の隣りに積んであり、いつでも手にとれるようになっている。私の眠りのまえの感情の餌は、極く上質の洗練された詩、たとえば『新古今集』とか、『ラテン詩選』とか、『明清詩別裁集』とか……

また、話が脇道に外れてしまった。要するに、私にとって探偵小説とは知的パズルであればよろしい。そしてそのパズルが軽妙な人性批評によって支えられていれば、尚更、結構である。ということになると、いわゆるアメリカ流のハードボイルド小説には、あまり食指が動かない。尤も、ハメットはあの素晴らしいスピード感と、明晰な構成感覚で、私を喜ばせてくれたし、チャンドラーにあっては、あの重厚な肌触りと詩情とが、魅力だった。しかし、この二人の巨匠はいずれも、今はこの世にいない。白玉楼中の二人の霊よ、安らかに眠れ！

この二人の新作にお目に掛かれないということは、いよいよ私のハードボイルド嫌いを昂じさせている。が、人生では突然に、隕石のように、天の一角から気粉れが落下してくるということが、稀《まれ》ではないのである。日頃から女性は丸顔に限ると信じていた男が、或る日、突然、三日月のように長い顔に魅せられてしまうという、非常事態が起ることがあるものだ。そうしたわけで、私は昨夜、ロス・マクドナルドの『ギャルトン事件』を寝床に持ちこんだ。そして読みはじめると、忽ち、その文章の面白さに惹かれ、飛ばし読みをやめて、丹念に行を追った。——と、こう書いてくると、私を愉しませてくれた功績の何十パーセントかは、訳者の中田耕治にあるということになる。我が友、中田にここで感謝を述べておきたい。今後は君の殺し屋スタイルの（このスタイルは文体の意に非ず。服装の意なり）悪口はやめます。

「文章の面白さ」といったが、それは必ずしも表現が奇抜だというのではない。表現は寧ろ、文学的に正統的で、作者の眼は正確、その頭脳は明敏、その計算は確実、そういう感じの文章である。一行一行が、仲々丹念で、そうして、面白さがある。つまり、書き飛ばしたものでなく、また出まかせに書いたものでもない。ある情景なり、人物なりを、細心の注意を払って、表現しようと努力している。つまり、仲々凝っているのである。これだけの「文学的な」表現は、日本の探偵小説家にはない、とほぼ断言できそうだ。少くとも、マクドナルドが知性で処理しようとする表現を、日本の作家なら感覚的な言葉の重ね合せによって、効果を出したつもりになるだろう。

たとえば、こういう目立たない個所が、うまく書かれている。「あの召使いがすっと私の背後に寄ってきた。日ざしの加減で彼が寄ってきたのがわかった。」

こういう細かいところの面白さが判らず、要するに、召使いがそばに来たのじゃないか、といってさっさと飛ばし読みする人は私の同志ではない。

「服を着換えてきたせいか、彼の挙措動作も今までとは違ったものになっていた。いかにも事務的で、きびきびして、まるで別人のようだった。」

よく人物の動きを捉えているではないか。

それればかりではない。屢々《しばしば》作者の文章は、哲学的になる。ということは、情景なり人物なりの背後にある人生そのものに対する作者の抽象的な思考が、短い警句的表現となって現れるということである。

彼は貴族化した実業家の子孫たちの住宅区域についてこう書く。

「今、ここに住む人たちが戦わなければならないものは死と税金しかなくなっている。」

あるいは、結婚生活について。

「女ってやつは、しょっちゅう傍にいてもらいたがるんだな。私はヨットもあきらめた。ゴルフも廃業さ。実質的には生きることもあきらめちまったようなものだね。それでも妻は満足しないんだ。君だったらそういう女をどうとり扱うかね?」

こうした言葉を口にするのは、若い妻を持った老弁護士である。それに対して、主人公は、こう考える。「私は助言することはさしひかえた。たとえ助言を求められても、相手はその助言に腹を立てるものだ。」

宛然、ラ・ロシュフコー公爵のマキシムを読むの感があるではないか。

「セイブルの表情がわずかに変った。まぶたが殴られそうになったようにひくひく動くと油断のない眼の上に重くかかった。彼ほどの年配で、経済的な力のある人物にしては、ひどく傷つきやすい心の持ちぬしだった。」

よく普段から人間を（その外貌と内面との関係を）鋭く観察している人の書く文章である。私が最も感心した人物、最もよく文学的に捉えられている人物だと思ったのは、大ブルジョワの老未亡人である。彼女は死期の近い病人で、家出した後継ぎを探している。彼女は衰えきっている。しかし、

「声はかすれ気味だったが驚くほどゆたかに響いた。まるで自分の人間性に残された力のすべてが声にこめられているようだった。」

彼女は強い意志力を持っている。遅れて到着した客に対する最初の言葉は、

「弁解なさらないでくださいね。弁解なんてものは、いたずらに忍耐を強要されるだけのものですからね」である。彼女は客を自分の席の近くまで招きよせ、そして、

「私に視線を向けた。きらきら光るするどいまなざしで、どこか鳥の眼に似て、人間的でなかった。私がまるで自分と違った種属でもあるかのような眼つきだった。」

彼女は話しはじめる。

「深い感情が声にこもっていた。そのくせ、どことなく非現実めいたところがある。あまり長い歳月、自分の感情をもてあそんできたので、真実の感情もやがてはそらぞらしいものになってしまったのだ。」

彼女は話しているうちに昂奮し、

「さっきは和解したいといったくせに、それをすっかり忘れているのだ。頭のなかの通路をぜいぜい音を立てて怒りが廃屋の亡霊のように通ってゆく。」

それから、漸《ようや》く客に慰められると、

「彼女の気分はつむじ風のように突発的に変るのだった。彼女の頭はセイブルの肩のあたりにもたれかかるように傾いた。『時』や心の傷手に裏ぎられ、薄くなって行く髪や、深くなって行く皺《しわ》や、死の恐怖につかれた小さな少女といった口のききかたをした。」

それから彼女は、急に空腹を意識する。そして、「長椅子から半分身体をのり出すようにして、僕のテーブルの上にある呼鈴を押した。昼食が運ばれるまでボタンを押しつづけていた。息づまるような五分間だった。」

これはこの老夫人の登場の章なのだが、この一章は特に美しい。今、引用したのが、この章の幕切れだが、実際、「息づまるような」雰囲気を持っている。……

こう書いていると、この小説は大傑作みたいな気がしてくる。だが、実はこの緊張した文学的密度は、次第に薄くなり、その代り探偵小説的に活発さを増す。尤も、終りまでこの調子でいっていたら、読者の方はひと晩で読むという、探偵小説の鉄則が守れなくなってしまうかも知れない。

短篇小説

スタンリイ・エリンの短篇集『特別料理』を読んだ。そうして、久し振りに短篇小説というものについて考えた。

前にもぼくはエラリイ・クイーンの『クイーン検察局』という短篇集を採りあげたが、その時は実はあの本は純粋な短篇集でなく、一種の連作物だったから——それに、あくまで「探偵小説」というものの可能性という点に問題をしぼったから——一般的に「短篇小説というものについて考えた」という風にには参らなかった。

が、今度のこのエリンの本は、ぼくの探偵小説についての概念からは外れて、普通の小説に見えるので、どうしても、短篇小説とは何か、という風のことへ考えが動いて行った。

というのは、これもぼくの持論だが、小説の主流はあくまで長篇小説にある。そしてもし短篇というものが成立するとしたら、勿論、ただ「短かい長篇」というのではなく、別のもの——もし、長篇が小説だとしたら、短篇は小説以外の一種の文学とまで、ぼくは考えている。

その証拠には、大体、今日ぼくの常識としては長篇小説（ロマン）というものは西欧の十八世紀くらいからはじまった新しいジャンルで、市民生活を如実に描くことを主なる目的としている。もし、目的が別のところにあっても（たとえば、極端な一例として、ハーマン・メルヴィルの『白鯨』）、手法的には普通の写実主義を採用している。もっと昔にも、そうした近代ロマンと似たものがないわけではないが（たとえば、日本平安朝の物語類、あるいは古代ローマの『サチリコン』のたぐい）、それは短篇小説がいつどこでも、大体、同じような姿で生産されるというのに比べると、その現代のものとの相違は、やはり大きい。

短篇小説はその点、抒情詩に似ている。私たちは定家《ていか》とモーリス・セーヴとマラルメとを、あるいはヴィルジールとキーツとヴァレリーとを、あるいは孟浩然《もうこうねん》と芭蕉《ばしよう》とリルケとを、同じ文章の中で論じるのが不自然でないと同じように、アルキフロンと『堤中納言物語』と西鶴《さいかく》とモームとを同一観点から、容易に眺めることができる。それが長篇となると、『源氏』とプルーストとを比較し得るというのは、寧ろ例外なので、あるいはペトロニウスとサッカレーとの共通性を発見するというのは、批評家の力技なので、常識的立場に立てば『ダフニスとクロエー』とドストイェフスキーとは、全然別物なのである。

大分、大ざっぱな話になったが、これくらいの歴史的地理的な大観点から考えないと、短篇とは何ぞやというような問題は見当がつかない。とにかく、短篇小説は大昔から存在し、今日でも、大体、大昔と同じようなことをやっている。（チェーホフなどは、短篇をいかにして、近代小説に変化させるかということに、一生を費したが、その仕事はやはり、彼一代で終ったように見える。）

短篇は、それでは長篇と、方法的にどこが違っているかというと、長篇は人生そのものの姿を提出するやり方である。（これが、近代市民社会の発明である。だからあのギリシャ気狂いのピエール・ルイスは、「ギリシャになくて、近代にあるのは、タバコと小説《ロマン》である」といった訳だ。）ところが、短篇では人生に立ち向った作者の姿勢を見せる。目的は人生そのものでなく、人生の解釈であり要するに作者の精神である。だから、抒情詩に近いのである。

と、こういうことを考えたのも、このエリンの短篇集が、まさに、そういう典型的な短篇の集りだからである。

実際、ここに集められた十篇はいずれも、人生そのもの、あるいはその一断面、一断片を描いたというより、エリン自身の人生解釈を示している。それも人生解釈といっても、あるケースから出発して、それを解釈してみせるというより、彼自身のモラリスト的（というのは、道徳家的というのでなく、人性批評家的ということだが、つまり、フランス人のいう意味でだが）知慧を表明するために、それぞれの物語を発明するというやり方である。

エラリイ・クイーンはこの本の序文で、こう述べている。

「通例、彼は本人みずから〝社会学的通念〟と称しているものから出発します。すなわち経済的安定のためならどんなものでも投げ出しかねない小官吏的感性の悲劇。一見巌《いわお》のように安定した中流家庭への殺人事件の影響。ミンク・コートを着てキャデラックを乗りまわす階層に向けられたアメリカの若い世代の羨望等々です。」

つまり、彼は事実からでなく、「通念」から出発し、その通念のための、いわば寓話を発明するのだ。

エリンの「社会学的通念」とは、それなら何であるか。クイーンも列挙しているように、現代生活のなかで生きている人間の階級的な自意識というようなものである。だから、従って「通念」という語も意味しているように、全く日常的な生活意識である。

この「日常的な生活意識」から出発し、その意識のなかに芽生えるコンプレックスが、やがて日常生活自体を破壊して行く、その経過を、最も効果的なお話に作りあげる。この「効果的なお話に作りあげる」というやり方が、短篇の特徴なので、長篇ではそういう人工性は逆に、人生そのものを恣意的にねじまげたように見せて、「作りもの」だという非難を招くことになる。たとえば、このエリンの短篇のどれひとつでもいいから、それを長篇に引き延してみたまえ。話の不自然さが、忽ち暴露されてしまうだろう。ところが、短篇においては「作り物」ほどいいのである。傑れた長篇は大概、構成的にはどこか抜けている。ということは、はじめに作者が計画した構成が、書いているうちに、どこかの部分なり、モチーフなり、人物なりが、勝手に（人生そのものにおけるが如くに）発展してしまうことで、崩れてゆき、遂に作者のはじめの計算を狂わせてしまうからだ。また、そうなった時（ジード風にいえば、「悪魔と協力して」書いた時）、その作品は傑作となる。

が、探偵小説では、これは限度がある。探偵小説で、作者のはじめの計算が途中で狂ったら、ぶちこわしである。従って、探偵小説の長さというのは、千枚を越すことはできないだろう。探偵小説の長篇とは結局、「長い短篇」に過ぎないのだろう。また、長篇小説の美学からすれば、探偵小説は文学たり得ないということにもなろう。（しかし、「長い短篇」の美学――従って短篇の美学――つまり、人工的であり、作り物であればあるほどいい、という見方からすれば、探偵小説は勿論文学たり得るのである。私はどうやら、探偵小説文学非文学論争に、美学的な意味でここに決定的な結論を得ることに成功したらしい。探偵小説評論家は、ぜひ、ぼくのこの論旨を、世界探偵作家クラブの機関誌へ紹介してくれるといい。それによって、無駄な論争が、これ以上繰り返されることを防止でき、また探偵作家の純文学作家にたいする、いわれのない劣等感を、一挙に排除できるだろうからである。）

話をもとへ戻して、そういうわけであるから、エリンは現代人の日常的な生活意識の歪み、またその矛盾を、寓話的に拡大することで、恐怖を作りだしている。それは多分、エリンにとって、技巧のうえでは先生であったにちがいない、エドガー・ポーとは、決定的に違っている点である。ポーの小説は「異常な物語《イストワール・エキストラオルジネール》」だった。しかし、エリンのは「正常な物語《イストワール・オルジネール》」なのである。エリンの小説の主人公は、どの人物も正常人であり、日常的な心理の所有者、日常生活の論理によって生きている者たちである。その日常性自体のもつ通念的論理の異常発展によって、逆に破壊される。

だから、エリンの小説を面白がる資格は、異常人、変人にはない、ということになる。

慣習小説

『霊柩車をもう一台』を書いたハロルド・Q・マスルは、ぼくにははじめての作家である。外国語で探偵小説を読む習慣のないぼくが未知だったのは無理もないので、彼の長篇の翻訳はこの作品が最初なのだそうだ。

訳者の後記に、彼の作品名の表が載っている。どれも仲々、愉快そうな表題である。Suddenly a corpse とか You can't live forever とか So rich, so lovely, and so dead とか Tall, dark and deadly とか、要するに死を茶化したような名前ばかりである。

そうして死を茶化すというのは、人生の経験の中で最終的且つ最も深刻なものが死である以上、あとはもう何だって茶にすることのできる立場に、作者が立っているということになる。これは我国でも、江戸の末期の文士たちが好んで実行した人生態度である。彼等は決して、深刻にならない。最も深刻な死を絶対に深刻には受けとるまいと決心している以上、業苦に満ちたぼくらの人生などというものは、一場のお笑い以上のものではなくなる。

従って、およそ「茶化す」という態度ほど諷刺というものから遠いものはない。諷刺はとにかく刺す。刺されれば血が出る。しかし茶にされて出るものは……

ぼくらの人生は業苦に満ちている。しかし、ぼくらは年中、その業苦に直面し、それと格闘しているわけには行かない。たまには、マスルの小説をでも読みながら、人生が宛《あた》かも何の苦もない滑稽な舞台だと錯覚したくもなる。だから、こういう小説を書く作者はありがたいということになる。尤も作者にとっては、こういうお笑いを書くこと自体が人生の業苦のひとつかも知れないが。現に生の苦しみに押しひしがれて自殺した芥川龍之介は、江戸末期の戯作者たちの微笑の背後に深い苦悩の色を覗き見している。

『霊柩車をもう一台』は、ガードナーのペリイ・メイスン物のパロディーのごときものである。メイスンにあたるのが、本篇の主人公、ジョーダン弁護士であり、デラ・ストリートに当るのがキャシディ秘書であり、ポール・ドレイクに当るのが、マックス・ターナー私立探偵である。彼等はメイスン物そっくりのシチュエイションで、メイスン族そっくりの活躍をする。多分、メイスン族以上の活躍をする。そして、ある日、やりすぎたジョーダン族は、遂に女秘書キャシディを犯人に殺させてしまう。ああ、もしガードナーがデラ・ストリートを殺してしまったら、全世界の探偵小説ファンは喪に服するだろう。しかし、ぼくらは大笑いしながら、キャシディ秘書の死骸を横眼で見て、「霊柩車をもう一台」と叫ぶのである。

つまり、それがパロディーというものの面白さなので、大体、物真似というものは、原物の癖を拡大するところから始まる。そうして、銭形平次のパロディーを、もしぼくが書くとすれば、八五郎を犯人に仕立てる。八五郎が犯人だったり、デラ・ストリートが被害者だったりというのは、約束上、絶対に不可能な想定なので、その想定をあえて採りあげることで、物事を全部、冗談にしてしまうことが可能となるのである。小説は本当らしく思わせるように努力して作られるものである。そうしてパロディーはいつも本当らしいふりをしながら、裏ではいつもこれはうそですよと囁いている。

それは文体にも、はっきりと現われている。たとえば、

「彼の新住所は、地下六フィートの狭いマホガニーの箱で、その上には御影石の墓石が建っている」とか、

「彼の精神は、何に従事したにせよ、ハープを奏するより熊手を使うのに適していた」とか、

「相続以外には楽な金儲けの方法はないようだ」とか。

こういう警句はやはり、生身の現実に、少しだぶだぶの言葉の服を着せる面白さなのである。が、マスルはただ冗談をいいつづけているわけではない。冗談ほど飽きられるものはない。それが長篇小説となるためには、その冗談の成立する場そのものを描かなければならない。『七偏人』や『八笑人』が、とにかく小説らしい体裁になっているのは、その人物たちの動きが或る約束に支配されており、その約束そのものを描いているからである。つまり一社会の慣習を捉えて表現しているからである。ガードナーは、あの独特の速度によって、アメリカの社会を縦横に走りまわってみせる。彼は独特のモラリスト的感覚で、人物たちの生ける姿をスナ

ップする。それに対して、マスルの方はその外見の陽気さにもかかわらず、速度はおそい。あるいはガードナーほどの縦横さはない。彼はひとつの小さな社会のなかだけを、繰り返して動きまわる。従って彼はガードナーのような、スナップ写真家ではなく、一社会の慣習そのもの、またその慣習によって生じた人物の型を提出する。

つまりガードナーが純乎たる冒険小説家だとすれば、マスルは冒険小説の衣を借りた慣習小説家なのであろう。

たとえば、彼は若き未亡人コールマン夫人を、次のような抽象的な表現で捉えている。

「我々の社会では、利害の経済問題に殆んど頭を悩ますということのないタイプの女を育てている。この種の女はそのもっている特質のせいで、絶えず激しく需要されている。(中略)この種の女は、その天賦の資産と魅力で、一つの特権階級、美しくそして人の慾望をかき立てる女の団体に、属しているのだ。」

美事な社会的観察である。本当は、この引用では(中略)のところが面白いので、読者は訳書の八三頁の下段を読み直していただきたい。しかし、読者はこの軽薄で、一読後、直ちに忘れ去ってしまうような性質の小説に、ぼくがいやに難しい理屈をつけているとお思いかも知れない。が、そう考えるのは、例の日本的偏狭さなので、大体、明治維新以来の日本人は、西欧に追いつくために、息を切らせつづけていて、恐しく精神に余裕がなくなっている。

だから、小説も、もしそれを文学として論じるとなると、猛烈に生真面目になる。人生いかに生きるかを問題としていない小説などは文学の風上にも置けないものだということにしてしまった。だからぼくなどがこうしたマスルのような小説に尤もらしい理屈をつけているのを見ると、何だかこうした小説が無闇と高級なものに思えて来るという、お人好しもあるだろうし、一方ではまた、ぼくをとんでもない事大主義者だと誤解する厳粛派もでてくるだろう。

だが、ぼくがこの小説を慣習小説だといったのに、賞める意味もけなす意味もありはしない。中村光夫《なかむらみつお》氏の大論文以来、風俗小説という言葉が専ら悪口になっているので、あえてnovel of manners の訳語として、風俗小説の代りに、慣習小説という言葉を持ちだしただけなのである。

由来、私見によれば、ノーヴェル・オヴ・マナーズそのものは、ジャンルとしては高級でも低級でもない。それを低級だと思うのがつまり明治維新以後の性急で偏狭な文学観のしからしむところである。ただし、慣習小説のなかでも、アンガス・ウイルスンのもののように高級なものもあれば、我がマスル先生のもののように、それほど高級とは申せないものもあるというだけの話である。しかしマスルのこの作品からでも、ちゃんと慣習小説論ができるというのは(ぼくの批評家的才能を別とすれば)、このジャンルの幅の広さというものだろう。

ただ、断っておくが、慣習小説というものは、作品の本質に与えられた呼称ではなく、作品の風姿に与えられたものであり、つまりそれは「仕立て」の名なのである。作家は慣習小説仕立てで、どのような深遠な人生観も展開できようし、どのような低俗な娯楽品も製造できようというものである。

慣習小説を論じるものは、それが仕立ての名であって、本質の名でないことを忘れると、とんだ滑稽なことになるから、注意が肝要である。何かのためでなく慣習小説のための慣習小説を書こうとする作家は、現代のような混乱した時代では、混乱した小説しか書けない。

と、まあ、予定枚数に達するまで、色々と書いてきたが、この文章は実は何も書くことのない時に文芸批評の真似をして、一定の長さの文章を書く技術の見本のようなもので、つまり批評のパロディーである。作品の方がパロディーなんだから、批評の方もそうなっても自業自得というものだろう。

スパイ小説

サマセット・モームの『アシェンデン』はスパイ小説である。——ということになっている。しかし、あれはスパイの小説ではあるが、「スパイ小説」ではない。

物語を作ることの名手であるモームは、「スパイ小説」を書こうとすれば、容易に書けたろう。しかし彼は「スパイ小説」の振りをして、例のモーム的なモラリスト小説を書くことを選んだ。

モームが第一次大戦中、情報機関に関係していたことは、ある程度、知られていた。その彼が「スパイ小説」を書いたといえば、読者は直ちに飛びつくだろう。

飛びつかれさえすれば、後はちっとも「スパイ小説」でなくても、作者は別のもので愉しませることができる。

そうして、読者は友人に面白い本だという。友人はどういう小説かと訊く。すると、成るほど、主人公は、スパ・イだから、「スパイ小説」だと答えざるを得ない。そこでその友人も、早速、書店へかけつける。……という次第で、この本は作者の予想通り売れ、しかも、作者は自分の最も書きたいものを書いて、良心が安まるという仕掛けになっている。そういう本なのである。

では、何故、この本は「スパイ小説」ではないのか。主人公は歴としたスパイで、そのスパイが行うスパイ工作が、この物語の主軸となっている。そういう点では、「スパイ小説」そのものである。ところが読んでいて全然「スパイ小説」の気がしないというのは、実は「スパイ小説」とは、単にスパイがスパイ工作を行うだけでは不充分なのである。それはスパイが追うか追われるかして、極限的な地点に追いつめられる、そういうスリルが中心となった物語である必要がある。スパイ小説とは、スリルとサスペンスと恐怖感との物語である。

ところが、この小説には、スリルもサスペンスも、いわんや恐怖感も全く欠如している。いや、作者はそうした状態を作ることを断乎として拒絶している。従って、これは非「スパイ小説」であるというよりも、意識的な反「スパイ小説」なのである。

この物語の主人公は成るほど、スパイである。然し、彼は大きなスパイ組織の歯車のなかのほんの小さな一つの歯に過ぎず、彼は自分のしていることの意味は、殆んど常に教えられていない。スパイ計画は本国の上級機関において、綿密に作成される。そして、その計画にもとづいて命令が発せられる。その計画に必要な何人かの部員が動員され、各部員は与えられた命令を実行する。そして行動は部員から部員へ順送りされるわけで、もしその計画が一から五までの継続的な行為であるとしても、主人公はたとえば三から四への行動の命令を受けるだけである。従って彼の知っているのは、三から四へかけての行為の事実だけであり、その三から四への行為が、計画全体のなかでどのような意味を持つか、又その計画そのものがどのような目的を持っているかは教えられていない。作者は主人公が与えられた命令通りに動いているのを描くだけで、その命令そのものについては語らない。

従って、この小説は「スパイ小説」ではなく、一スパイ員の個人的な生活の記録である。しかも、これはその主人公の一連の行為の記録であり、つまり別々の事件をあつかった短篇小説集である。そこで、十何篇かのこの物語を読んでいる間中、読者は主人公が次の物語にも登場してくることが確実であるが故に、この物語では決して致命的な危険には遭遇しないだろうという安心を持つことができる。それ故、読んでいて全然、スリルを感じないで済む。

しかも、このスパイは平時の職業は作家であり、そのうえ、人生に対して冷然たる無関心さと、客観的で、知的な好奇心を持つ型の作家なのである。そこで、彼はスパイ行為の間でも、できうる限り個人的な日常生活を大事にしようとする。彼は少しでも時間があれば、風呂に入ったり、小説を読んだり、下着を取り換えたりしようとするし、又、行った先々の土地の風景や歴史や人物たちを愉しもうと努力する。

つまり彼はスパイでありながら非スパイ的な、いや、戦時中でありながら、非戦時的な生活愛好者であり、自己をも含めた事件全体を冷静に眺めて、そこに人間性についての新しい知識を学ぶことを喜ぶのである。そこでこの主人公の心の働きは、スパイのそれとは正反対だということになる。スパイは凡《あら》ゆる人物と状況とを、専らスパイとしての利害の見地から見、その計算から外れる部分は問題としない。いかなる美人が現れても、その女の美がスパイ活動にとって、プラスにもマイナスにもならないなら、それは存在しないも同然なのである。つまり、スパイは自分をひとつの道具であると理解し、現実をその道具の働く素材としてのみ見ている。しかし、この主人公はいかなる場合でも、自分の相手の人間性に興味を持つ。その人物を役割としてでなく、役割を演じている人間として理解する。彼にとってはひとつの事件はいわばひとつの芝居であり、自分自身も、自分自身の生命そのものさえ、ひとつのドラマのひとつの面白い要素に過ぎない。

しかし、こうした男は実は必ずしもスパイとして不適任なのではない。この小説のなかで、作者はスパイには人間の型として二様あると説明している。ひとつは相手を敵として憎む型であり、他は相手をひとりの人間として認めるという型である。前者を狂信者とすれば、後者は冷静家だろう。そして、そのどちらも、それぞれの使い道があり、それ故、上級機関は彼を適任者として採用したのである。

つまり、この主人公は使い方によっては優秀なスパイなのである。そして、彼はその役割を充分に演じている。しかし、それは読者の知っている、痛快な、又は、たえず危機に瀕している「スパイ」という概念とは全然違っている。

それ故、作者はこの小説を単に「スパイ小説」の振りをして、自分の好きな哲学を語ろうとしたというだけでなく、大いにあり得ることなのだが、本当のスパイというものは、読者諸君のお考えのような人物ではなく、またスパイ行為も常に血湧き肉躍る活劇ではありませんよと物語全体によって皮肉を云っていると思われるのである。

ここで興味があるのは、モームの名声を維持している、あの面白い小説の大部分が、作者が語るという型からできているという事実である。作者自身が登場し、彼が見聞した事柄について、内緒で読者に、あなただけにお話しますよと囁くという感じにできあがっている。つまり噂話という、小説の魅力のひとつの原型を充分に利用して狡猾な成功を収めている。

ところがこの『アシェンデン』に限って、何と三人称小説なのである。作者は登場せず、主人公はいつものように作者の友人でも何でもない、作者とは他人の——作者から、また作者の生きている事実の世界から切り離された、小説中の人物なのである。作者はそのように主人公を、いわば小説のなかに封じこめている。つまり、本当の話ではありませんよ、といわんばかりである。

どうも、モームはそこまで気を使って、わざとこの小説世界を、読者の遠くに置こうとしているようにみえる。読者をして、主人公の運命に惹き入れられるのを、邪魔しているようにみえる。

作者はたしかに「スパイ小説」をからかっているのに相違ない。

この小説の面白さもつまらなさも、このつむじまがりの厭がらせの精神から発している。

『奇巌城』の余白に

人は、十歳の時に幼稚ならば、四十歳になっても幼稚である、という逆説は果して真理なのだろうか。――と、私は『奇巌城』、原題『うつろな針』を読み進めながら、絶えず頭の隅で考えていた。

何故なら、私は同じ怪盗ルパンの活躍する『８１３』を、十歳の時、ほとんど性的な快感を感じながら、一気に通読した。その体験は、幼い私に、人生には「禁じられた遊び」というものがあり、多分、遊びは禁じられていればいるほど、快楽を増すものである、という事実を教えてくれた。

十歳の私にとって、推理小説は「禁書」だった。それを、悪戯好きの、或る父の友人が、私に秘かに送ってくれたのだ。私は父に匿《かく》れて、その本を読んだ。宛《あたか》も春本を読むようにして。そうして、その結果、その罪のない小説は、私に春本と同じ効果を与えることになったのである。

しかし、四十歳の私は、同じルパン物のこの『奇巌城』を、時々、あくびを嚙み殺しながら、頁を繰っている。それは四十歳の私に春本の与えてくれる効果と、やはり同じである。性的感覚は論理とは関係ない。そして、「幼稚」とは論理の問題である。だから、十歳の私が『８１３』に熱狂し、四十歳の私が『奇巌城』に退屈するとしても、それは私が論理的に成長したというよりは、生理的に成長し、要するに快感という領域において、洗煉された（あるいは悪ずれした）ということに過ぎないのかも知れない。

とにかく『奇巌城』は、四十歳の私には、熱狂の対象ではなく、幾つかの冷静な観念を生み育てる苗床だった。

＊　　＊　　＊

作者モーリス・ルブランも五十歳になっていた。作者自身、この小説では悠々と遊んでいる。この小説が退屈だとしたら、それは他人の遊んでいるのを見る退屈さなのであろう。四十歳にして、自己の人生の代替物としての、英雄ルパンを発明した作者は、五十歳になって、その身振りの大きすぎる英雄に、幾分の照れくささを感じはじめたのだろうか。一生、ルパンの作者として生き続けねばならないとしても、ルパンを彼の唯一のレッテルとすることに反抗したくなったのだろうか。彼は『奇巌城』では、ルパンに匹敵する頭脳の一高校生を登場させ、その少年とルパンの対決のドラマを描くことで、ルパンを自分から引き離している。つまり、この小説はルパン作者のアリバイなのである。

作者ルブランをルパンから独立させる最も簡単な方法は、物語のなかに作者を登場させることである。

だから、この小説には、「私」が出現する。それもわざわざ一章を設けて、丁度、ヒチコックが自作の映画にちょっと、出演するようにして。

或る年の七月十四日祭の前夜、「私」は下男に休暇をやり、ひとりで新聞を読んでいる。と、そこへルパンその人が、突然、やって来る。

この場面は、やはり最も単純な読者にとっては、ルパンを、ひいてはこの物語全体を、小説としてよりも、事実として、受けとらせる方法である。小説の成功は、それが小説ではない、と思いこませることにあるというのが、小説というものが本来持つ、逆説的な宿命なのだから、その点では、作者のアリバイ設定のための登場は、物語に迫真性を与える最上のトリックだということになる。

が、複雑なる読者にとっては、この作者とルパンとの出会いの場面は極めて複雑な「小説の方法」の歴史のうえでの、作者の挑戦だということになる。

何故なら、ルパンは作者の創造した人物である。従って、作者が物語のなかに登場して、作中人物と対話するというのは、ピランデルロの芝居か、『にせ金使い』の極めて近代的な、自意識的な文学の方法を連想させることになる。

＊　＊　＊

ここで、無邪気な冒険小説の作者は、突然に前衛的な技巧を駆使する、近代主義の芸術家となる。

勿論、これは私の考え過ぎである。作者にそんな方法意識が存在したと想像するのは、多分、時代錯誤である。しかし、今世紀の四十年代まで生きていた作者は、ピランデルロやジードを、恐らく読む機会があっただろう。そうして、自分が道楽半分にやった悪戯を、大真面目な文学的試みとして、真剣に苦闘しながらやっている、「純文学者」たちの仕事ぶりに、皮肉な暗合を発見して、愉快になったことだろう。

＊　　＊　　＊

作者ルブランは、はじめからコナン・ドイルに対して対抗意識を持っていた。それは伝統的な英仏対抗意識にまで成長した。

彼は自分の物語の主人公を、典型的なフランス人にすることで、典型的なイギリス人、シャーロック・ホームズに挑戦する野心を抑えきれなかった。しかし、彼のルパンはあまりにも超人的な冒険的英雄だった。超人は国籍を超越する。

そこで彼は新たに、一高校生を発明する。そして、この高校生は、ホームズとは正反対な方法で事件に肉迫する。

イギリス人ホームズは、幾つかの事実から出発し、その事実の間に、ある論理的繫りを見出し、そうして事件の全貌を組み立てる。

この高校生は、そうした「事実」と「手がかり」の方法を軽蔑する。彼はまず「事件の概念」から出発し、その概念に一致する「論理的仮説」を立てる。そして、最後に、「事実」が彼の仮説に「適合」するかどうかを検討する。

つまり、ホームズが、スペンサーの方法によっているとすれば、この高校生はデカルトの方法によって推理を進めているのである。

しかし、他人の発明した人物を、自分の小説のなかへ敵役として登場させるという、このルブランの発明は、何とも奇妙な気持を読者に与えずにはおかない。たとえ、Sherlock Holmes を、Herlock Sholmes とアナグラムによって変化させているとは言え。

これはたしかに一種のパロディーではある。しかし、エルロック・ショルメスの登場は、肝腎のところで、物語全体を冗談にしてしまう。

そうして、冗談ほど恐怖と戦慄に遠いものはない。いかなる切迫した場面も、冗談の一撃によって、馬鹿笑いと化してしまうものであり、それはルパンの物語にスリルを味わいたがっている、単純な読者を困惑させることになる。恐らく、作者は自分のルパン小説のなかに、海の向うのホームズを登場させることを思いついた時、既に、自分の小説を、独立した想像の世界だとは信じられなくなっていたのだ。

それが、この物語を、何となく、後に行くほど、嘘らしく見せることになったのだろう。

＊　　＊　　＊

が、元来、ルパンの物語のなかに、嘘を見出すというのは、気の小さい読者かも知れない。ルパンの作者は、恐らく近代のリアリズムの方法は信じていなかったのだろう。もし、信じていたら、ルパンというような途方もない超人を発明はできなかったろう。リアリズムの小説の主人公は例外なく平凡人なのだから。だから、作者は、リアリズムの方法を信じていない以上、大嘘をつくより仕方ない。嘘をつく情熱が高まった瞬間、その嘘が或る時突然、本当らしくなるだろうというのが、作者の信念だったのかも知れない。

作者は平然として、嘘でかためたこの物語の中に書く。

「このような意外な結末の報道に、全世界でまき起った驚嘆と熱狂の物すごい喚声は、今もなお世人の記憶するところである。」

これだけ大声に作者自身が叫べば、読者は義理にも本当の話を聞いているふりをせずにはいられないということになるのだろう。

＊　　＊　　＊

作者は五十歳にして、ルパンという仮面をかぶった生活に飽きた。彼はルパンを自分の小説の単なる一人物の地位にまで引き下した。そうして小説を、自分の様々な道楽を抛りこむ、途方もなく大きい袋のようなものとした。

そこではもう真偽の区別は消えた。読者が信じようと信じまいと、それさえどうでもよかったのだろう。作者自身、子供だましの英雄物語には、多分、飽き果てていたのだ。

彼は歴史に対する興味を、『奇巌城』のなかへ、平然として押し入れる。それもシーザーからルパンへ一本の糸が二千年間を繋ぐといった壮大な夢想である。

そうした巨大な夢想のなかでは、現代服の人物たちは余りにも小さくなる。実際、人物の運命に対する読者の同情などは、甚だ小さくなってしまう。二千年の歴史の下で、一個の人物の生死など、何程のことがあろう。

だから、作者は軽々とした筆致で、ヴォルテールの『ルイ十四世の時代』の一頁を模作してみせたりする。それが本当らしくできていれば、読者は作者の腕前に敬服するし、うまく行っていなくても、『奇巌城』という二千年の歴史の偽造に比べれば、まだしもだということになるだろう。

多分、『奇巌城』の面白さの最上の点は、作者が自分の作った世界を馬鹿にしているところかも知れない。

スープのなかの蠅

——ある文学全集の一冊のための解説

この全集のなかに、推理小説の一巻が入ることに、怪訝のおもいをする読者が多いだろう。いや、推理小説は「文学」ではないから、この一巻は、スープのなかに浮かんだ蠅のように不調和であり不潔であると、眉をひそめる人もいるかも知れない。

しかし、わたしは必ずしも、その意見には同感はできない。いや、それどころか、むしろこの全集にこそ、この一巻は適わしいのだ、と積極的に主張する立場も可能である。

わたしは、今、その立場に立って、この巻を擁護し、今まで推理小説ぎらいの読者を転向させる役目を引きうけようと思う。

推理小説がこの全集に入る資格は、少なくともふたつある。——第一は「推理産業」と呼ばれるほど多く読まれているこのジャンルは、多く読まれるという必然性のなかに、実によく、それぞれの国の伝統に繫がっているという事実を含んでいる。

つまり、推理小説はその国の生活と文学との特徴をもっとも拡大した形で示している。

推理小説の祖先であるエドガー・ポーは、同時にアメリカ近代小説の創始者であり、あの狂気にまで至る推理力と、やはり狂気とまがう幻想力の奇妙な混合によって、まがうことなきホーソンの兄弟であり、その後のアメリカ文学を予告している。

シャーロック・ホームズが典型的なアングロ・サクソン、ほとんど漫画的な英国紳士であることは疑う余地はないだろう。

そして、何から何までホームズ探偵の対立物として創造された怪盗ルパンは、ボワロー＝ナルスジャックのいうとおり、「フランスそのもの」である。

このリストは、いくらでも精密なものとすることが可能だろう。……

推理小説がこの全集に入り得る資格の第二は、この全集がほかならぬ二十世紀小説の全集であるからである。

「二十世紀小説」とは、ただ単に二十世紀になってから書かれた小説という意味でなく、今日では西欧の批評家は十九世紀の小説を否定した新しい方法による小説という意味で使っている。

それは時代区分を現わす用語から、今やひとつの小説美学上の概念と変わりつつある。

実例はこの全集のなかに無数にある。

が、この多彩な二十世紀小説の個々の作品に、ただひとつの共通の要素を探しだすとすれば、それは十九世紀小説の完成である自然主義、に対する反対物である、という点である。

ジョイスもプルーストもカフカも、そしてブロッホもダレルもヘンリー・ミラーも、それぞれの資質に従って、固定した自然主義を乗りこしながら、自分の方法を作りあげた。

その際、多くの作家が推理小説を、自分の方法の探究のために利用したのは、やはり注目すべき現象である。

今世紀初頭から新しい文学の、フランスのみならず先進世界の中心であったｎｒｆの同人たちは、その雑誌の初代の編集長であったジャック・リヴィエールをはじめとして、推理小説には深い関心を持っていた。彼は自然主義の壁を破るためにこのジャンルを積極的に研究するように、すでに第一次大戦の直前に提案している。

そしてこの派の頭領であり、多くの青年作家を育てたアンドレ・ジードは、『法王庁の抜穴』によって、推理小説のパロディーを作り、さらに『にせ金使い』によって、推理小説の方法を新しい文学の方法にまで転化させることに成功した。『にせ金使い』はいわば解決篇のない推理小説であり、ジードの方法は後年の作家たちに決定的な影響を与えた。今日のフランスのもっとも若い文学的世代の中心人物であるフィリップ・ソレルスも、そこから出発していることは明らかである。

後年、第二次大戦のあとで、死ぬまで青年であった老ジードは、アメリカのスリラー作家ダシェル・ハメットの『マルタの鷹』や『赤い収穫』やを、ヘミングウェイ以上と激賞して、人びとを驚かせた。それまでハメットをハリウッドの冒険映画の原作者くらいにしか思っていなかった文学読者たちは、あらためて推理小説というもののこの半世紀間の成長に目を開かされたのである。

より端的に推理小説を手法にとり入れた作家も少なくない。ウイリアム・フォークナーの『サンクチュアリー』を、正に推理小説そのものであることによって、深刻な形而上的悲劇となっていると指摘したのは、アンドレ・マルローであった。

また、グレアム・グリーンの『不良少年』も、推理小説であることを、何ぴとも肯定するだろう。

つまり、二十世紀の前半の文学の歴史は、「純文学」と「推理小説」との境界線を取りはらう道を歩いてきた。そして、ついにそれに成功した、といえるだろう。

「純文学」と「推理小説」との境界での仕事について、推理小説の読者でなく純文学の読者に向かって、もう少し具体的に解説を進めてみよう。

推理小説は反自然主義の武器となった、と今、わたしはいった。

その武器はさまざまな用法があった。わたしはそのさまざまな用法の一、二について分析してみるつもりである。

推理小説といっても、幾種類もあり、その種類によって、文学に異なった影響を与えている。

第一類は「本格派」であり、これはある伏せられた犯罪の結果（死体）が提出され、そこから出発して、その原因（犯人）に到達する、その経過を、探究者（探偵）の側から、純粋に論理的に描きだしていくやり方である。

探偵はいくつかの証拠を探しだし、その証拠の組み合わせから、犯罪の事実を想像する。しかし、そこに新しい証拠がまたもや発見され、その新しい証拠は、先に探偵が自分の頭のなかに作りあげた、犯罪の想像図とは矛盾している。そこで探偵はそれらの証拠から新しい組み合わせを作りあげて、そこに新しい想像図を作製する。するとまたそこに別の証拠が現われ、探偵の想像図は崩壊する。

そうした運動の繰り返しの中で、探偵は自然に犯罪の事実に接近して行き、ついに犯人に到達する。

そうして物語は終わる。

つまり、これは純粋に知的なゲームであり、作者の提出したパズルを読者に解かせる遊びである。

この手法は「文学的」には、いかなる意味を持つことになるだろうか。

探偵は読者の代表である。彼は自分の認識力を用いながら、しだいに真実へ肉迫して行く。そして、その肉迫の段階に従って、現実の姿がしだいに異なったものにみえてくる。

気の小さい善人だったはずの中年男が、恐るべき陰険な怪物の様相を呈してきたり、一見、悪女ふうの容疑者が単なる酔っぱらいに過ぎなくなってきたり、謹厳な大学教授が実は偏執的な殺人狂だったり、しかも、そうした人物たちの第二の面は、また探索の進展につれて、第三の面、第四の面を曝露していくことにもなるのである。

つまり、本格派の推理小説は「認識小説」の方法で書かれているのである。

認識の主体である主人公の精神のなかで、現実の姿は幾度も変化していく。

これが自然主義的小説論と正反対であることは、容易に理解されるだろう。

自然主義の純粋客観主義の理論によれば、現実の姿は、ただひとつの不変のもので、作者はいわば「神の位置」を占めて、すべての人物を見通している。

しかしわたしたちが現実の世界に生きているのは、神としてではなく、人間としてであって、したがってわたしたちは自分の主観によって現実を眺め、その主観は常に現実の一部をしか捉えない。しかも、わたしたちの主観は経験によって変化していく。

本格派推理小説の方法は、そのようなわたしたちの現実のなかで生きている生き方に、そのまま適合していることで、二十世紀の新しい主観主義の文学に、大きな暗示を与えた。

二十世紀小説のひとつの特徴は、現実というものが、客観的にわたしたちの外部に、唯一のものとして存在しているという仮説を捨ててしまったところにある。現実というものは、作中人物ひとりひとりのなかで、別の姿を取っており、したがって現実は常にだれかの現実なのである。

サルトルは『自由への道』の第一部のすべての場面を、必ずだれか、作中人物のひとりの主観をとおして描いている。これはやはり多くの場面に分かれている、トルストイの『戦争と平和』と比べてみれば、作家の方法がまったく十九世紀のものとは異なってしまったところへいっていることがわかるだろう。

ジードが『にせ金使い』において行なった実験は、この人間の認識の過程というより、認識作用そのものを、小説の主題とすることであった。

一方に現実があり、他方に認識主体たる主人公がある。ジードは主人公を小説家にした。そして、その作中の小説家に作中の現実から材料を吸収しながら小説を書かせる、ということを、物語の筋とした。

つまり、現実と小説家との相互関係そのものを「小説」にしたのであり、それを作者は「純粋小説」と名付け、批評家は「小説の小説」と呼んだ。

これは本格派推理小説の方法の、文学的純化の極限である。

そして、この種の推理小説と純文学との相違は、前者においては、探偵が犯人に出会った瞬間に、「真実はこれだ」ということになって、探偵の認識作用は終わるのであるが、後者においては、主人公の認識作用は彼の死に至るまで終了することがない。したがって小説は、真実というものが謎に包まれたままで終わる。

二十世紀小説の主流のひとつである認識小説が、解決篇を欠いた推理小説であるというのは、そのような意味である。現実という犯人は、いつまでも変貌をやめず、探偵である作者に逮捕されることはないのである。

推理小説の第二類は「神秘派」である。

推理小説である以上、合理的な論理によって犯罪の謎の解決に到達しようとするのは当然であるが、この派はその犯罪の生まれた現実の地盤そのものをまず表現しようとする。現実と犯罪との関係は、現実というものが無数の可能性を含む神秘であるのに対して、犯罪はその可能性のひとつの実現にすぎないということになる。

犯罪そのものは論理的な推理によって解決されても、その犯罪を生んだ現実そのものの神秘は、読者のなかに恐怖となって残るだろう。

この派の作品はだから知的なパズルではなく、神秘な恐怖感を作りだすことによって、読者の従来抱いていた常識的な浅薄な現実像に打撃を与えることになる。

特にこの派の好む神秘というのは、人間の魂の不可思議さである。

犯人と犯罪との関係は、その犯人が捕えられ、刑法に従って処罰されれば終わる。しかし、その人物を犯人とした、彼の心の底の不可解なもつれ、魂の深淵は決してことごとく、探偵の推理によって解決しおわるものではない。それはもはや探偵の仕事ではなく、精神分析家や宗教家の仕事となるだろう。

この神秘派推理小説の方法も、自然主義の方法に対立する。

なぜなら、自然主義の純粋客観主義は、人間の心のなかへ入る場合も、合理的な解釈のつかない矛盾した衝動の束としての、神秘な非合理な深層をまで表現しようとしなかった。その暗黒の領域を表現することは、客観主義の手に余っただろう。

そうして、そのような仕事は、ドストイェフスキー以後の、二十世紀の作家たちの内面世界の照明によって、押し進められることになる。

デュアメルは、二十世紀小説の特徴を一語で説明すれば「魂のレアリスム」である、と述べている。

推理小説の第三類は「スリラー」である。スリラーは、すんでしまった事件に厳密な推理を合理的に積みあげながら接近していくというのでなく、事件そのものが次々と物語のなかで進展していく。そしてその進展の速度が認識の速度を上まわる。現実の変化が、心理の反応よりも速いときに、人は「スリル」を感じるのである。高速度の自動車に乗っているときのように。

したがってこの派の作家たちは、人物を心理的に捉えることをやめてしまう。人物は心ではなく、いわば皮膚で考えることになる。

人間をそのようなものとして、心理でなく行動によって表現するというのも、二十世紀の小説の発明した手法であって、これはヘミングウェイによって代表される。

そうして、このような、思考ではなくて反射的な行動によって人間を描くというのも、自然主義の小説家の知らないところだった。

自然主義の小説は因果律によって支配されている。人物の行動は、あくまで原因が結果を生むというふうに解釈されていて、結果としての行動が、因果律を破壊するほど突発的であることはなかった。

スリラー小説のなかでの因果の法則は、科学的な決定論によってではなく、ベルグソンの理論によって説明されるべきである。すなわち、ひとつの結果が実現したあとで、はじめて原因と結果との因果的関係が、原因のほうからでなく、結果のほうから遡及《そきゅう》的に辿りうる、という考え方である。自然主義の小説家は原因を先天的なものと考え、スリラー作家は後天的なものという仮定に立つ。自然主義の方法には、意外性がないから、スリルが起こらない。

さて、以上の考察を、実際にこの巻に収められた三篇に適用しながら、作風の解説を試みよう。

アガサ・クリスティーは、これこそまさに、わたしが冒頭で述べた「推理小説がその国の生活と文学との特徴をもっとも拡大して示している」という実例の最大なるものである。

この数十年間、世界の推理小説界における「本格派」の代表選手としての地位を守りつづけている、この多産な女流作家は、一方で、英国の小説伝統の最大の継承者のひとりである。英国の小説の特徴のもっとも目立つものとして、ジェイン・オースチン以来の「風俗小説」という型がある。次いでをもっていえば、「女流作家」というのも、英国の小説の伝統のひとつだろう。

そして「風俗小説」と「女流作家」とは、偶然の結合ではない。なぜなら女性、なかんずく、家庭女性こそ、現実を日常的な風俗の面で捉える専門家であるからである。家庭の主婦や老嬢やは、一般に人生を形而上学的に、あるいは宗教的に、あるいは事業や革命やの面で眺める習慣はない。彼女らにとって人生は、台所や客間を離れることは滅多にない。

人生においてもっとも非日常的な現象である恋愛も、日常生活を破壊する「情熱」の面からは捉えられないで、醜聞という形で日常生活のなかへ吸収させられてしまう。「犯罪」もまた、同様である。風俗小説的な思考のなかでは、犯罪という、ある意味では神への挑戦ともいうべき反逆行為は、単に周囲に厖大な噂をまきちらす、人騒がせな原因に過ぎなくなる。

そして、その犯罪の哲学的な意味を発見しようとさえしなければ、わたしたちは波紋のように拡がっているその噂を、丹念に蒐集することで犯人を捉えることは容易である。

アガサ・クリスティーの推理小説の本質は、この噂の蒐集による推理パズルなのである。

そして彼女の小説の舞台は、常にイギリス人の伝統的な日常生活なのである。

彼女の小説群を年代的に読む人は、だから英国の、とくに地方の保守的な人びとの生活の、今世紀における精密な歴史を読むことになるだろう。

彼女の小説のなかでの犯罪は、起こった瞬間には市民たちの日常生活への衝撃であるけれども、探偵という推理の専門家の努力により、茶の間でのひまつぶしのボナンザグラム遊びに変化させられ、つまり完全に日常化されてしまうのである。

これほど第二類の「神秘派」に遠いものはない。クリスティーは英国市民の日常生活の側に立って、現実が背後から不可解な神秘を露出させようとするのを、断乎として拒否している。

彼女にとって犯罪という現実は、毛糸のセーターを編むようなもので、編み目さえ正確に数えながら、編み棒を手さきで操っていれば、間違いのない模様が出現するのである。

これは同じ本格派といっても、アメリカのS・S・ヴァン・ダインや、エラリー・クイーンや、ディクスン・カーとは非常に異なっている。

アメリカのこれらの本格派の作家たちのあくなき合理性は、現代アメリカの都会生活のように抽象的であり、抽象的であることによって、正にエドガー・ポーのあの奇妙に科学的な幻想の世界にまで読者を導いていく。——

エリック・アンブラーはスパイ小説の専門家である。「スパイ小説」という名前は、先にわたしの試みた、方法による分類とは異なった、材料による分類から出てきたものである。

これは手法としては推理小説のものをそのまま使用するが、材料は個人的犯罪ではなく、国と国、第二次大戦後では、自由陣営と社会主義陣営との秘密の闘いであり、それぞれのスパイ組織同士の接触のありさまが描かれる。そしてしばしばどちらが加害者か被害者かわからなくなる。

しかし、この小説のもうひとつの特徴は、それが大概、「スパイ作戦」そのものの描写ではなく、その組織に属する一スパイ、個人の行動の物語だ、という点である。

巨大な組織の網のなかで、極度に卑小な個人が、その組織の歯車のひとつとして、中央の計画どおりに行動しながら、しかし心を持った個人としての感情的反応を示す。

これは例の「組織と人間」という、現在の小説の流行的な主題そのものである。

とくにこの『あるスパイへの墓碑銘』のおもしろさは、そうした組織とはなんの関係もない平凡な一語学教師が、休暇中にぜんぜん、当人の責任でなしに、スパイ狩にまきこまれてしまうという恐怖を描いていることで、それは「神秘派」の作品となっている。

しかも、その神秘と恐怖とは、人間の内心の非合理の闇ではなく、世界そのものの、恐ろしく精密に組みたてられた巨大な背理からくるものであって、したがってこの小説の主人公の運命は、カフカの小説の主人公を想わせる。

このスパイ小説は、ついに一個の現代における人間の存在の仕方への寓話とまで成りおえているといえるだろう。——

ジェイムズ・ケインは、もう一度、ボワロー＝ナルスジャックに証言してもらえば、文学と推理小説との「境界線上におり、推理小説にとりつかれた小説家」である。

アメリカの「スリラー」は、いわゆる「ハード・ボイルド派」を生んだ。彼等の作品は会話と行動とだけを描き、そのために単純で生まなましい文体を発明した。

新しい文体を発明したということで、彼等は「文学者」となった。

ハメットとチャンドラーが、その代表である。彼等の仕事は、もはや完全に、いわゆる純文学者、ヘミングウェイやスタインベックの仕事に匹敵するところまでいっている。

そしてケインのように、どちらから出てどちらへ行ったともいえない作家までも、生むようになった。

彼の作品の文体は、現代のアメリカ語の文学用語としての可能性の一極点を示すものと思われる。

「バック・シート」の頃

　私が「エラリイ・クイーンズ・ミステリ・マガジン」誌に、「バック・シート」という題で、外国の推理小説についての感想を連載したのは、もう四十年近い昔で、現在、八十歳を目前にした私はまだ四十歳を過ぎたばかりだった。

　そして、その二年ほど前に、深刻な意識障害による神経症から、電気ショック療法によって、辛うじて緩やかな回復への道を這い上りつつあった時期である。

　この長い精神攪乱の時期は、私の意識下に眠っていた「第二の私」を、精神の表面に浮び上らせる作用を行わせた。

　それまで、いい加減に世間ずれしていい四十男だった私は、年齢より遙かに遅れた未成熟な部分が、生活習慣に残っていて、一人では喫茶店やレストランに入るのが苦痛だったし、推理小説を読むのも、好色本を手に入れるのと同様に自分に恥かしく、お茶の水の本屋の前を二、三度、行き来して、人の眼を避けて店に飛びこみ、目当ての本を二、三冊、勘定台に持って行くと、慌てて鞄に突っこんで、店を遁《のが》れ出るという有様だった。

小学生時代に、私は父から、「低級な娯楽読物」を読んではいけないと言われ、それを傍らで聞いていた、悪戯好きの父の友人が、秘かに私にルパンの『８１３』という小説の翻訳本を渡してくれた。私は生れてから、こんなに面白い本はないと思うほど、それが愉しい読書体験となった。そして、その愉しさと、父の戒告に背いているという罪の意識とがひとつになって、四十歳頃まで持ち越されたのである。

乳児のうちに母を亡くし、無理に成人として幼児を過さなければならなかった私は、精神の一部に巨大な空洞のような未成熟な部分を残したまま中年になり、そのアンバランスが猛烈な地震のような形で、私を意識の闇に閉じこめてしまい、それから回復するに及んで、私は自分の中に、従来、知らなかった要素が一時に表面に現れ出て来るのに驚いた。

推理小説をタブー視していた私は、友人の福永武彦から次つぎと押しつけられる、アルバトロス双書の推理物を、平然と大っぴらに愉しめるようになったし、私の放送劇集を出版してくれた早川書房からは、新たに出はじめたミステリの翻訳双書を、毎月、全巻、送ってきた。

この双書の表紙は、血なまぐさい女性のヌードの絵でなく、抽象画であったことも、私が電車の中で堂々と読むことを可能にしてくれた。

そうして、福永に煽動されて、彼の「深夜の散歩」に続けて、「バック・シート」の連載をはじめ、推理物を私の文学体験の中に包みこんで、文学として読むという試みを続けた。

そうして、福永の連載と共に、専門の推理作家たちの好評を得ることができて、自分自身、心の中で納得に及んだのだった。

マイ・スイン

丸谷才一

クリスマス・ストーリーについて

『クリスマス・プディングの冒険』が東京では六月に刊行されたと聞いたなら、エルキュール・ポアロは、灰いろの脳細胞をさんざん働かせて——「なぜ十二月ではないのだろう？」——そのあげく、「判らない」と呟くにちがいない。ミス・マープルは編物の手を休めて考えこみ、日本人は季節感を持たない国民なのかしらと怪しむだろう。パーカー・パインはそれを遮って、いや、彼らは俳句を作る種族なのだと知識を披露し、それからさきは沈黙するだろう。そしてトミーとタペンスは、例によって手分けして、朝日新聞社ヨーロッパ総局や日本大使館を訪ね、さらには大英博物館で尨大な資料を漁った末、これは日本のジャーナリストの、世界に冠たる敏捷さがもたらしたものだと結論するだろう。

「ねえ、タペンス、なかでもいちばん機敏なジャーナリストを集めているのは、早川書房というパブリッシャーだってさ」

もちろん、クリスマス・ストーリーが六月に刊行されても、それはいっこう差支えないはずである——もし読者が十二月にそれを読むのであれば。しかし、まだ読んでいないアガサ・クリスティーの本が手元にあって、しかもそれを半年、読まずに我慢することなど可能なものだろうか？　少くともぼくは、そういう意志強固な男ではない。ぼくはアイス・ウォーターをがぶがぶ飲みながら、汗みどろになって『クリスマス・プディングの冒険』を読んだ。そして、季節感がおかしくならないように、ときどき、おまじないとして鬼貫《おにつら》の句——「そよりともせいで秋立つことかいの」を口ずさんだ。逆に言えば、クリスティーの描写力はそれほどすばらしく、ぼくは完全にイギリスの田舎のクリスマスへ、ポアロと共に客となっていたのである。

クリスマス・ストーリーという形式は、イギリスの短篇小説では最も華やかな形式だとも言い得るだろう。なぜなら、それはあの、イギリスで最も人気のある作家、ディケンズが創始したものなのだから。作家たちは『クリスマス・カロル』に比肩すべき作品を書こうと意気ごむ。雑誌はクリスマス・ナンバーのためにクリスマス・ストーリーを依頼する。こうしてぼくたちは、数多くの作家たちの腕くらべを見ることができるのだ。

たとえばギャスケル夫人の『クリスマスの嵐と日光』がそれである。たとえばウォルター・デ・ラ・メアの『アーモンドの樹』がそれである。マジョリー・ボウエンの『時効』が、T・F・ポウイスの『クリスマスの贈り物』がそれである。そして、ぼくたちにもっと親しみの深い作家の場合をあげるならば、ジェイムズ・ジョイスの『死者たち』もグレアム・グリーンの『復讐』も、ともにクリスマス・ストーリーという形式を充分に意識しながら書いたものだと断定することができる。

　グリーンの『復讐』は、マレーの港町でクリスマス・イヴに、パブリック・スクール時代の級友と会う小説家の話である。ジョイスの『死者たち』は、これもクリスマス・イヴに、死んだ恋人の思い出話を、妻が夫に語るという筋である。（舞台はもちろんダブリンになっている。）いずれも、正統的なクリスマス・ストーリーとは言いにくい、一ひねりも二ひねりもした作品だが、しかしそれ故にこそ、いかにも彼らのような作家たちにふさわしいクリスマス・ストーリーへの新しい寄与であると言い得るであろう。彼らは伝統的な形式を利用して、新しい現実を提出しているのだ。


　そしてアガサ・クリスティーは新しい現実などにはいささかも関心を示さない。彼女はひたすら伝統的なクリスマス・ストーリーを、巧妙に優雅に作りあげる。そう、ロスおばさんが大小四つのクリスマス・プディングを作りあげるのと同じように。

　こういうクリスティーの保守主義は、大いに尊重されてよいものである。なぜなら、彼女の作品の魅力は、もともと、このような、言葉の最良の意味での保守性に由来するものだから。人は『クリスマス・プディングの冒険』におけるクリスマス・ストーリーと探偵小説との混合を指摘して、これは新しい試みだと言うかもしれない。だが、ぼくはそう思わない。彼女はただ、このクリスマス・ストーリーの味をいっそう引立てるため、イギリス人の最も好む読物――探偵小説の味を加味しただけなのだ。ちょうど、ロスおばさんがプディングに最高級のコニャックを入れるように。

そう、この二つの形式の混合は、たいそう幸福なものだった。なぜなら、クリスティーの探偵小説家としての特質の一つは、ドメスティックな視点にあるのだから。ここではクリスマスの行事が、プディングの作り方が、丁寧に語られる。そしてぼくたちはポアロと一緒に、「じつに興味のあるはなしだ。じつに興味のある」と呟くことになるだろう。そのあいだに事件のための舞台は着々と出来あがってゆく。さる王室の重宝であるルビー。クリスマス・プディングに手をつけるなという謎の手紙。雪の上の死体。(しかし、果してそれは死体だろうか?)物語は、堅固な背景の前でなだらかに展開する。登場人物はみな類型的であり、それゆえぼくたちは、安心して彼らとつきあうことができる。地主邸の主人はあくまでも旧弊で堂々としており、彼の妻は新しさに対して適当に妥協的であり、八十歳の老僕はよろめきながら忠節を盡《つく》し、少年たちはいたずらが好きであり、そして小柄なベルギー人の軽薄さは、ロスおばさんの料理を褒めそやすとき、「片手を唇にあてて接吻し、接吻を天井へ投げ」るほどなのだ。精神のあり方が複雑でない人物たちが、整然と配置されているのを見ることは、なんと楽しいものだろう!

しかし、彼らがこれほど均整のととのった画面を形づくることができるのは、やはりクリスマス・ストーリーという、伝統的な形式の枠のおかげなのである。ぼくは物語全体の明るい楽しさに魅惑され、ポアロに好意をいだき、そして思わず「メリー・クリスマス!」と呟いてから、あわてて鬼貫の句をもう一度くりかえした。

すれっからしの読者のために

ポール・ソマーズの『震える山』を、ようやく切符を手に入れた二等寝台の上段で、暑苦しい思いをしながら読んだ。煙草が喫えないし、サントリーのオン・ザ・ロックなどという結構なものもない。あまつさえ、約一メートル離れた所に横たわっている隣人（若い娘？　三十女？　それとも？）は、ぼくの枕もとの灯りが二つのカーテンの隙間から洩れるため明るくて寝つけないということを、ときどき、独言の形でやんわりと抗議するのである。

「どうしてこんなに明るいのかしら？」

證人になってくれる人は大勢いると思うが、ぼくはフェミニストである。女の人と出会ったときには、必ずお世辞を言うし、親切にする。また、文藝時評を書くときには、なるべく女流作家の小説を論じないようにしているのだ。が、それにもかかわらず、夜汽車のなかのぼくは、隣人の希望を無視しつづけた。すなわち、さまざまの悪条件をものともせずに、一冊のソマーズに読みふけったのである。なぜなら、それはじつに楽しい読物だったから。

ソマーズは、と言うよりもむしろアンドリュウ・ガーヴの名で知られているこの作家は、極めて巧みなストーリー・テラーである。彼の『ヒルダよ眠れ』や『サムスン島の謎』を読んだことのある人には、この点に関してはもはや多言を要さないだろう。しかしこの『震える山』は、彼の、ガーヴ名義の二作よりもいっそう優れているとぼくは感じた。夜汽車の退屈のせいだろうか？　いや、ぼくとしては、夜汽車での読書という不利な条件にもかかわらず読者を魅惑するほど興趣にみちている、と考えたいのだけれども。

『震える山』は、まず、巧妙な逆手の連続という点で読者を感心させるようだ。ぼくたちは、何というすれっからしの読物作家がいるものかと、驚いたり呆れたりしながらページを繰ることになる。たとえば、これは誘拐事件を扱っている。しかしその種のものの常道である、子供がかどわかされる話ではない。スティーヴンスンの『誘拐されて』とも、クリストファー・ランドンの『日時計』とも、エド・マクベインの『キングの身代金』とも、まるっきり違うのだ。ここで誘拐されるのは、国家の重要な機密を握っている老科学者なのである。

はははあ、スパイ小説だな、とあなたは考えるだろう。ぼくも最初そう思った。そして、スパイ小説と誘拐ものとをこんな具合に結びつけた才能に敬服した。だが、ぼくの予想はまたしてもはずれ、ぼくはまたしてもこの作家の逆手に感心することになったのだ。だから——『震える山』を愛読するためには、探偵小説のさまざまの型についての、ある程度の素養が必要なのではないかと思う。これは初心者には向かない本だ。読者はたえず、あの型がこうひねって使われている、とか、あの手がこう応用されている、とか、考えながら読むべきなのである。つまり、『震える山』の場合、読者もまたすれっからしでなければならない。ちょうど、海千山千の商売女と遊ぶためには、ぼくのような純真な青年は失格であるのと同様に。

そういう意味で、これは絶対イギリスにしか出て来ないような種類の作家だと思う。たとえばアメリカのような、銷閑《しょうかん》用の読物の伝統が浅い国では、ソマーズは決して生れないだろう。読者がウィルキー・コリンズ以来の長い伝統にひたりきっていて、高い趣味を身につけているとき、作家はその趣味にかなうような、しかも新奇な、新しい本を提供しなければならない。そういう苦しい状況が、あるいは、デカダンスとさえ名づけてもいい程の成熟が、彼のような技巧派を生み出すのであろう。

ソマーズ名義のものをこれ一冊しか読んでいないくせに、こんな推測をするのは大胆すぎるかもしれないが、アンドリュウ・ガーヴはポール・ソマーズという仮面に隠れるとき、探偵小説作家としてより多く頽廃しているのではないだろうか？　そしてそのことの甘美さが、ぼくをより多く魅惑するのではないだろうか？

とは言うものの、読者よ欺かるるなかれ、ぼくは彼が偉大な作家であるとか、『震える山』が傑作であるとか、言っているのではない。ソマーズ＝ガーヴは女性の肖像においてほとんど常に失敗しているし、特に悪女を描かせると必ずみじめな結果に終るのだ。（たとえば『ヒルダよ眠れ』のヒルダは、着眼としては実に面白い女性研究なのに、彼の筆致には、対象にふさわしいだけの鋭利さがない。）いや、男を描かせても、彼はさほど高い手腕を持っていると言いにくいのではないか。この『震える山』で最も成功しているのは、老科学者の、賢明でしかも愚かしく、ひたすらに悲劇的な姿なのだが、それとてもプロットや劇的状況や既成の型による連想作用が主としてもたらす映像であって、もう少し高い次元における作家的力量の所産だと感じさせる箇所は、ついになかったような気がするのである。そして、探偵小説にそういう人間像の的確さを要求するのが酷なことだとは、ぼくは考えていない。

また、風景描写という点でも、彼はあまり誇ることができないのではないか。『震える山』の末尾に位置を占める恐しい情景は、かなり脆弱にしか定着されていないような気がする。たとえばニコラス・ブレイクがこの部分を受持ったならば、ぼくたちは戦慄したであろう。そして、褒め上手なぼくなどは、まるでダンテを読むようだと呟いたかもしれない。……だが、洞窟のなかの洪水に呑まれる若い娘のイメージは、ストーリーの段取りがこれでついたという安心感を、まずぼくたちに与えてしまうのである。

もちろんこのことは、ソマーズ＝ガーヴだけの罪ではないだろう。最近の探偵小説は、ページ数が薄くなり、描写にコクがなくなった。それは活字以外のものを最終的な媒体として、ぼくたちに迫ろうとしているような感じなのである。もっとはっきり言えば、まるでテレビ映画の台本として書かれているような印象を、ぼくはしばしば受けるのだ。概して言えば、そのような傾向はアメリカものに多い。しかしイギリスものでも、たとえばこの作家などにはやはり、テレビ映画ふうの食いたりなさをぼくは感じるのである。

不満を並べたてすぎたろうか？　そんなことはないはずだ。この文章はもともと、一人の作家の才能を顕彰するためのものではないのだから。ぼくはむしろ、その作家を形成し支えている豊かな伝統への讃辞として、これを書いたのである。

長い長い物語について

少年時代ぼくは、いつまでも終りがない、長い長い物語があったらどんなに嬉しいだろうと夢想した。本の虫だったぼくは、せっかく本を買ってもらっても、あるいは借りても、あっけないくらい早く読み終えて、失望落胆するのが常だったのである。幼い頃に肉親を失うという体験がなかったにもかかわらず、ぼくが早くから無常感にさいなまれていたのは、たとえば『敵中横断三百里』が、たとえば『恋の殿堂』が、たとえば『モンテクリスト伯』が、たとえば『死の勝利』が、たとえば『第二の接吻』が……あまりに早く大団円のページに達してしまう結果であったかもしれない。

しかしこういう夢想は、単に人生の少年時代においてだけではなく、人類の少年時代においてもまた存在するものではないかしら。『千一夜物語』だの『デカメロン』だのという、あの、いくらでも長くつづけることのできる枠入り物語の形式は、そうした願望を実現しようとしての試みであったように、ぼくには思われてならないのである。

そして、中学生であるぼくは、中央公論社刊行の、バートン版による『千一夜物語』を読み終ったとき、とうとう千一夜目になって物語るべきことがなくなってしまったシャーラザードをなぜシャーリアール王が殺さないのか、どうにも理解しがたいと感じたのだ。ああ、優しい少年のなかにいる残酷な読者よ、呪われてあれ！

しかしこういう、長い小説への憧れは、現代の探偵小説の読者には無縁なものだろうか？　いや、決して無縁ではなかろう。たとえばE・S・ガードナーは、シャーリアール王の子孫である読者たちに殺されまいとして、必死になって、ペリイ・メイスンの物語を書きつづけるのである。ちょっとパロディをやってみれば、大体こんなことになる。

ミステリー気違いは叫んだ、「何と申すか、ガードナーよ、その虫のくったミンクとはいったい何か、余は知らぬが」ガードナーは言った、「それこそは今年の秋わたくしがあなた様にお聞かせ申し上げようということでございます、もしわたくしがなお生き延びておりますれば」

ブレット・ハリデイの場合も、J・J・マリックの場合も、事情はまったく同じであろう。つまり彼らは、長い長い大河小説を書きつづけているのだ――殺されないために、生き延びるために。

だが、大河小説という形式はやはり、一巻ごとのまとまりを重視するため、本当の長い長い物語という満足感を味わわせてくれないうらみがある。このことは、マルタン・デュガールについても、ガードナーについても、言い得るような気がするのだ。そして最近の探偵小説は、どうも一般に短くなってゆくような傾向がある。カーター・ブラウン然り、アンドリュウ・ガーヴ然り。ハリデイもマリックもこの例に洩れない。これはまことに残念な話である。

それゆえ、ぼくと同じように長い探偵小説が好きな人は、たとえばシリル・ヘアーの『法の悲劇』を読みたまえ。（これは傑作である。早川ミステリからベスト・テンをぼくが選ぶとすれば、かなり上位にこの本は位置を占めるはずである。）そして、それでもまだ短かすぎるという人は――ウィルキー・コリンズの『月長石』を読みたまえ。（今度はじめて完訳が出た。東京創元社は歴史的出版を、少くとも一つおこなったのである。）

いや、ミステリーの愛好者と自負しているほどの人なら、何も長い長い物語を特に好むたちでなくとも、これは絶対読む必要があるだろう。何しろ、イギリスの探偵小説はコリンズによって生れたのだから。そして黄いろいダイヤモンドをめぐる謎と冒険は、コーネル・ウールリッチやエヴァン・ハンターの読者をも魅了するはずだから。

『月長石』は悠々と進み、ほぐれてゆく物語である。が、それにもかかわらず、読者は決して退屈しないのだ。コリンズの力倆はまったく恐しいくらいであって、これならあのディケンズが彼から影響を受けたのも無理はないと、誰でも感心するだろうと思う。

物語は、一ダースに近い（ないしそれ以上の）人物の口から語られる形式になっている。こういう一人称形式はコリンズの最も得意とした所で、彼にはたとえば『ハートの女王』というような、枠入り小説スタイルの短篇小説集さえあるのだ。ただし『月長石』は枠入り小説ではない。それは一人称による物語をリレーふうにつなぐことによって、長い時間の経過とさまざまの場所とを直接、読者の前に提出しようとしているのである。

もちろん、それだけならば大して驚く必要はない。しかし、彼がその各〻の語り手の性格をじつにくっきりと見せていること、および執事ベタリッジと部長刑事カッフという不朽の人間像を造型したことは、どのように賞讃しても過褒の言とそしられることがないだろう。

執事は善良であり、さまざまの人間的弱点を持っている。部長刑事は有能であり、しかし決して全能ではない。ぼくたちは思わず知らず、彼らとつきあっているような気になり、その結果、彼らが含まれている架空の世界全体を現実のものとして受け入れるのである。

人々は『月長石』について語ろうとするとき必ずカッフ部長刑事の薔薇好きについて述べる。あるいはベタリッジが二言目には『ロビンソン・クルーソー』を持出すことについて述べる。たしかにコリンズはこの二人の登場人物を、彼らの癖ないし趣味を強調することによって、型としてとらえたのだから、そういう指摘はいちおう正しいかもしれない。が、ぼくは疑うのである。それなら、あのヴァン・ダインの探偵があれだけペダンチックでありながら、しかもカッフほどの生気を誇っていないのはなぜだろうか、と。また、更に言うならば（ベイカー・ストリート・イレギュラーよ、怒ってはいけない）、あのコナン・ドイルの探偵が、麻薬とヴァイオリンにもかかわらず、ついに人間的魅力を持たないのはなぜだろうか、と。

おそらくは、ドイルにもヴァン・ダインにも、ユーモアの感覚が極めて稀薄なためなのである。コリンズにはそれがあるし、そのせいでぼくたちは自由な空気を吸うことができるのだ。ぼくたちは寛ろぎ、楽な気持になり、まるで親しい友人たちとつきあうようにして、部長刑事や執事や令嬢や、彼女への求婚者たちや彼女の母などの世界を受け入れるのであろう。……

こくのある、たっぷりした、探偵小説を読みたい人に、ぼくは中村能三《なかむらよしみ》訳の『月長石』を心からおすすめする。願わくば、一日も早く、同じ訳者によって『白い服の女』が翻訳されんことを。

サガンの従兄弟

フレッド・カサックの『日曜日は埋葬しない』は、正しくは『日曜日を葬らない』である、と訳者はあとがきで述べている。出版社の意向によって映画の題に近づけたことを、訳者はすくなからず残念に思っているらしい。ぼくは訳者の気持に同情する。そしてまた、こういうハイブラウな娯楽読物のばあい、映画の原作であるという理由でどれだけ売行きが増すものか、すこぶる疑問にも思っている。しかし、今ぼくの言いたいことは、それとはすこし違うことである。ぼくは、この小説の題としては、実はもっとぴったりしたものがあるのではないか、という気がして仕方がないのだ。たとえば――『孤独』。

もちろん『孤独』では、ショッキングな感じが乏しいだろう。新しい印象も与えないだろう。むしろそれは極めて古めかしい題名だろう。しかし『日曜日は埋葬しない』の長所は、その古さにあるのではないか？　そう、いっそ主人公の名をそのまま題にして（ちょうど『アドルフ』のように）『フィリップ・バランス』とでもしたら最も落ちついた感じになるような本を、ぼくはいま読み終ったような気がするのだ。

思わずコンスタンの名作をひきあいに出したけれども、このことは決して誤ってはいないだろう。カサックはフランス心理小説の伝統の下にあって、探偵小説を書いているのだから。主人公、彼の恋人、恋がたき、その妻——という極端に小人数な登場人物（警部と刑事を入れても、わずかに六人である）といい、情念の研究に対する熱心さといい、この作家がラファイエット夫人からフランソワ・モーリアックにいたる系譜に属していることは明らかなはずである。そのような偉大な遺産を継承して、それを大衆小説へと巧みに応用しているという点で、カサックはあのフランソワズ・サガンの文学的従兄弟であると言うことも可能であるかもしれない。サガンもまた、『悲しみよこんにちは』以後、今日にいたるまで、小人数の登場人物による情念のドラマの研究に専念しているのだから。

しかし、ぼくが『孤独』とか『フィリップ・バランス』とかいうふうに改題することを提案するのには、じつはもう少し意地の悪い気持が含まれているのだ。つまり、ここには孤独という情念しか描かれていないし、ここで生きているのはただ主人公フィリップだけだ、ということに注目してほしいからなのである。

ぼくは映画のほうは見のがしてしまったが、ぼくの親しい、最も信頼すべき映画批評家に聞いたところでは、あの映画は前半がよく、後半が乱れているそうである。前半の、パリに住む貧しい黒人学生の孤独感の表現はすぐれて映画的で美しく、後半で殺人事件が起ると、新人監督の力量ではもう処理しかねていた、と彼は語ってくれた。これはおそらく、原作者カサックが真に提出しているイメージは、ただ主人公の孤独感だけであることを示しているのではないだろうか？

もちろん、カサックは恋愛を描き、姦通を描き、殺人を描いている。それはいちおう巧みであり、そつがないと言うことはできるだろう。警察で取調べられている主人公は、過去を回想しつづける。過去と現在との交錯の技術をほめたたえることは、かなりきびしい批評家にさえもじゅうぶん可能であろう。窓の高さまで届いている樹の葉。樹にとまっている小鳥。主人公の頭に去来するプレヴェールの詩。……しゃれた導入部だし、しゃれた小道具だ。ぼくたちはそれに絶讃の言葉をよせることができるにちがいない。そう、ぼくたちはつい恍惚とし、『日曜日は埋葬しない』は傑作であるなどと口走りたくなる。だが、ちょっと待ってほしい。ここには孤独以外の情念は定着されているだろうか？　たとえば主人公の嫉妬、復讐、恐怖などは、彼の孤独とくらべてじつに色褪せて見えるのだけれども。また、主人公以外の主要登場人物のイメージは、すこぶる類型的な感じしかぼくたちに与えないのだけれども。ぼくたちは、ちょうどゆきずりの人の顔や服装を覚えていないと同じように、ストックホルムから来た女子学生やパリの出版代理人やその妻についてじつに淡い印象しかいだいていないことを発見して驚くのである。あれだけの時間、彼らといっしょに生きたはずなのに！

このことの原因は、たぶん四つあるだろう。

第一はカサックの人物描写がまだ幼いということ。あるいは、卓抜なものでないということ。

しかし、ぼくは頭の悪い批評家の真似をしたくはないから、このことについて声を大にして語ろうとは思わない。

第二は、カサックが一人称形式でこの物語を書いていること。それ故、物語全体はフィリップの孤独感というフィルターをつけて撮影された写真のようなものになっているのだ。恋愛も嫉妬も復讐も、色褪せて見えるのはむしろ当然かもしれない。

第三は、この物語を書く際、カサックにとって、貧しい学生の孤独感だけが想像力の動力であったろうということ。たぶん彼は、自分自身の学生時代の内的体験を、主人公である黒人学生へとはめこんだのであろう。彼が本当に情熱を感じていたのは、そのことだけだったのだ。恋愛や姦通や復讐に対しては、彼の作家的関心は一通りのものにすぎなかったような気がする。

しかし第四に——と書いて、ぼくはいささか当惑してしまった。ぼくは、探偵小説批評において、筋を明かすのは絶対よくないと信じている。まして、結末の意外性を失わせてしまうような文章は書くべきでないと考えている。それゆえ、ここは曖昧な書き方で書くしかないのだが、読者はよろしくぼくの苦衷を察してほしい。しかし第四に——カサックは結末の意外性のために心理的トリックを用いた。これはフランス心理小説の伝統と探偵小説との結合という、彼の特色に極めてふさわしい手段であった。が、同時に、彼はそのために登場人物のイメージをぼやけさす必要があったようにぼくには思われるのである。ぼくたちはやはり、カサックの立場に同情すべきであるかもしれないのだ。

そう、カサックに同情しよう。そしてスリルとサスペンスと清新な抒情に、一夜の娯楽を求めよう。彼はそれをたっぷりと与えてくれる。知的な構成とスピーディーな展開は、ぼくたちの心をゆすぶるだろう。しかもぼくたちはそれと同時に、セルジ・ラディーヌが『異邦人』のムルソーになぞらえた孤独な男、フィリップ・バランスを身近に眺めることができるのである。まるで、鏡のなかの自分の姿に見とれるようにして。

冒険小説について

(1)「いったいあなたはいつになったら、仕事をはじめるおつもりなんでしょうね、ルドルフ」と兄の妻がいう。「あなたは二十九歳でいらっしゃるのよ。それなのに、今までなんにもならないで――」

「ぶらぶらしている、とおっしゃるんですか。そのとおり。ぼくらの一族は、何一つする必要はないんですもの」(井上勇《いのうえいさむ》訳)

(2)「どういう用件かね、ニコラス君」

「金のことです」

かけろとはいわれなかったが、ぼくはその椅子に、腰をおろした。

「一週間七ポンドでは、とてもぼくには、やっていけないんです」

小豚は、とうてい信じられぬといった表情で、ぼくの顔をじっと見つめた。

「だれを養う責任もない青年が、七ポンドもあって、一週間が過せないんですか。ニコラス君、あんたはいまでは二十四、りっぱな大人ですぞ。それとも、現在のあんたの仕事に、一週七ポンド以上の値打があるとでもいうんですか」（宇野利泰《うのとしやす》訳）

引用の(1)はアントニー・ホープの『ゼンダ城の虜《とりこ》』（一八九四）、そして(2)はライオネル・デヴィッドスンの『モルダウの黒い流れ』（一九六〇）である。

最新の作品と五十年前の名作の、一部分を対比するなどということをしたのは、近頃の日本の批評家がむやみやたらと文学史づいているのを真似ようとしてでは決してない。「一九六一年イギリス探偵作家協会賞第一席に輝く」本が、実はどれほど伝統的な娯楽読物であるかを端的に明示することこそ、ぼくの意図なのである。

二つの物語は、半世紀をへだててはいるけれども、じつによく似ている。それはイギリスにおける怠け者の青年が、ひとたび外国へゆけばどんなに見事な働きをするかという、勇猛果敢にしてかつ愉快な冒険談なのである。無為徒食している若い貴族ルドルフ・ラッセンドルフは、ルリタニア王国の危機を救う。そして亡父が貿易会社の社長であったニコラス・ホウィッスラーは、かつては父の下役にすぎず今はその会社の社長である「小豚」から毎週七ポンドの小遣銭を貰ってぶらぶら遊んでいる若者なのだが、ひょんなことからチェコに旅して、血わき肉おどる大活躍をするのだ。

どちらも一人称で書かれた物語であることは、どちらも冒険小説であることと密接な関係があるだろう。つまりそれらは、根本的には法螺話であることによって、かえってよく荒唐無稽な物語のリアリティを保っているのである。もし三人称で書かれていたならば、読者はおそらく波瀾万丈の筋書を真に受けないはずだ。語り手が眼の前にいて語りかけるから、ぼくたちはまず語り手の実在を信じ込み、そして彼の個性に魅せられた結果、彼の話の内容である冒険を信じるのである。

両方の語り手＝主人公が、いずれも怠け者の青年であることは、彼が魅惑的であるために不可欠な条件である。彼がただ若いだけでは、やはり読者はあれほど共感をそそられないだろう。彼は読者と同じように怠け者であって、しかも怠け者でありながら、一旦緩急あれば、ぼくやあなたがたぶんそうするであろうと同じように、颯爽として活躍するから、ぼくたちは彼のなかに自己を投影して、うっとりといい気持になるのである。『ゼンダ城の虜』は、『モルダウの黒い流れ』は、そのような意味で、怠惰という美徳への擁護の書という本質を持っているのだ。

が、ここで一つ、日本の読者が案外見のがしがちな問題が出て来る。それは、ルドルフもニコラスも、中・東欧系の家系に属しているという事実である。このことは、もちろん彼らの冒険の舞台が中・東欧であるため、語学その他の条件が不利であってはならないという配慮のせいもあるだろう。しかしもっと根本的には、イギリスの貴族階級には中・東欧系の家柄が極めて多いという事情が、いわば背景としてあるのだ。二人の娯楽読物作家は、イギリスの庶民の貴族崇拝を利用して、彼らの主人公＝語り手に対する読者の共感をよりいっそう大きなものにしているのである。（ついでに言い添えて置けば、イギリスでは、冒険は貴族――この怠惰なるもの！——の美徳である。）

だが、類似点だけをあげて差違を論じないのは、やはりフェアではあるまい。重大な差違を二つ述べて置く。

一つは、最初にかかげた引用でも判るように、『ゼンダ城の虜』の若者が金に困っていなくて、『モルダウの黒い流れ』の若者のほうは不自由しきっているという点である。デヴィッドスンがそういう具合に主人公を設定したことは、左翼批評の口真似をして言えば、大英帝国の疲弊とイギリス貴族階級の衰弱の反映ということになり、こういう鋭い分析をおこないながらしかもその主人公に対して好意と愛情を示している所にデヴィッドスンの限界があるということになるのだが——ばかばかしいな、少し。よしましょう、こんな面白くない話は。

もう一つの差違は——これはお色気のほうの話だから、左右両翼の士に大いに興味があるのじゃないかと思う。ルドルフのほうは恋人であるルリタニア王国の王妃と肉体的な関係を敢えて結ばず、ニコラスのほうはチェコの自動車の女運転手とあっさり寝るという対立なのである。ルドルフのプラトニックな態度はまったく恐しい程であって、彼とその恋人は、激しく愛しあっているにもかかわらず、たがいに指環をはめていることと、毎年一回、一輪の紅薔薇がはいっている小箱を交換することによってのみ結びつけられているのだ。もちろんここには、十二世紀以来の宮廷愛の伝統が流れており、その至純なフェミニズムはぼくたちを感動させずには置かないのだが、しかし現代人の眼から見ると、それだけ愛しあっていて寝ないのは、どうも偽善的な感じで不愉快だ、というふうにも思われるのである。

この、『ゼンダ城の虜』に一種の偽善をかぎつける態度は、間違っていないだろう。ホープは、宮廷愛とヴィクトリア時代の道徳の両方によって縛られていた作家だからである。そしてデヴィッドスンは、古いヴィクトリアニズムからまったく解放されている。彼の主人公は、イギリスに愛する婚約者がいるにもかかわらず、いささかも反省することなく、プラーハの街で美しい大女と寝るのだ。

それではデヴィッドスンにはフェミニズムの精神はないのか？　冗談いっちゃいけない。もちろんある。ただ、かつては、寝ないことがフェミニズムであった。そして今は、寝ることがフェミニズムなのである。

手紙

＊＊＊様

とうとうあなたも「純文学と大衆文学」論争にかぶれてしまったんですね。デュレンマットは単なる探偵小説作家じゃない、などと書いて、それで彼を褒めた気になるなんて。そう言えば、あなたはもともと流行に敏感な人だった。アスコット・タイを結んだのも、藝能人を除けば東京であなたがいちばん早かったし、「わりかし」という言葉を最初にぼくに教えたのもあなただ。今ごろはきっと、流行性感冒で寝こんでいるのじゃないかしら？　もっとも、東京で最初に風邪を引き、最初になおったのがあなただと考えるほうが正しいかもしれないな。（もし風邪だったら、お大事になさって下さい。）

悪口ついでにもうすこし憎まれ口をたたくと、大体あなたはスノビズムの傾向が強いから、偉い小説家や有名な批評家が「純文学、純文学、ジュンブンガク」とお題目みたいに唱えると、なるほど、なるほど、などと感心し、それが頭にこびりついて離れず、ついにはデュレンマットを読んで夢中になると、これこそは純文学などと書いてしまうことになる。流行とスノビズムとは、非常に密接に結びついているのです。このことは、皇太子が風邪を引いてから、風邪が大流行になったことでも判る。おかげで、ぼくみたいな無病息災な男は、咳ひとつしないで街を歩くのが気はずかしいみたいで、ちょっと具合が悪かった。まるで、太いズボンをはいて、真晝の銀座を散歩するみたいだった。(どうも、ぼくにもスノビズムの気が多少あるらしい。)

とにかく、デュレンマットが探偵小説作家でないなんて、大変な間違いです。とんでもない話だ。たとえば『嫌疑』――立派な探偵小説じゃありませんか。あの結末のめでたし、めでたしの程のよさ。ぼくは、娯楽読物作者としての恐ろしいほどの力量を感じましたよ。意外性はたっぷりあって、しかも無理はなくて。

そりゃあ、謎ときを主にしたパズル小説ではありません。しかしそんなことを言えば、シムノンだって、チャンドラーだって、探偵小説作家でなくなる。つまりあなたの判断は、彼が本格物の作家じゃないという所まで後退しなければならないと思う。

いや、ひょっとしたらあなたは、デュレンマットの理窟っぽさに感動して、彼を純文学作家に仕立ててしまいたくなったのかもしれぬ。でも、これもやはりおかしい。

たしかにデュレンマットは理窟っぽい。殊《こと》にあの『嫌疑』は、生体解剖をナチスの収容所でおこなっていた医者が、大量殺人の美学と言おうか倫理学と言おうか神学と言おうか、まあそんなものを喋りまくり、その助手である麻薬中毒の女医が、いかにもコミュニズムからファシズムへの変節者にふさわしく、現代人の虚無について長ぜりふを述べ、更にまた看護婦までが彼女の奉ずる歪んだキリスト教思想――死の魅力を説くのです。いや、もう一つあった。さまよえるユダヤ人「ガリヴァー」が、滔々と、復讐のヒューマニズムについて演説していたっけ。哲学に強い――と言うか、弱い――と言うか、とにかく哲学好きなあなたが、ころりと参ってしまったのも無理はありません。

しかし、登場人物たちがいっせいに難しいことを喋りまくるから探偵小説じゃないというのは、ちょっと早まった断定じゃないか。考えても見て下さい。娯楽としての議論は、あなたが最も得意とする所なのですよ。

大げさなことを言うようですが、一般に、探偵小説は、その国民が最も好む娯楽によって彩られるのだと思います。だからフランスの探偵小説はあれほど心理の穿鑿《せんさく》に明け暮れるのだし、アメリカの探偵小説ではあんなに精神分析医や気違いが出て来るのだし、イギリスの探偵小説ではあんなに冒険とユーモアが大事な要素になる。日本のいわゆる社会派推理小説の隆盛だって、日本人が貧しいため本を買うことができず、新聞の三面記事をていねいに読んで暇つぶしをするという習慣の反映なのでしょう。

そしてドイツ人は（デュレンマットはスイス人だけど、ドイツ語で書くのだから、まあ大体ドイツ人みたいなものです）娯楽としての議論の、世界無比の愛好者なのです。彼らもやはり、ぼくたち同様、貧しい国民ですけれど、同じ新聞の三面記事を一日に三べんも読み返すかわりに、もう少し気のきいた、金のかからない暇つぶしを考え出しました。言うまでもない。音楽と哲学です。彼らは馬鈴薯を食べては、空の空なる音の配列を楽しみ、壮麗な空論の体系を築いた。（その、音楽への愛のほうがデュレンマットに反映していないのはちょっとまずいけれど、これは彼がスイス人だからでということにしましょう。）

哲学への愛、議論への熱中は、たとえばトーマス・マンの『魔の山』の登場人物の、長く長くつづく典雅で雄大な会話を読めば判る。（こっちの場合では、音楽も重大な要素になっています。やはりマンは本当のドイツ人なんだな。スイス人は、哲学しか学びきれなかった。）

ですから、デュレンマットは、イギリス原産の探偵小説を書くに当って、自分および自国の読者の最も好む気分に合せて書いた。それはつまり、シムノンやカサックにおける、モラリストふうの心理への執着と同じだと思うのです。何もそう、あなたみたいに深刻に考えなくてもいい。軽い気持で、こんなうまい理窟を言ってらあと思いながら読めないものかしら？　実際、うまい理窟じゃないか。そして、デュレンマットの登場人物の論理がそれなりに尤《もっと》もらしいのは、当り前の話なのです。長い伝統の結実なんですからね。

『約束』が「推理小説へのレクイエム」という副題を持っている件ですか？　それだって、そう重々しく考える必要ないと思うな。デュレンマットは皮肉を言った。そしたら、ぼくたちは、にやりと笑えばいいんですよ。皮肉が判らない人間だけが、厳粛な表情で考え込むのです。（失礼。）

だって、そうでしょう。彼は、探偵小説への鎮魂歌と銘打ちながら、しかも見事な探偵小説を書いているのですもの。犯人はやはり、読者には判ってしまうのですよ。そして彼は、一種の罰を受けるのですよ。たとえ裁判にはかけられないにしても。もしこれが探偵小説でないなら、ヴァン・ダインのある作品だって、そう呼べなくなる。ねえ、反小説と銘打って小説を書いている人々のことを思い出して下さい。

もちろん探偵は救われない。そういうふうに書いてあります。しかし、それ故にこそかえって、彼のヒロイックな肖像はぼくたちに強く迫って来る。ひょっとしたら、元警察隊長マテイの「恍惚と輝いている顔」はあの非情な探偵サム・スペイドという男の、もう一つの顔かもしれないのです。

ダブル・ベッドで読む本

クロード・エドモンド・マニーの『小説と映画』という本の読み所は、小説も映画もともに、一人きりで鑑賞する藝術だという指摘であった。映画は大勢で見るじゃないか、と人は反駁《はんばく》するかもしれないが、じつはそうではない。ぼくたちは濃い闇のなかにあって、隣りの座席の者とは絶対的に切り離された状態で、ブリジッド・バルドーの腰に見とれたり、メキシコの風光を楽しんだり……つまり画面と対決することになるのだ。劇場やオペラハウスのにぎやかな雰囲気は映画館にはない。それから、家族と一緒にテレビを見物するときの寛いだ気分も、ここにはない。その孤独な性格の故に、映画はじつによく小説に似ている。ぼくたちはみな、小説を一人きりで読み耽るのだ。見たまえ、喫茶店の隅で『失われた時を求めて』を開いている少女の姿がなんと寂しいことか。あるいはまた、満員電車の釣り革にぶらさがって『腕くらべ』を読んでいる中年男の心が、いかに周囲から隔絶していることか。

その、小説という藝術の孤独性を極めて巧みに、そして高度に意識的に娯楽読物に応用したのが、パトリック・クェンティンであろう。その点で、彼の探偵小説は優れて人工的な作品である。そしてぼくは、それ故にクェンティンの本を愛する。

クェンティンの探偵小説は、ぼくの読んだかぎりではみな一つのパターンに要約することができるようである。――妻に裏切られる不幸な男。彼は殺人事件にまきこまれ、みずからの無実を證するために、ここかしこと訪ね歩き、ついにそのことに成功する。

このパターン自体が「孤独」という主題を明示しているだろう。妻との間に距離を確認し、社会からは追われる者となるのだから。味方はすでに失われ、あらゆる者は敵なのだから。そして、自己の無罪を立證するというハピイ・エンディングは、じつはハピイ・エンディングでは決してなく、彼はいよいよ深い孤独のなかにいる自分を見出だすことになるのだから。(たとえば『わたしの愛した悪女』の結末を見たまえ。)なお、ついでに言って置くけれども、この訳題の悪趣味なことは恐ろしいくらいである。品が悪くて、既製品じみていて、愚劣で、つまり最も非クェンティン的な題だ。

一体、妻の裏切りないし出奔という、クェンティンもののおきまりの書き出しは、孤独という主題を鳴り響かせるのに絶好のものであろう。男が一人ぼっちであることをしみじみと悟るのは、ポーカーで負けて月給をごっそりまきあげられたときでもなく、二日酔をなおそうとして迎え酒をし、頭痛がますますひどくなったときでもなく、まずこのような場合であるからだ。

そして、クェンティンが常に妻の不貞ないし失踪というパターンを用いるのは、彼が(あるいは、パトリック・クェンティンを形成する二人の男のいずれか一人、ないし両方が)過去においてそういう辛い目に会ったことがあるせいではなく、男の孤独の典型的な状況としてそういう状況を意識的に選び取っているためではないだろうか。そして、主人公を一人ぼっちにさせる手がこれ以上見つからなければ——作家は同じ手を何度でも繰返すしかないわけなのである。

が、もっと大事なのは、物語全体が、常に主人公の視点からだけ見られる形で進行するという事実である。傑作『二人の妻をもつ男』は一人称形式で語られているから、これはもちろんの話だが、三人称形式の『わたしの愛した悪女』でも、主人公以外の視点からは決して世界が眺められていないのだ。すなわち、ぼくたち読者は主人公と一体になって、自分（主人公）以外のあらゆる者を呪いながら、迷いながら、疑いながら、遁走しそして追求してゆくことになる。そのときにぼくたちが味わう、極地に取残された犬にも似た荒涼たる感情は、小説の読者であることの孤独な状態とじつによく適合しているのだ。クェンティンは読者の心理を知りぬいた大した職人であると言わねばなるまい。

彼が優れた職人であることは、彼の本がどれもこれも、きちんとした構成を持っている、仕上げのよい出来ばえのものであることを見ても判るだろう。彼は瀟洒《しょうしゃ》なウェル・メイド・ノヴェルの作者なのである。クェンティンの本はすべて、見事な細工物のように典雅な秩序を示しているのだ。

もちろん、彼の小説の舞台がほとんど常に中流上層の家庭であることも忘れてはならないだろう。生活は安定しているし、登場人物はかなり知的である。そういう条件があればこそ、あの秩序感は生れるのである。下層階級の物語を書いて、これほど整然たる趣《おもむき》を見せることは、やはりよほどの（クェンティンとは桁ちがいの）大才、ほとんど天才と呼んでいいほどの才能を要するに相違ない。

そして実を言うと、孤独という主題と、中流上層の家庭の物語であるということとは、重大な連関を持っているのである。なぜなら、家庭が頑丈な制度となりかけてはいるが、しかし制度という怪物にはまだなっていないため、ひょっとしたら人間的な愛情の可能性はいくらかあるのかもしれないという、その適当な味かげんがあるのは、これ以上でもこれ以下でもない社会階層——中流上層においてだからである。

最後に一つ、ぜひ注意して置かねばならないことがある。それは、クェンティンの探偵小説が孤独の発見と確認の物語であるにもかかわらず、仄かな一条の光が射して来るような感じがあるのはなぜだろうか、ということである。理由は簡単だ。かつては妻の不貞にさえ無智であったおめでたい男が、かずかずの冒険の後、ついに真犯人を独力で逮捕するほど聡明な男に転生するためである。いや、彼の聡明さは、単にそのような次元にとどまらないであろう。彼はまた、人間はひっきょう一人で生き、一人で死んでゆく動物だという、ヒロイックな知恵さえ身につけるにいたるのだ。

ぼくたちは、かつて愚かであった主人公が、このように発展し自己教育してゆく過程に立会う。つまり、それはミステリー版の教養小説なのである。一抹の明るさは、おそらくここから生じるものであろう。すなわちぼくたちは、クェンティンを読みながら、たとえ妻に裏切られるという苦痛に出会っても、今よりもいっそう賢くなるという代償があるわけだと漠然と考えて、みずからを慰めるのである。妻がくるりと背中を向けて寝入ってしまったあとで、ダブル・ベッドのなかで読む本として、一冊のクェンティンにまさるものをぼくは知らない。

犯罪小説について

誰でも知っていることだろうが、日本の純文学は自然主義と私小説によって荒廃した。にもかかわらず、今、日本の探偵小説は、自然主義と私小説への道を果敢に歩もうとしているらしい。ぼくは、そのような新傾向のスポークスマン、黒岩重吾《くろいわじゆうご》の文章（朝日新聞）および座談会での発言（大衆文学研究）によって、新しい娯楽読物作家たちの荒廃への決意を知り、何とヒロイックで何とロマンチックなことだろうと、感動したのである。彼らは、ごく最近になって『Yの悲劇』を読み、しかもその魅力を感じとることができないほど、探偵小説の伝統について無知であるらしい。そして彼らが執着するのは、自分じしんの卑小な生活体験であるらしい。西欧への拒否と、自己についての妄想。これもまた、日本純文学の模倣のしるしに他ならないであろう。ああ、致命的な弱点を、そして弱点だけを学ぼうとするとは、純文学に対する、何と古風な、そして何と熱烈な義理立てだろう！

ぼくはこの純愛美談に感激しながら、しかし疑わないわけにはゆかないのである。いったい探偵小説の作家たちは、アガサ・クリスティーを伯母として呼ぶ光栄よりも、川崎長太郎《かわさきちょうたろう》を従兄として呼ぶ名誉を選ぶつもりだろうか、と。そして、もしそうならば、じつにつまらない娯楽読物しかできないのではなかろうか、と。

しかし、このような「探偵小説の変質」を宣言するに当って、彼らが、自然主義という言葉も私小説という言葉も、スローガンとして用いていないことは注目に価する。たぶん、自然主義では何となく古めかしく聞えるのではないかと恐れたのであろう。また、私小説などと口走ったならば、人殺しの経験があると間違えられはしないかと、懸念したのであろう。

彼らがキャッチ・フレーズとして選んだ言葉は、「犯罪小説」である。そしてこの選択には、ジュリアン・シモンズの、犯罪小説の提唱（それは「朝日ジャーナル」その他で紹介された）が、直接的ないし間接的に、あるいは、意識的ないし無意識的に作用しているにちがいない。もしそうならば、ぼくは彼らに、シモンズの『犯罪の進行』を読むことを心からすすめる。

が、しかし、『Ｙの悲劇』を最近ようやく読んで、それも途中でやめてしまったような人にとって、『犯罪の進行』は楽しめる読物だろうか？　いや、ぼくは何も『Ｙの悲劇』を傑作だなどと言っているのではない。ぼく自身、この探偵小説をベスト・テンに入れようとは思わないのである。ぼくが言いたいのは、『犯罪の進行』を楽しんで読むためには、かなりの訓練が要るということなのだ。なぜなら、シモンズはすれっからしの読者のためにこの「犯罪小説」を書いたのだから。『Ｙの悲劇』を読んでいない位なら、同じエラリイ・クイーンの『Ｘの悲劇』も『Ｚの悲劇』も、手にとったことはないだろう。そしてまた、アガサ・クリスティーの

『ABC殺人事件』も覗いたことがないだろう。つまり、探偵小説のAからZまで知らないだろう。そんな人に『犯罪の進行』の面白さが本当に判るだろうかと、ぼくは不安になるのである。なぜなら、シモンズは普通の探偵小説を読み飽きた読者のために、普通の探偵小説の約束ごとをじゅうぶん尊重しながら、しかもそれをちょっとずらして、この本を書いたのだから。

いや、ぼくは何も、探偵小説は歴史的・系統的に読まねばならぬなどと主張して、東京創元社と中央公論社から出ている二組の全集の宣伝をしようとしているわけではない。ポーを読まなくとも、ブラウン神父ものを鑑賞することはできる。一冊のディクソン・カーによって、探偵小説の本質をとらえることも不可能ではないだろう。さらに極端なことを言えば、一冊のレイモンド・チャンドラーによって、探偵小説のAからZまでを知悉することさえあり得るだろう。しかし一定の基本的な素養がないならば、『犯罪の進行』を正当に味読することは、やはりむずかしいのではなかろうか。まして読む側の心に、あの奇妙に歪められた日本「純文学」への憧れがあるならば——条件は最悪のものとなるのだ。

『犯罪の進行』は連続殺人を扱っている。その点で、これは極めて普通の探偵小説である。ただシモンズは、殺人を二つに限定したし、第一の殺人も第二の殺人も、じつにあっけなく起る。その点で、彼は従来の探偵小説の型に修正を加えている。しかし第二の殺人は、それにもかかわらず、恐しいほどの力強さで襲いかかってきて、一つの人工的なパターンを形成する。その点で彼は優れて伝統的である。——こういうぼくの説明のし方を、読者はおそらくうるさいと思うだろう。しかし、実を言えば、うるさいのはシモンズのほうなのだ。そしてぼくたちは、彼のこういう、探偵小説の伝統との優雅で執拗な戯れ方をこそ鑑賞すべきなのである。

この、シモンズの微妙で複雑な態度については、犯人の問題について論ずれば、もっとはっきりするだろう。つまり、ぼくたちは最初から最後まで、犯人は誰かという興味につられて読み進んでゆく。その点でこれは従来の型の通りである。が、ある意味では、犯人ははじめから判っている。その点でこれは従来の型への叛逆である。ちょうど『アクロイド殺し』がそうであると同じように。が、裁判の結果、犯人はもういちど明らかになり、そしてぼくたちは胸を撫でおろす。これは従来の型の踏襲である。しかしぼくたちは再び犯人は誰かという謎をつきつけられ、そして謎はついに解かれることがない。本を閉じても、ぼくたちはまだ考えつづけるだろう、誰が殺したか《フーダニット》、と。これは従来の型への最大の挑戦である。……

しかし――重大なことは、彼のこの挑戦が、敵をよく知っていておこなわれたという事実である。シモンズはほとんど反則すれすれのところでプレーをする。そしてぼくたちは、プロレスの見巧者な観客のように、彼がいかに巧みにルール・ブックを利用しているかを楽しむのである。(おそらく幼稚な観客ならば、血を見て興奮するだろうけれども。)

シモンズがこういう本を書くのは当然のことである。彼は探偵小説作家であると同時に、「サンデイ・タイムズ」の書評欄で毎号、探偵小説批評を担当している、ミステリー批評家なのだから。真の批評家は常に、伝統の重さを知っているものなのだ。

シモンズのいう犯罪小説とは、探偵小説の一種であり、その新しい型である。それは本格探偵小説とは言いにくいであろう。しかし、犯罪実話を水増ししたような散漫な読物を、犯罪小説とは、彼は決して呼ばなかった。たとえば彼は、犯罪小説の典型として、あのヒラリー・ウォーの端正な傑作『失踪当時の服装は』をあげているのである。

フィリップ・マーロウという男

　ぼくたちはみな社会のなかに生きている。そして社会には、たとえそれがマリノウスキーの研究の対象となるような原始社会であろうと、また、プルーストの研究の対象となるような文明社会であろうと、タブーが存在する。たとえば、現代日本の社会では、ビヤホールでテレビの野球放送を見ながらひいきのチームに声援することは、暗黙のうちに禁止されている。声援は当然、ひいきチームの異るお客の間の乱闘を惹起するからである。（こういうのはタブーじゃないかな?）また、女性のミステリー愛好者を前に置いてフィリップ・マーロウの悪口をいうことも、大の禁物であるらしい。彼女らはすべて、アラン・ドロンよりも、市川団十郎よりも、仲代達矢《なかだいたつや》よりも、フランク・シナトラよりも、夫よりも、恋人よりも——レイモンド・チャンドラーの名探偵を愛しているからだ。

　しかし、マーロウはなぜそれほど魅力的なのか?　彼より美男であるらしい探偵は数多い。彼より推理力に富んでいるらしい探偵も大勢いる。さらにまた、彼より行動的な、彼より腕っぷしの強い探偵にいたっては、おそらく枚挙にいとまないであろう。それなのに、一体なぜ？

理由の第一としては、彼マーロウが意外にも女ぎらいの男であるということをあげなければなるまい。いや、女ぎらいというのはいい過ぎであろう。彼は『プレイバック』の末尾で、リンダ・ローリングとの結婚を決意するのだから。そして彼の情事を二つ三つ数えあげることは、チャンドラーの愛読者にとっては極めて易しいはずだから。が、それにもかかわらずぼくが女ぎらいといったのは、マーロウが女性に対するときよりも男性に対するとき遙かに優しいという事情を指摘しようとしてであった。たとえば『さらば愛しき女よ』における大鹿マロイに対して、あるいは『長いお別れ』におけるテリー・レノックスに対して、彼がどれほどしみじみとした男同士の愛情を示しているかは、誰でも忘れることができないのである。そして、こういう、男性に対する友情の深さにくらべるならば、女性に対しては、彼は心の本質的な所では動かされていないようにぼくは思う。

ぼくでさえも気がつくのである。繊細な魂の持主である女性ミステリー・ファンが、このようなマーロウの謎を感じとらないはずはない。そして彼女らは、そう感じながら、いよいよ彼に夢中になるのではなかろうか。つまり、男色者では絶対ないくせに、そして女性に対して一応たしかに優しいくせに、しかもそれにもかかわらず女性に対してある種の冷たさ、無関心さを仄かに、しかも執拗に示しつづける神秘な男を、このあたしが射とめようと、無意識的に決意するのではなかろうか。

理由の第二としては、マーロウが極めて高級な感傷家であることをあげたいのだが、しかしこれは誰でも知っていることだから、簡単に切りあげて差支えなかろう。もし言わねばならぬことが一つあるならば、それは、タフな探偵と感傷という対極的なものの取合せが、マーロウの人間的な幅の広さを提示するのにたいそう効果的だという事情であろう。日本の探偵小説の三面記事的リアリズムを熱読する女性ならばともかく、チェスタートンやロアルド・ダールやチャンドラーをハンドバッグに忍ばせるほどのひとならば、まさか男の単純さには魅惑を感じないはずである。

そして第三には、これは人間的な複雑さということと当然関連して来るのだけれども、チャンドラーの文体の美しさ、ユーモアとウィットに富んだ鋭利な文章という問題がある。たとえばチャンドラーは書く。――

三人編成のメキシコ人のバンドがいかにもメキシコ人のバンドらしい演奏をしていた。どんな曲を演奏しても同じように聞えるのだ。彼らはいつも同じ唄をうたい、その唄にはかならず母音をはっきり聞かせるところと語尾をあまくひっぱるところがあって、そして、唄をうたう男はかならずギターをかき鳴らしていて、〝愛〟や〝わが心〟や、あるいは愛をなかなか信じてくれない女性についてくどくどと語り、そのうえに、髪をかならず長くのばし、こってりと油でかためていて、愛を語っていないときには、うす暗い路地でナイフを使わせたらさぞうまかろうと思わせるのだ。

（清水俊二《しみずしゅんじ》訳『プレイバック』）

的確な描写であり、気のきいたいいまわしである。が、これは、マーロウが物語る形式で書かれているのだから、当然、マーロウにはそのようにものを見、そのように表現する能力があるということを示す結果になるだろう。こうして、ハリウッドの名探偵は、ヘミングウェイの文体とはまたおのずから風味の異る、単調で乾いた、堅くてそれでいてしなやかな、美しい文体の魅力を自分自身の性格の魅力としてしまったのである。更に英米両国の文学の豊かな教養に養われた知性を、おのれの知性としたのである。あるいはまた、女性ミステリー・ファンの魂は、探偵と知的なジョークという極度に対蹠的な二つのものに同時に接することによって、震撼せしめられるのだといってもいいであろう。

マーロウは車を運転しながらガール・フレンドにいう。――「どこかで、探偵はだれにも気がつかれないような地味な色のありふれた車を持つべきだと書いてあったのを読んだ。ロサンゼルスへきたことがない人間が書いたんだ。ロサンゼルスで人目につくようにするには、ピンク色のメルセデス・ベンツの屋根にサン・ポーチをつくり、きれいな女の子を三人乗せて日光浴をさせとかなければならない」

そしてガール・フレンドは面白そうに笑う。当然のことだ。こういう台詞を聞かされて楽しまない女の子は、頭が悪いか耳が悪いか、とにかくどっちかに重大な故障があるのだろう。彼女は彼と寝る。当然のこと……とはかならずしも言いにくいけれども、話がそういう具合に運んでもぼくたちが怪しまないのは、ぼくたち自身、マーロウの魅惑に参って、まるで自分がマーロウであるかのように思いこんでしまっているからなのである。

ここには、タフな行動人と瀟洒なサロンの社交人とを一身に兼ね備えた男がいる。事実、マーロウは、「あなたのようにしっかりした男がどうしてそんなに優しくなれるの？」と女に訊ねられたとき、こう答えるのである。

「しっかりしていなかったら、生きていられない。優しくなれなかったら、生きている資格がない」

この箴言には、ラ・ロシュフーコーのような苦さはないだろう。また、ニーチェのような厳しさもないだろう。しかし、独特の、甘美で爽やかな味わいがある。

美女でないこと

今夜ぼくは酔っぱらっている。それなのに文章を書くなんてよくないことだ。しかし、やむを得ない。明日の朝、「EQMM」の小泉編集長は、うららかな顔であらわれるはずだ。そのときもし原稿ができていなかったら、彼の温厚な美貌はたちまち険しい表情に変るだろう。そして彼は、極めて紳士的にいやみをいうだろう。それを聞いたとき、ぼくは……

仕方がない。書こう。読者諸君、乞う諒とせられよ。

だが、何の話を書こうかしら？　そうだ。美男の話から始めたのだ。美人の話でも書こう。

これは小田実《おだまこと》あたりに訊けばはっきりすることだけれども、アメリカという国はむやみやたらに美人コンテストが多い国だそうである。たとえば、大学が一つあるとする。すると、ミス一年というのがある。ミス二年、ミス三年という具合につづく。ミス獣医学科というのがある。以下、ミス東洋史学科とか、ミス西洋古代文学科とか、ミス応用化学科という具合に、ほとんど無数といっていいくらい、美人コンテスト第一位当選者がいる。さらにまた、こういう学科別でなく、日本でいう校友会活動みたいなもの一つずつについて、たとえばミス・グライダー部とか、ミス体操部とか、ミス生花の会とかいうのがある。つまり、もしぼくの聞いた話が本当ならば、一つの大学の女子学生はほとんど全員、ミス何とかという肩書の保有者だというわけである。「何しろ美人コンテストの好きな国民でしてね」と、アメリカに五年ほどいたその人は、笑いながら言った。

そしてぼくは、ふーんと思わず溜息をついた。ぼくはそのとき、その「ほとんど全員」のなかに含まれない、極めて少数の女性に対して心から同情していたのである。ずいぶん寂しい気持だろうな、と思うと、胸が痛くなるくらいであった。

センチメンタルな心の動きだ、とあなたは軽蔑するだろうか？　でもねえ、考えてみたまえ。ぼくたちのこの国で、美男コンテストがむやみやたらに開かれるとする。そして、ミスター東京大学とか、ミスター英文科とか、ミスター・ブリッジの会とか、あるいは更に、ミスター神奈川県とか、ミスター鎌倉市とか、ミスター雪の下とか、まあそんな具合に、美男コンテストの第一位がぞろぞろいるとする。そして、もし君が、現在の君とはまったく逆に、あまり美男とは言いにくい顔立ちをしていて、どのようなミスター何とかという肩書きをも持ち得ないとしたら……？

意に介さない、だって？　全然、だって？　偉い。男はそうでなくちゃいけない。男は顔じゃあない。男は度胸、能力、愛情によって惚れられるものである。ぼくもかねがねそう思っていました。でもねえ、女性という種属はなにぶん虚栄心が強いし、それに何といったって、男は美女を好むんだな。そういう基本的な条件があって、しかも美人コンテストが気ちがいみたいに多かったら、これはやはり、不美人にとってはものすごく辛い気持になるのじゃないかしら？

だから、Ａ・Ａ・フェアの『おめかけはやめられない』のなかに、ホテルの帳簿係をしている、あまりパッとしない若い女の子が出て来たときには、ぼくはすっかり感心しちゃったんだ。彼女の名はアーネスティン・ハミルトン。バーニス・グレンという同年輩の女（ホテルの交換手）と一緒に、アパートの同じ部屋に暮している。バーニスのほうは美人で、毎晩、男とデート。ところが彼女のほうは、炊事だの洗濯だのを引受けているだけだ。アーネスティンの唯一の快楽は、バーニスのデートの模様を根掘り葉掘り聞き出して興奮することと、それからテレビ。

御存知ドナルド・ラムは、彼女のこういう性格を利用して、彼女にバーニスの口からホテル内のさまざまのことを探り出させ、彼女はあっぱれ女探偵気取りで（テレビの影響！）協力し、そして彼は見事、犯人を……というわけだ。そこへ至る過程で、あの肥った小母ちゃんバーサ・クールはもちろん例によって例の如く、ぼやきつづけながら大活躍をし、警察はクール・アンド・ラム探偵局を弾圧しようとし、そして小男のドナルドは頭の動きのすばやいところをふんだんに見せてくれるのだが、しかしそんなことはまあどうでもいい。大事なのは、フェアが、アメリカ社会に生きる人間の心の傷を、このアーネスティンの性格描写で判るくらい、じつに巧みに描き出し、それを小説の展開のために鮮やかに利用していることだ。（そういえばこの『おめかけはやめられない』には、ミス金物という美女が出て来て、重要な役割を演ずる。）

ただ、フェアの才能に充分讃嘆したあとで、ぼくたちはたぶん呟くことになるだろう。このアーネスティンという傍役の使い方は、じつに上手いけれども、しかし残念なことにどっかこくがない、と。たとえばイギリスの探偵小説の傍役の人物にはある微妙な何かが、アーネスティンには欠けているのだ。それは、コメディ・フランセーズにはあってモスクワ藝術座にはないもの、といってもいいかもしれない。このこくのない感じは、むしろアメリカの社会の構造や伝統の欠如に由来するものだろう。シリル・ヘアーやニコラス・ブレイクが、型による人間描写をやったときに、フェアよりも遙かに有利な立場にいることは確かなのである。

しかし、こんなふうに不服を言うのは、実は野暮な話かもしれない。フェア＝ガードナーは、目まぐるしく変転する事件の連続で、ぼくたちを引きずってゆく。ぼくたちは息を呑み、夢中になってページを繰るのである。そういう、高度に能率的な娯楽読物において、このくらい程度の高い人間描写があれば、まずそれだけで満足すべきであろう。たとえばマイケル・シェーンの活躍する一連の物語のどこに、これほどの鋭い人間像が一つでも見られるだろうか？

そこで思い当たるのだが、フェア＝ガードナーは案外、マイケル・シェーンふうのテレビ用探偵小説を最初から念頭に置いて『おめかけはやめられない』を書いたのかもしれない。ホバート警部はドナルドに、本当の捜査はテレビ・ドラマとは違う、三十分の枠のなかで万事けりがつくものじゃないと戒めるのである。そして、ちょうどドナルドがホバート警部の鼻をあかすように、フェア＝ガードナーは、「三十分の枠のなかで」さえある程度しっかりした人間の探求が可能であることを證して、ブレット・ハリデイその他をからかっているような気が、どうもぼくにはするのだ。

ケインとカミュと女について

もちろん早川ポケット・ミステリは世界最大最良の探偵小説叢書であろう。ぼくはそのことにいささかも疑いをさしはさむ者ではない。そしてカーター・ブラウンはじつに愉快な作家だろう。殊にそれが田《た》中《なか》小《こ》実《み》昌《まさ》訳となれば、非の打ちどころのないほど楽しい読物であることは、ぼくが断じて保證する。が、しかし最近の早川ポケット・ミステリは、あまりにもアル・ウィーラー警部とメーヴィス・セドリッツを大事にしすぎてやしないか。いきおい、ぼくは、たとえば新潮文庫の白帯などを読むことになる。人はカーター・ブラウンのみによって生くるものにあらず、などと呟きながら。

カミュの『異邦人』にはJ・M・ケインの『郵便配達はベルを二度鳴らす』が大きな影響を与えているというのは、ぼくが長いあいだ心ひそかに誇っていた発見である。たとえば、世界の不条理の象徴としての裁判というとらえ方。全篇が死刑囚の手記であり、しかもそのことを最後に書き記すという手法。しかし、まず何よりも、極めてヘミングウェイふうの文体。それらすべては両者に共通しているのだ。

しかし、ぼくがそのことを文章に書かないうちに、レイナー・ヘプンストールというイギリスの作家兼批評家が書いてしまったのである。したがって、これはもうオリジナリティとして威張るわけにはゆかなくなってしまった。その代り、ぼくが、ケインはカミュに影響を与えたと書いたとき、純文学の作家が大衆作家の真似をするなんて、そんな馬鹿な話があるものかと一笑に付す人の数が、すこしはへったのじゃないかしら。西洋人の名前には、みんな弱いらしいからな。

おそらくぼくの意見は、そしてヘプンストールの意見は、正しいはずである。カミュが無名作家であった一九三〇年代の末、普通のヨーロッパの読者にとって、アメリカ小説とはまず、ヘミングウェイの『誰がために鐘は鳴る』を、次いでケインの『郵便配達は……』を、意味していたのである。当時フォークナーは、さほど著名な存在ではなかったのだ。そしてカミュは、長篇小説『ペスト』では無残に失敗し、二つの中篇小説すなわち『異邦人』と『転落』のみにおいて成功している、本質的に中篇小説作家である文学者なのだから、これもまた本質的に中篇作家であるケインにより多く親しみを感じたのは、むしろ当然のことであるにちがいない。最上のときのカミュのあの整然たるプロットは、ケインゆずりのものなのだ。また、大衆小説のパターンを利用した純文学作家は、文学史に拾っていったら、たぶんきりがないくらいだろう。たとえば、ドストエフスキーはウージェーヌ・スューをみごとに利用しつくしている。

……

広島から帰る車中、ぼくはケインの『殺人保険』を読み（『郵便配達は……』には少し劣るかもしれないが、これもまたかなり程度の高い作品である。第一級の娯楽読物として推賞したい）、またもやカミュのことを思い浮べざるを得なかった。敢然として宿命を受け入れるロマンチックなストイシズムといい、一種ドラマチックな効果の狙い方といい、じつによく似ているのである。

だが、こういう比較論のばあい、重要なのは、類似だけをではなく差異をも指摘することであろう。そして、その差異こそは、じつは最も深く彼ら二人の血縁を證することになるのだけれども。

『殺人保険』は保険会社の社員が情婦と共謀して殺人を犯し、彼女の夫の保険金を詐取しようとするという物語である。ここでは、世界の不条理は、資本主義の矛盾という形で提出されているように見える。彼は罪を自白する。しかしそれにもかかわらず、彼は共犯者である情婦と共に釈放されるのである。会社が、評判が落ちることを恐れて手を廻したのだ。彼らは外国ゆきの船に乗せられる。しかし、二人はもちろん罰を受けねばならない。この最後のシーンは戦慄と恐怖にみちていて、『郵便配達は……』の最後よりも、いや、ひょっとしたら『異邦人』のそれよりも、もっと感動的ではないだろうか。

褒めてばかりいては仕方がない。すこしはケチもつけることにしよう。ぼくが『殺人保険』

で不満を覚えたのは、まず、主人公である独身者の保険会社員の生活がさほど書きこまれていないことであった。そのため、彼がみすみす危険と知りながら魔女のような人妻との恋に溺れてゆく段どりが、いささか強引に処理されていると感じられるのである。彼の日常を彩る倦怠と虚無とがもっと克明に叙述されていたならば、それこそは彼の犯行の動機の説明として、おそらく最上のものとなったろうに。

そして――大胆すぎる推測だといって笑わないでほしいのだが――カミュはおそらくこの『殺人保険』をも読んでいたのではないか。『郵便配達は……』を読んで多大の感銘を受ければ、他のケインの本も読みたくなるのは、ごく自然なことだろう。読んで、そして、ぼくと同様この欠点に気がつき、そこからあの『異邦人』の前半を形づくる美しい部分、単調な日常の精細な描写が生れ出たのではないだろうか。（ここで思い出してほしい。独身者ムルソーの倦怠感と虚無感にみちた日常の、正確でしかも重味のある描写が、彼の犯行の動機を最もよく説明するものとなっていたことを。例の有名な、太陽が動機だという陳述は、読者に真の動機を探させるための、いわば囮なのである。）すなわち、ぼくが先程、差異を述べることこそじつは深い血縁を證することになるといったゆえんなのだが、読者は果してぼくの推測を肯《うべな》うであろうか。それとも、思いつきないし放言にすぎぬと嘲笑うであろうか。

もちろん『殺人保険』の欠点はこれだけではない。たとえば、女主人公である悪女の描き方が、服装からしてあまりに凄まじく、大げさであることなど、どうもぼくには感心しかねるのだ。まして彼女が稀代の殺人犯であったという種あかしなどは、あまりにもメロドラマチックにすぎてぞっとしないのだが、しかしこう言ったからとて、彼女の魅力を一概に否定しようとは思わない。彼女はたしかに、そのリアリティの不足にもかかわらずぼくたちの前にそそり立ち、ぼくたちと共に生きるのである。なぜか？　この娯楽読物作家は、ぼくたちが彼女と共に生きたいと熱望していることを知って、その願望をじつに巧みに利用しているのであろう。女を描くことが下手なもう一人の作家、カミュが重要な女性登場人物を消し去ることによって成功したのとは、まったく逆に。

そう、ケインは読者の願いを知っている。なぜなら、ぼくたち善良な男性はみな、悪女に憧れているのだから。そして——たぶん、善良な女性もまた。

男の読物について

男の小説と女の小説という考え方がある。もちろん、作者の性別をいっているのではなく、作風の話である。男が好む小説か、女が好む小説かという区別——つまり読者の性別に重点がかかっているのだ。

例をあげていえば、『トム・ジョーンズ』は男の小説で、『アドルフ』は女の小説、『雨月物語』は男の小説で、『春色梅児誉美』は女の小説、などということになるだろう。

こういう考え方を探偵小説にも応用して、男の探偵小説と女の探偵小説という対立概念はできないものだろうかと考えてみたが、どうもうまくゆかない。推理小説ブームとやらは女性読者のおかげなのだそうだが、それにもかかわらず、女の探偵小説というのはあまりないみたいな気がする。まあ、強いていえば、英米のニューロティック趣味の小説（その代表は、もちろんダフネ・デュ・モーリアの『レベッカ』である）と、それに日本の社会派推理小説（その代表は、いうまでもなく松本清張の……あまりたくさんあって、何をあげたらいいか判らない）

だろう。つまり日本の探偵小説ばやりは、じつは探偵小説の主流から極めて遠いものを大量生産することによって成立しているような気がするのだ。

探偵小説は本来、男のものなのだろう。大体、死という厳粛なものを娯楽読物に仕立てようという算段なのである。ユーモアが大事になるのは判りきった話だ。そして女性は一般に、このユーモアの感覚が非常に乏しいのである。（と、ぼくが書いたからといって、「ＥＱＭＭ」の美しくて聡明な女性読者たちよ、怒ってはいけない。女性のなかにも、例外的に、ユーモアの感覚の優れた人がいるということを、ぼくははっきりと認めるのだから。例えばアガサ・クリスティーのような。そして例えばあなたのような。）

ところが男性は一般に、このユーモアの感覚があるから、死をすらも茶化して楽しむのである。（と書いてから、ぼくは、この場合もまた例外が極めて多いことを悲しまないわけにゆかない。殊に日本の探偵小説作家のなかに、その例外に属する男が多いことは、ぼくの最も遺憾とするところである。）ディクソン・カーも、エラリイ・クイーンも、ニコラス・ブレイクも、基本的にはそういう態度で探偵小説を書いているのだ。そして、現代の探偵小説の読者のなかで最高の者がアルフレッド・ヒッチコックであることは、多くの人が認めてくれるはずだと思うが、彼ヒッチコックが死をどういうふうに見ているかは、今更ぼくが述べるまでもないだろう。

しかし、カーよりも、クイーンよりも、そしてブレイクよりも、もっとこの場合にあげるにふさわしい探偵小説作家は、おそらくレックス・スタウトであろう。彼こそはじつに男のなかの男ともいうべき作風の持主なのである。

まずスタウトのユーモア。これは渋くって、厚味があって、じつにすばらしいものだ。アメリカにこれほどユーモアの感覚のある探偵小説作家が生れるはずはないんだが、と首をかしげたくなるくらいなのである。

しかし、ユーモアだけが男のすべてではないし、また、スタウトのすべてでもない。声を大にしていわなければならないことが、もう一つある。

誰でも指摘することだけども、ネロ・ウルフとアーチー・グッドウィンの二人組はじつにうまく出来ている。他の探偵小説作家の、名探偵とその助手（ないし語り手）という組合せでは、コナン・ドイル以来いつも名探偵のほうが得をしてしまうのに、スタウトでは絶対そういうことがなく、ぼくたちは彼ら二人に、同等に魅力を感じるのである。

もちろんウルフの頭の鋭さはすばらしい。しかし彼はあまりにも肥っているため、自宅の外へは一歩も出ないのである。名作『毒蛇』や佳品『腰ぬけ連盟』の読者なら誰でも忘れることができないだろうが、彼は美食とビールと蘭の栽培と読書とそしてラジオだけを楽しみにして、毎日のんびりと暮しているのだ。（今ごろは、テレビをときどき見ているにちがいない。そしてアーチーは、ウルフの好む番組はみな趣味が悪いと内心ぶつぶついっているだろう。）それゆえ、調査その他、一切の冒険はアーチーが引受けることになるし、しかも彼はそのことをじつに見事にやってのけるのだから、例えばウォトソンとは違って、あるいはまた例えばジョニーの相棒であり健康増進法の実物見本であるあの大男、サムとは違って、あまり賢くない、魅力の乏しい男では決してないのである。

つまりスタウトは、このようにして、男性の魅力的な生き方の二つの型をぼくたちに提供したことになろう。怠惰と冒険、明敏な頭脳と果敢な行動、上品な雄弁と下世話に砕けた皮肉。ぼくたちはスタウトのネロ・ウルフものを読みながら、あるときはウルフのように荘重に生き、そしてあるときはアーチーのように軽快に生きて、そのときの気分次第で都合のいいほうを選び、すこぶるいい気持になることができるのである。

これは大した発明だったと思う。一般にぼくたち男のなかには、あるときは大実業家のように、あるときはボヘミアンのように、そしてあるときは……という具合にさまざまに変身したいという欲求があるのだが、スタウトはこのような欲求を一冊の探偵小説のなかでかなえてくれるのだから。……

だがしかし、かなえられない男の願いが一つだけある。と言えば、賢明な読者諸君はおそらく気がつくはずだが、ウルフもアーチーも、女性に対してすこぶる無関心なのである。名探偵のほうは、色恋沙汰にはぜんぜん適応性がないくらい肥っているのだ、とも考えられないことはない。しかし、名助手のほうは、毎日ウルフのビールのおつきあいをして、ミルクをがぶがぶ飲み、体の調子を整えているのだ。そのくせ何もしないで、主人の預金額のことばかり気にしているのは、ちょっと変ではないだろうか？

などと心配するのは、かえっておかしいかもしれない。スタウトはおそらく、古典的探偵小説の規則に忠実なため、色恋沙汰を書かないのだろう。そして、ネロ・ウルフものが好きだという女性に、ぼくが一度も出会ったことがないのは、恋愛がちっとも出て来ないせいだろうか？　とすれば、本当の探偵小説は男の読物だというぼくの意見は、ここでまた一つ、論理の支えを得たことになるわけだけれども。

ある序文の余白に

『迷宮課事件簿』についているエラリイ・クイーンの序文はじつに見事なもので、りっぱなロイ・ヴィカーズ論になっている。ヴィカーズについて語ろうとするとき、彼のこの文章を無視することは恐らく不可能だろう。

彼はヴィカーズの特色を列挙する。——倒叙的手法。イギリス気質の不屈な精神の反映としての迷宮課。実話に似た感銘。「怪奇と幻想の光に透射された独得のリアリズム」。

すべては語り盡された、とぼくは感じる。一体、新しくつけくわえるべき何があるだろうか？　しかし、他人の意見の祖述はぼくの得意とするところではない。

オリジナリティのある意見を書こう。

小道具は小説家の有力な武器である。小説家はそれを劇作家から（デズデモーナのハンカチ！）盗みとって、自己の財産目録に堂々と書き立てている。小説家は、殊に短篇小説作家は、複雑な劇的状況を一箇の宝石、一枚の外套に鮮やかに収斂させ、そのイメージによって読者の心をとらえるのである。

ポーがこの方法を知っていたことは、暗号解読を扱ったあの高名な作品を見ればよく理解し得るだろう。あの奇怪な虫という小道具、およびそれにまつわるエピソードを除き取っても、ストーリーはいちおう成立するはずである。第一それは『黄金虫』の主人公が語り手の問に答える形で（つまり敢えて言えばポー自身が）認めていることだ。しかしポーはそうしなかった。もしそのようなことをしたならば、あの神秘めいた謎の雰囲気、妖しい魅力が消え失せてしまうことを彼は直感していたのである。『黄金虫』の魅惑は、まばゆく輝く黄金の硬い翅の虫というイメージによって、その大半を支えられているのだ。

言うまでもなく、ポーはミステリーの短篇小説の最初の作家である。後代の作家たちはすべて彼の影響を受けた。とすれば、彼らが小道具を重視したのは当然のことであろう。まして、探偵小説には物的證拠が極めて重要なのである。彼らが小道具を愛用するのは、当然すぎるくらい当然のことといわねばなるまい。ぼくたちは思い出す。チェスタートンの、魚の模様のついた銀のナイフとフォークを。ロアルド・ダールの、つきのいいライターを。

しかし、それにもまして模範的な小道具の用い方を、ぼくはヴィカーズに見出だす。彼ほど小道具に関心の深い探偵小説作家をぼくは知らない。と言うよりもむしろ、ヴィカーズの作品の発想はほとんどすべて小道具から生じるらしいのである。たとえば赤と青の毛糸で巻いたゴムのラッパ。二つある金の腕時計。赤いカーネイション。由緒ある嗅ぎ煙草入れ。短篇小説集

『百万に一つの偶然』から拾うとすれば、たとえば鰐皮の化粧ケース。掌のなかに家が一軒のっている図柄の絵。そして更には存在しないタイプライター。

この『なかったはずのタイプライター』という短篇小説は、ある意味で最もヴィカーズの本領を発揮した作品かもしれない。彼の作品を読み進んでゆくときの読者の関心は、まず何よりも、最初に提示された小道具がどのようにストーリーと関係を持つのかということに絞られるからである。タイプライターはあるのだろうか？ あるとすればそれはどのようにしてなのだろうか？ そして、本当になかったのならば、話の落ちはどのようにしてつけられるのだろうか？ ぼくたちはその興味にひきずられてページを繰り、そして最後の一行にいたって、もう一度、タイプライターというイメージがじつに巧みに用いられるのを見て満足するのである。このようにして落ちをきかせるためには、やはり最初にイメージを差出し、その謎によって読者を釣ってゆくことが必要なはずだ。彼が倒叙形式を採用する最大の理由はこの点ではないかと、ぼくはひそかに推測している。

ヴィカーズの特色でクイーンが指摘していないもう一つのものは、常に弱者、敗北者を中心人物にしていることだ。たとえば盲目の劇作家。妻よりも体格の貧弱な夫。犯罪者と結婚してしまった上流階級の女。……これは、ぼくたち日本の読者にとってはさほど珍しいことではない。なぜなら、松本清張の作風を知っているからだ。（松本は『百万に一つの偶然』を絶讃しているという。）そしてまた、もっと溯って、日本私小説が常に敗北者の側に視点を置いて書かれて来たという、長い伝統のなかに生きているからだ。

にもかかわらず、クイーンほどの読み巧者がこの点に注目しなかったことは、すこぶる重要だろう。もっとも、彼はそれを、わずかに「実話」的という言葉で暗示しているのかもしれないけれども。

クイーンがこのことをさほど重視しなかったのは、おそらく、人生の敗者への同情などという人情話めいたものは、探偵小説にとってさほど意味のあるものでないという、クイーン一流の態度の率直な反映に相違ない。ぼくは彼の、そのような剛毅な考え方に、一種の羨望すら禁じ得なかった。ヴィカーズの人情話めいた一面は、ぼくはさほど好きになれないのだが、しかしクイーンのように敢然と黙殺するだけの度胸もぼくにはないのだ。ぼくには、劣等感の常識的な研究者としてのヴィカーズの姿がやはりかなり大きく迫って来るのである。そう、まるでイギリス版の松本清張とでも言うような。

しかし、ヴィカーズにあって松本にないものが二つあげられるだろう。一つは、ヴィカーズは松本と異り、かなり幅の広い社会層にわたって、そのおのおのの劣等感を描くことができるという事実である。彼は、大富豪の銀行業者が貴族に対してどのような感情を持つかを書くことができる。もちろんこれは、一つには、彼我の社会構造の相異、ひいては小説一般の方法の相異に由来するものであって、単に二人の探偵小説作家の才能や資質の相異にのみ限定すべきではないだろうが。

もう一つは、どのように「実話」的であっても、ヴィカーズには詩情がみなぎっており、そして松本にはそれが乏しいということである。松本はやはり、日本自然主義の日常的なリアリズムにあまりにも強く支配されている。彼の小道具の扱い方が拙いとはかならずしも言いにくいけれども、しかしそれにもかかわらず、小道具がイメージとなってぼくたちに働きかけ、さらには象徴へとさえ高まるようなことは、ぼくの読んだ範囲では一度もなかったのだ。

そして、もう一人の、実話ふう探偵小説の作家は、詩人でありながら探偵小説を書いたあのアメリカ人に、意外なほど近接しているのである。

タブーについて

『マイ・スィン』でタブーについて――まるで香水づくしのように聞えますが、じつはそうじゃない。近頃すこしうるさくなってきた、探偵小説のタブーの問題について感想を述べようと思う。でも佐野《さの》・平野《ひらの》論争に、ぼくが参加したなんて、大げさなことは言わないで下さい。第一、あれは論争なんてものじゃない。両方とも、まるっきり戦意がないのだから。そして、平野謙《けん》ふうにいえば、戦意がないということは紳士的ということになるらしいが、その点では、ぼくはあの二人よりももっと自信がある。

それに、紳士的うんぬんはともかく、ぼくはあの論争（？）には直接に関心がないのです。どっちかといえば平野は本格ものが好きだし、佐野洋《よう》は非本格ものが好きだ、そういう相違が根柢に流れていて、しかもその相違を表面に押し立てて論じないから、ちょっとばかりこんがらがっているだけじゃないか。ぼくはと言えば、両方とも好きだ。ただし、よく出来たものならという条件をつけた上で。そしてぼくがこう言えば、二人とも賛成するにちがいないと思います。

ぼくが問題にしたいのは、クリスティーの『アクロイド殺し』、結城昌治の『ひげのある男たち』はフェアかアンフェアか？　というようなことではない。（ちなみに、このことについてのぼくの考えをはっきりさせて置けば、『アクロイド殺し』はたしかに平野の言う通り後味が悪かった。そして、『ひげのある男たち』はちっとも後味が悪くはなかった。が、困ったことに、結城の作品は大クリスティーの作品ほどはぼくを楽しませてくれなかった！）

問題なのはそういうことじゃありません。ぼくがこだわったのは、佐野の『ミステリイ如是我聞』の次のくだりです。引用すると――「では、〔平野〕氏はなぜそのように考えられたのであろう。まさか、『治安維持にあたる警官や検事を犯人にしては、民衆の治安当局に対する信頼が薄れ、社会不安の原因になるが、そんな原因を作ることは、本来エンターテインメントであるべき推理小説の分を超えているのだ』と、お考えになったからではあるまい。とすると、平野氏が、それをタブーと考えられている根拠は、いわゆるヴァン・ダインの二十則、或いはノックスの十則ではないだろうか？」

そして佐野はこれにつづけて、それならなぜヴァン・ダインはこんな規則を作ったかということを推測し、パズル遊びに際してこういう窮屈な規則は必要でない、もっと新しいパズル遊びをしようと提唱しているのだが、ぼくは、佐野が問題を単にゲームのルールというふうに考えていることに反対したい。あるいはまた、平野がもっぱら、佐野の描いた円のなかで右往左往しながら問題を論じていることに反対したいのです。

佐野は、ただ単に、ヴァン・ダインの時代にはゲームを単純にするために、犯人が探偵ということは禁じられていたと考えているらしい。そして、二十年後の今日ではもっとゲームが複雑になっているから、探偵ないし警察官が犯人ということも許されていると考えているらしい。

しかし、佐野が論拠とするところのものの二分の一は、もうすこし現実的な、つまり彼が新聞記者であったときに体験した、犯人が警官ということが実際には意外に多いという事実らしい。それならルールをもうすこし拡張してもいいじゃないかと、彼は言いたい感じなのです。

そうかもしれない。たとえば最近の探偵小説には悪徳警官ものというのがある。マッギヴァーンの『殺人のためのバッジ』というのは、その代表的なものだろう。そういう現実がたしかにあることは、ぼくたちだってよく知っていますし、それに第一、悪徳警官ものはアンフェアだなんて、誰も言いやしない。しかし、それとルールの問題とはまた別じゃないかしら。

ぼくの考えによれば、探偵小説は市民社会の安定感にたいそう寄り添ったものである。それなくしてはもはやあり得ないようなものである。読者たちが市民社会の堅固な性格に信頼をよせているからこそ、探偵小説は成立する。人喰い人種の村における殺人事件をあつかった探偵小説など、有史以来まだ一つもないらしいのは、このためだとしか考えられません。その意味で、佐野の「まさか、治安維持にあたる」うんぬんの文句は、あの健全なる市民感覚の持主、平野に対して、いささかおかしな言い分ではないでしょうか。探偵小説にはもともと、治安を維持するというような性格がたしかにあるのです。コリンズだって、ドイルだって、読者といっしょにそういう場に生きていたから、ああいう作品を書くことができた。

それじゃあ悪徳警官ものは、一体どういうわけだと訊ねられるかもしれませんが、あれだってじつはちゃんと探偵がいるので、『殺人のためのバッジ』で言えばそれはマークという新聞記者です。見せかけの探偵と真の探偵とを混同してはいけない。

が、こういう見せかけの探偵という役がなぜ出来たかは、大いに考える必要があるでしょう。それは、読者のなかに、現実の市民社会と理想の市民社会とを識別するだけの、知的な能力がある證拠です。そして探偵小説の読者は、昔からそういう形で、現実の市民社会の不備を責めつづけて来た。たとえばポーが、パリの警視総監をいかにぼんくらに仕立て、いかにデュパンの頭脳の冴えをそれと対比させたことか！　そのときポーは、読者の心のなかに眠る理想の市民社会をよく知っていたのだ、とは言えないかしら？　読者は無意識のうちに、警視総監の辞令をデュパンに渡してしまっているのです。そして、自分の住む社会の安泰を楽しんでいるのです。

もちろん、話は下部構造だけではきまらない。上部構造での進化ということもある。つまりそれは、佐野のいわゆるルールの複雑化ということにもなるでしょう。いつもおんなし趣向ばかりじゃつまらないから、趣向にひねりをきかせる。それにはまず、読者のなかにある市民社会への信仰を利用して、刑事や検事を犯人にして……というわけだ。

ぼくは、それはいっこうに差支えないと思います。ヴァン・ダインだろうが、ノックスだろうが、遠慮することはない。偉い探偵小説作家が作った憲法だからという理由だけで尊重されたのでは、第一、彼ら自身が浮ばれないでしょう。問題なのは、そういう些細なことではなく、彼らが作ったルールの背景、および彼らのルールの基礎となった英米探偵小説の伝統の背景、にあるところの、あの豊かな市民感覚をぼくたちが持っているかどうか、ということのはずです。こうなると、話は娯楽読物から文学へと飛ぶことも可能である。

つまり、市民小説の問題が出てくるわけだが、しかしそれは『マイ・スィン』の領域ではないでしょう。

新語ぎらい

「推理小説」なる新語をわたくしは好まない。特殊な場合を除いては常に「探偵小説」という言葉を使うようにしている。わたくしはやはり古風な男なのかもしれない。「映画」よりも「活動写真」を選ぶほどではないにしても、「マッサージ」よりは「按摩」のほうが好きだし、「P・T・A」よりは「父兄会」のほうがまだしもましだと思っているのである。

しかし、わたくしがすくなくとも言葉の選び方に関する限り昔かたぎであるという、ただそれだけの理由では、「推理小説」なる新語への嫌悪感は説明しきれないような気がする。たとえば「ミステリー」という言葉には、それほど不満を感じないからである。もちろんこれとても、「探偵小説」という日本語の美しさと威厳にはとうてい匹敵できないけれども。そして、英語の語彙へのわたくしの好みを言えば、「ミステリー」の原語であるmysteryよりも、やはり「探偵小説」の原語であるdetective storyのほうが遙かに気に入っているけれども。

が、それはともかく、わたくしはなぜこれほど「推理小説」という言葉を、ちょうどはんぺ、んが嫌いであるほど嫌いなのだろう？　その言葉を使わねばならないとき、あのぶよぶよして白くて馬鹿ばかしい食物を食膳に出されたときのように、不快に思うのはなぜだろうか？

第一に、それは detective story の訳語として不適当だからである。ここで辞書に当ってみると、detective には形容詞と名詞と二つあって、前者は「探偵の、探偵用の」後者は「探偵、刑事巡査」となっている。「推理」などというしゃらくさい言葉は決して出て来ない。

と言えば、人はおそらく反撃するであろう。しかし detective は動詞 detect の派生詞であって、この動詞は「1（他人の悪事などを）見つける、見届ける、看破する。2（過失・誤りなどを）発見する。3（……があること）を見出だす、認める」という意味であり、それらの動作の根本にあるのはつまり「推理する」という動作ではないか。そもそも推理は探偵の最も重大な機能ではないか、と。

そこでわたくしはこう答えよう。spy story はまことに正しく「スパイ小説」と訳されているが、この spy は動詞に使われると、自動詞では「1こっそり調べる、探偵する。2（人などを）警戒する、見張る、3（こっそり）詳しく調べる、綿密に見張る」という意味であり、他動詞では「1（土地を）こっそり調べる、偵察する。2調査（観察）してみつけ出す、見つける、見つけ出す」という意味になるけれども「スパイ小説」を「調査小説」などと訳したらやはりおかしいではないか、と。

この「スパイ小説」という言葉の例は、もっと深い考察へとわれわれを導いてくれる。すなわち、「スパイ小説」にはスパイという具体的なイメージがあり、これに反して「調査小説」

には抽象的な観念があるだけだということである。前者が訳語として力強く、後者が衰弱しているのはこのことに由来するであろう。

が、ひょっとしたら、「推理小説」という言葉が作られ、そしてしきりに用いられているのは、こういう衰弱が一種の美、ないし気取った感じとして受け取られたせいかもしれない。「探偵小説」という言葉は、その鮮やかなイメージの故に下等ないし低級として感じられ、「推理小説」という言葉はイメージの欠如の故に高級なものとして受取られているのではないか。

そして、わたくしがこの新語を責める最大の理由は、ひょっとしたらこのへんにあるのかもしれない。つまり、「推理小説」という言葉が生れて以来、その言葉の作用を受けて、ヨーロッパの本場でいうdetective storyとはおよそかけ離れた、中間小説に殺しがはいっただけの代物が日本でのさばっているような気がするのである。観念はイメージよりも弱い。殊に、観念的な伝統が淡く薄い日本では弱い。そのことをはっきりと教えてくれるのが、このような最近の現象であろう。そもそも「推理小説」と出版社は言い、「推理作家」と作家は号するけれども、理ヲ推シテ考えることができるようなものが一体どれだけ書かれているだろうか。理では決してない不合理——というよりも出鱈目のことを書きなぐって、現実はこれほど支離滅裂であり日本の社会はこれほど悲しいなどと、哀れな浪花節をうなっているのが何と多いことか。もし「探偵小説」という古風な言葉をそのまま残して置きさえすれば、「探偵」という具体的なイメージに多少とも縛られて書くから、すくなくとも今のような惨状にはならない確率が多いのではないか、とわたくしは夢想するのである。……

ここまで書いて来て、わたくしはもう一つ反論の可能性があることに気がついた。それは、「偵」の字が当用漢字にないから、そこでやむなく「推理小説」という新語を造ったのだという反論である。しかし、これは簡単に論駁することができる。「偵」の字は、なるほど最初の当用漢字表になかったけれども、昭和二十九年三月の補正案には加えられているのである。

そしてわたくしを悲しませるのは、「偵」の字がなくなったからそれではこう言い替えることにしようなどと考える、日本の探偵小説作家たちの識見の低さである。安直さである。あるいは、官に対する弱腰である。当用漢字表ぐらいにびっくりしてすぐ看板を塗りかえるようでは、探偵小説それ自体の低級さを、あるいは探偵小説の読者の低級さを、認めているようなものではないか。

という具合に書いていると、なんだか憂鬱になってきて、この悲しみをどうまぎらそうかと思案した末、本棚から『EQMMアンソロジー』を取出していくつか読み、わたくしはかなり機嫌がよくなった。E・S・ガードナーも、アガサ・クリスティーも、じつに面白い。ディクソン・カーもいいし、エラリイ・クイーンもよろしい。本当はクレイグ・ライスも読みたいし、ドロシイ・セイヤーズも覗いてみたいのだけれども、そんなことをしているとこの原稿が書けなくなるから明日のために取って置いて、さてしみじみと思うことは、いま読んだものにはかならず名探偵がいるけれども、日本の戦後の探偵小説には一人として名探偵がいないということである。近頃はミステリーばやりで、俊秀が雲のごとくに群がっているという。しかし彼らの才能と努力にもかかわらず、わたくしの記憶に残っている日本の最も新しい名探偵が金田一《きんだいち》耕助《こうすけ》と大心池《おおころち》教授であったとすれば、これはやはり「推理小説」という言葉の悪作用も、原因のすくなくとも一つになっているだろうと思われてならない。

ブラウン神父の周辺

1　詩と短篇小説

短篇小説とは詩と長篇小説の結婚である、とフランシス・ウィンダムは言つてゐる。正しいだらう。短篇小説の名手として知られてゐる作家の、傑作や佳品を想ひ起せば、このことはすぐに納得がゆくはずである。たとへばモーパッサン。（普通、モームの短篇小説は彼の系譜に属すると言はれてゐる。しかしモームにはモーパッサンの詩が決定的に欠如してゐる。ぼくがモームをさほど楽しむことができないのは、まづそのためである。）たとへばチェーホフ。そしてたとへばヘミングウェイ。（彼は短篇小説といふ人工的な天に、新しい戦慄をもたらした。）

それならば、ミステリーの短篇小説は、詩と長篇探偵小説との結婚である、とは言へないだらうか。もちろん言ひ得るにちがひないし、その例としては、ただちに三人の作家が頭に浮ぶであらう。古くはポー。近くはジョン・コリア。しかしG・K・チェスタートンの名を忘れてはならない。チェスタートンの魅力は、まづ何よりも彼の詩にあるのだ。彼のトリックも、彼の神学も、すべては彼の詩のために存在する。……

2　大人の童話

その世界においては、神父は青い十字架をたづさへて旅をする。砂糖壺には食塩がはいってをり、食塩入れには砂糖がはいってゐる。紳士たちが食事のときに用ゐる魚料理用のナイフとフォークは、ひとつひとつが魚の形をし、柄に大粒の真珠を嵌めこんだ銀製のものである。小人の藝人は人造人間を発明して大富豪となる。菓子屋に勤めてゐる若い娘の父は、かつて「紅魚亭《レッド・フィッシュ》」といふ旅館の主人で、そのため（なぜなら魚はキリストの象徴だから）その菓子屋にはキリスト教的な雰囲気が漂つてゐる。そして、「森の千本の腕は灰色、百万本の指は銀色であった。石板のようにくろずんだ緑青の空には、砕け散った氷片のような星くずがわびしくきらめいていた」（田中西二郎《たなかせいじろう》訳）……

詩だ、とぼくがもう一度つぶやく前に、しかしあなたは言ふかもしれない。童話だ、と。そのときあなたは、じつに正確に『ブラウン神父物語』の本質をとらへてゐるのである。

ぼくは、探偵小説は大人の童話であるといふ考へ方を、探偵小説はパズル遊びであるといふ考へ方よりも遙かに好んでゐる。もちろん、いづれも一面的なとらへ方にすぎないだらう。それが、しやれたレトリックの宿命なのである。レトリックは優雅と鋭利のために、まんべんない包括性を犠牲にしなければならないのだ。しかし、ぼくはさうした事情をすべて呑込んだ上で、敢へて「大人の童話」といふとらへ方を好む。ぼくが探偵小説に感じる魅惑を、そのほうがより正しく伝へてゐるからである。

人は果して、誰が犯人なのかといふ関心のみの虜となつて、探偵小説のページを繰るものだらうか？　すくなくとも、ぼくの場合は違ふし、トリックだのアリバイ崩しだのは、ぼくの関心のなかの極めて小さな部分しか占めてゐないのである。ぼくはもつと古風に、近代人の趣味に合せたロマンチックな幻想として、探偵小説を愛するのだ。

たとへばぼくは、コナン・ドイルにおいては、世紀末のロンドンの、霧と馬車の雰囲気のなかにひたることを好む。そして、あの偉大な名探偵が麻薬をたしなむといふ事情に秘められてゐる頽廃の美に、人々がさほど注目しようとしないことを、かつ怪しみ、かつ遺憾に思ふ。さらにまたコーネル・ウールリッチにおいては、新世界にのみ可能な、巨大な都会の詩情がぼくを酔はせてくれるのである。幻の女、謎のバーテン、影のやうな車。それらはみな、ぼくたちに、新しい詩情の存在を教へてくれるであらう。

ボードレールはポーから、パリをいかに歌ふかを学んだ。そしてボードレールは、彼以後の探偵作家たちに、都会を、近代を、どのやうに見るかを教へたのである。すなはち、探偵小説といふ、大衆文学の一ジャンルは、あの鮮烈な詩集『悪の華』が産み落した私生児なのだと言ふことも、おそらく可能であるに相違ない。

さう、ぼくはそのやうな意味で、探偵小説を大人の童話であると思ふ。それは一日の疲れを楽しく医《いや》してくれる。ちようど気のきいた小唄のやうに。ほどよく冷した酒のやうに。そして大人の童話の最上のものの一つとして、『ブラウン神父物語』がある。……

3 探偵

ウィルキー・コリンズの名作に出て来る名探偵の叙述として、次のやうなくだりがある。

「骨の上に少しの肉もないのかと思はれるほど、みすぼらしく瘦せ細つた、白髪まじりの、相当の年輩の男で、几帳面に黒づくめの服装で、頸に白いネクタイを巻いてゐた。(中略)歩きぶりは物静か、話声は憂鬱、骨ばつた手の指は、動物の蹴爪のやうに曲つて、総体の感じは、牧師ともみえ、葬儀屋ともみえるが、どうしても警官とだけは見えなかつた。」

ここで大事なのは、彼がどうしても探偵とは思へないといふ点である。この公式はその後いつまでも探偵作家たちの意識を規定した。ハードボイルド派が登場するまで、彼らは一生懸命、いかにすれば探偵らしくない探偵を描き出せるかに骨身をけづつたのである。その極端なあらはれとしては、編物とおしやべりに夢中な田舎のおかみさんとか、蘭の花の栽培が何よりも好きな肥大漢とかさへ現れたのだが、現代の名探偵の代表であるエルキュール・ポアロの場合、彼が大変な小男であることは注目に価すると思ふ。彼は丈が低いゆゑに、人々から探偵とは思はれない。このことは一般に、小男が人から馬鹿にされるといふことからも説明できるだらう。しかし更に突つこんで、もつと深い理由が一つある。それは、ロンドン警視庁では、大男しか警官として採用しないことになつてゐるといふ事情である。それゆゑイギリスの読者は、自分が住んでゐる社会の通念への叛逆を、ポアロといふ名探偵のなかに見て、無意識のうちに、ロマンチックな詩情を身にしみるほど感じるのであらう。

ブラウン神父が間が抜けた顔をしてをり、小男であることは、すでにぼくたちがよく知つてゐることだが、これもまた、社会通念への叛逆といふロマンチックな詩情を狙つたものであらう。なほ、チェスタートンが彼の名探偵を牧師に仕立てたのは、さきほど引用したコリンズの方式に忠実なのであつて、これもまた、牧師こそは最も非探偵的な存在であるといふ意識のあらはれにちがひない。

と書いてきて、ぼくはすこし困惑してゐる。一体、葬儀屋を名探偵に仕立てた探偵作家は、誰かゐるだらうか？　ただし、もしゐないならば、それはこれまでの探偵作家の怠慢を物語るものであつて、ぼくの論理の正しさを毫末《ごうまつ》も傷つけるものではない。

4　大男の寛《ひろ》い心

チェスタートンは物すごい大男であつた。そしてフェミニストであつた。ある日、彼はバスに乗つてゐて、五人の婦人が乗りこんで来たのを見て、うやうやしく立ちあがり、席をゆづつた。すると、彼が腰かけてゐた席に、その五人が全部、腰かけることができたさうである。

さういふ体格の持主である彼は、旺盛な体力と知力に物をいはせて、じつに多くの原稿を書いたし、そして彼の著作はじつに多くの分野にわたつてゐた。美術評論、政治評論、怪奇小説、まじめな《シリアス》小説、文藝評論、戯曲、詩、紀行、神学論、歴史、伝記。そして探偵小説。

彼は、文学史的には、バーナード・ショウやヒレア・ベロックやH・G・ウェルズなどのやうな、世紀末から今世紀初頭にかけての、一種のエンサイクロペジストたち、文学的巨人たちのなかの一人として位置づけられるであらう。それは、あらゆる事象、あらゆる主題に激しい関心を持ち、しかもそれらすべてについての関心を一つの思想的立場（たとへばショウにおけるフェビアニズム、チェスタートンにおけるカトリック主義）から統一することができる、全人的な文学者たちであつた。彼らの後、現代文学は純粋化と極度な洗練の方向へ進んで、一時は彼らも低く評価されるやうになつたけれども、しかし最近はその反動として、たとへば『アウトサイダー』のコリン・ウィルソンなどはいはば小規模なルネサンス人とも言ふべき彼らの全人的なあり方に憧れるのである。

ジョン・レイモンドといふ若くて優秀な批評家が、しきりに彼らを論ずるのも、さうした機運のあらはれであらう。レイモンドは言つてゐる。

「ぼくはときどき思ふのだが、彼〔チェスタートン〕は主として彼の人格によつて、文学史における最も純良な人間として記憶されるであらう。ショウよりも、ベロックよりも、ウェルズよりも、作家としては劣つてゐたけれども、彼には他の誰よりも寛い心があつたのだ。そして彼ら三人はすべて、お互ひ同士よりもむしろ彼に対して厚い友情を感じてゐたのである。」

このレイモンドの文章から、ぼくは思ひ浮べる。そのやうな寛い心、優しい魂の持主であればこそ、あのブラウン神父といふ、奇蹟的な名探偵の肖像が描き得たのではないか、と。まことに、ブラウン神父が立ちあがつたあとには、二流三流の探偵が一ダースも坐る余地があるだらう。

バスカーヴィル家の犬と猫

犬好きは猫を嫌ふ。ほとんど亡霊を嫌ふがごとくである。猫好きは犬を恐れる。ほとんど悪魔を恐れるに似てゐる。

あれは一体どういふわけなのかと考へてみると、犬好きの人は犬と親しくつきあつてゐるうちに、まるで自分が犬であるやうな気持になるのだらうね。ところが犬は猫が嫌ひである。そこで……といふわけぢやなからうか。つまり、心理的同化作用にほかならないので、その結果、猫は愛情が薄いだの、忠実でないだのと理窟を言ふのである。猫好きが犬について何か言ふ場合もまたこれと同じ。

これならまあ判る。実はあまりよく判らないのだが、何となく判つた気になることができる。が、変なのは、探偵小説好きとＳＦ好きの関係である。わたしの見たところ、ごく少数の例外を別にすれば、探偵小説好きはＳＦを忌み嫌ふ。そしてＳＦ好きは探偵小説を軽蔑する。その対立した関係は、ほとんど、犬好きと猫好きの関係にそつくりなのであるが、しかし、前述した理論（といふほどの大したものではありませんが）をここに当てはめようとしても、どうも無理なのだ。探偵小説好きが同化できるのは、せいぜい探偵とか犯人とかであつて、白い紙に黒い活字で刷つてあつて何かで綴《と》ぢた代物と、まさか同化できるはずはないでせう。

が、とにかく探偵小説の愛読者は、ＳＦを鼻のさきであしらつて、あんなものに読み耽る連中は本当に宇宙人がゐると思つてるのかしら、いい年をして、なんて、心中深く考へるのである。そしてまた、稀代の名探偵とか、あるいは天才的な殺人者とか、消えた死体とか、密室とかは、ちやんと実在するかどうかなんてことは別に考へないのである。ときどき、ちらりと疑つても、そんなことうるさく言ひ立てる必要はないぢやないか、と自分に言ひ聞かせるのである。

ＳＦの愛読者はまた、たかが一遊星の一町村の生物（といふのは人間のことである）がほんのすこし殺されただけの事件に大騒ぎするなんて、何といふ視野の狭いことだ、ケチで古くさくてカビくさい、なんて馬鹿にするのである。その点、銀河系宇宙の運命全体を相手にしてゐるのだから、おれの読物は段ちがひに高級だ、なんて自負するのである。

かういふ対立はじつにきびしいものがあるやうだ。もつとも、私見によれば、探偵小説好きはわりにおつとりしてゐて、あらはには攻撃しない。ただ内心で、烈々とＳＦを非難してゐる。探偵小説を論難されても、表面はニコニコ笑つたりしながら、心の底でその相手を静かに冷笑したり憐れんだりする。そしてＳＦ好きといふのはおそろしく好戦的で、みんなで集つては探偵小説の悪口を言ふことを人生の快楽の一つとしてゐる。彼らが最も好むものは、ひよつとすると、宇宙船でもタイム・マシーンでもなく、シャーロック・ホームズやポアロの悪口かもしれないといふ気がするくらゐだ。SFを侮辱する人間がゐたりしたら、八つ裂きにせんばかりである。

とにかく、何から何まであざやかな対照を見せておもしろいのだが、しかし、なぜかういふことになるのかは、わたしにはどうもよく判らない。

二次的文学

ソルジェニーツィンといふ人はどうも苦手だ。好意を持つてゐないわけではないのだが、小説それ自体よりこの小説家、といふよりもこの人間、のことが心に迫ることになつてしまひ、つまり、小説を途中でやめてしまふ。辛くて読めなくなるのだ。

その辛さは、妙な言ひ方だがトルーマン・カポーテの『冷血』の感じにちらりと似てゐないこともない。あの調子の、ノンフィクション・ノヴェルとかいふ代物をもつと生ま生ましくしたら、ソルジェニーツィンの世界になるやうな気がする。被害者であることを強調するかたちで書いたノンフィクション・ノヴェル。それがソルジェニーツィンの方法だといふ側面は否定しがたいのではないか。アメリカ文学とソビエト文学とは変な具合に一脈相通じてゐるのである。これは要するに、両方とも十九世紀的リアリズムによつて深く規定されてゐるといふことなのだらうが。

しかしここで書かうとしてゐるのは、アメリカ文学とソビエト文学の、相似よりもむしろ相違のほうにかかはりがあることかもしれない。わたしはこのあひだ、ソルジェニーツィンの自伝『仔牛が樫の木に角突いた』を染谷茂《そめやしげる》・原卓也《はらたくや》訳で読んでゐて、序文のところで、この考へ方はナボコフと正反対だな、と思つたのである。もちろんナボコフはもともとはロシア文学に属する作家だが、今はアメリカに住むことを余儀なくされてゐるし、しかもこの十年ばかりのアメリカ文学の方向を決定的に改めたのは、この、英語で書くロシア作家と、それからボルヘス――あのアルゼンチンの作家（もちろんスペイン語で書く）――との二人なのである。もしこの二人がゐなかつたならば、カート・ヴォネガットもジョン・バースも、もうすこし違ふかたちで出現したにちがひない。この影響力の強さから言へば、ナボコフはどう見てもアメリカ文学の巨匠といふことになつてしまふだらう。もつとも、今どこに属してゐるかなどと言へば、ソルジェニーツィンは今ソビエト文学とどういふ関係があるかといふことになつて、いろいろ話は面倒くさくなるが、それでも、いちおうナボコフはアメリカ文学に、ソルジェニーツィンはソビエト文学に、といふことにしてよからう。この線でゆけば、アメリカ小説はナボコフを媒介としてロシア小説のなかの非リアリズム的要素と結びつくことになりさうだが、まあさういふことはこの際どうでもよろしい。わたしが紹介したいのはソルジェニーツィンの序文にある文学論で、それはナボコフの文学的立場と正反対なのである。彼は言ふ。

二次的文学という、少なからぬ量の文学がある。すなわち、文学に関する文学や、文学をめぐる文学、文学によって生まれた文学がそれだ（かりに、一次的文学が前になかったら、二次的文学も生まれなかっただろう)。わたし自身も、職業柄、そのような文学作品を読むのは好きだが、一次的文学よりずっと下においている。

だから、自叙伝などといふ「二次的文学」を書くのはためらつたのだが、といふのがソルジェニーツィンの考へ方なのだ。

かういふ意見は間違つてゐるし、滑稽である。この自叙伝は非常にすぐれたものだが、この本の価値自体と、この文学論の錯誤との対立は、むしろ驚くに堪へる。すくなくともわたしにとつてはさうであつた。わたしの考へ方は、「文学に関する文学や、文学をめぐる文学、文学によって生まれた文学」を一次的文学よりも低く見るのがをかしいといふのではない。さうではなくて、あらゆる文学がもともと文学に関してゐるし、文学をめぐるものだし、文学によつて生れた、といふのだ。つまり、ソルジェニーツィンの分類で言へば彼が一次的文学と思つてゐる『イワン・デニソヴィッチの一日』も、わたしに言はせれば、ドストエフスキーの『死の家の記録』がなければあり得なかつたゆゑ、あれは二次的文学といふことになつてしまふのである。

文学は伝統によつて成立するから、かういふことになる。『古今集』と『長恨歌』がなければ『源氏物語』はあり得ず、その『源氏物語』がなければ『新古今集』はなく、さらにその『新古今』がなければ芭蕉はあり得ない。さういふ、文学によつて文学を作るといふ原理をうんと自覚的・意識的にしたのが、二十世紀の文学、殊にジョイス＝プルースト以後の文学者たちであり、それを最も極端にしたのがナボコフであつた。ソルジェニーツィンにとつて、さういふナボコフ的文学観はおそらく対岸の火事みたいなものなのだらう。そのことをわたしは、妙に寂しい気持で考へる。

そしてさう断つた上で、ソルジェニーツィンふうの考へ方から見れば対岸どころか別世界みたいな話をすることになるのだが、文学から文学を作るといふこの二十世紀的文学観をいはば図式的なくらゐ露骨に示してゐるのは探偵小説ではないか。これは在来の探偵小説論ではさつぱり指摘されてゐないことだけれど、どうもさう言へるのではないか。

ポーとシャーロック・ホームズがなければそれ以後の探偵小説はすべてなかつた。これはまつたく当り前の話だが、そのぞろぞろつづく名探偵の系列は、互ひに前の名探偵たちをひどく気にしてゐて、つまり、その分だけ、探偵小説は探偵小説から作られてゐる。いや、たとへばアガサ・クリスティーの小説がドイルの小説から作られてゐるといふ文学史的事情の、いはば縮図のやうなものとして、一人の名探偵のシリーズが、そのシリーズの以前の諸篇から作られるといふ事情がある。つまり、ドイルで言へば、「赤毛組合」や「まだらの紐」から「踊る人形」が作られるといふ具合に。探偵小説の作家たちが同じ名探偵による物語を書くのは、自分自身が前に書いた探偵小説の決定的な影響下に書くのだ、と言ふことができるのである。彼らは、一方では先行する作家たちによつて書き、他方では、自作によつて書く。コナン・ドイルからレイモンド・チャンドラーまで。あるいはさらに、池波正太郎《いけなみしようたろう》まで。わたしはさういふ彼らの創作法に、いはば文学史が圧縮されてゐるやうな印象を受けることがしばしばなのである。

終り方が大切

スパイといふのは女にモテるものらしい。このあひだも、新潟県かどこかで、おれはCIAの一員だといふふれこみで結婚サギをはたらいた奴がゐた。考へましたね。近頃では、大学教授とか社長とかいふのは人気がないのである。人気があるのはスパイなのである。彼らはそのへんをまことによく心得てゐる。さらに、中野学校卒業生にとつての一番の悩みは、中野学校出身者のニセモノが多いことだと言ふ。ずいぶんたくさんゐるらしい。浜のマサゴと何とやらといふ調子らしい。そして、これらのニセモノ諸氏の目的もまた女であつて、

「小野田《おのだ》の奴も幸福な結婚をしたやうですね。ええ、同級生なんですよ……中野で」

などとつぶやくのは、女の子をたぶらかすためにほかならない。それ以外の目的――つまり、たとへばCIAとかKCIAとかに雇はれようとして、さういふ駄法螺《だぼら》を吹くのではないのである。

ここで当然、問題は、それではなぜ女の子はスパイに憧れるのか、といふことになるが、こ

れはやはり謎めいた感じ、ロマンチックな感じがいいんでせうね。よく判らないが、たぶんそのへんなんぢやないかと思ふ。

　もつとも、かういふ調子のスパイ論を、先日、田村隆一《たむらりゆういち》さんに向つて述べたところ、一杯機嫌の詩人は、驚くべき説を述べた。

「スパイだからモテるんぢやない。ニセモノだからモテるんだよ」

「ほほう」

　と、虚を衝かれた思ひで言ふと、田村さんはつづけて、

「詩人だつてさうでね。ニセ詩人といふのはモテる。普通の詩人はモテない」

「ニセ詩人？」

「ニセと言つては何だけどね、流行歌の作詞をする人とか、広告の文句を書く人とか、さういふのが近頃は詩人と言はれるんだな。かういふ連中はモテるらしい」

　と、かつ慨嘆《がいたん》し、かつ笑つた――まるで、自分はさつぱりモテないかのやうに。しかし、女の子にちつともモテない男が、あんなに何回も結婚できるものであらうか。疑はしい。

　さらに、もし詩人がホンモノの詩人であらうとニセモノの詩人であらうとモテる、とすれば、これもまた、詩人といふ人間の型が謎めいてゐるせいにほかならない。たしかに、

　　言葉なんかおぼえるんじゃなかった
　　日本語とほんのすこしの外国語をおぼえたおかげで

ぼくはあなたの涙のなかに立ちどまる

なんて、うまい文句（これは田村さんの詩『帰途』のなかの三行）が人間の頭に浮ぶといふのは奇蹟である。そしてまた、かう言つたのでは田村さんに叱られるかもしれないが、「クシャミ三回ルル三錠」なんてうまい文句が人間の頭に浮ぶこともまた、かなり奇蹟に近いやうな気がする。

スパイと詩人がなぜモテるかといふ話になつてしまつた。しかしわたしとしては、詩人のことなんか書くつもりはなかつたのである。わたしが書かうと思つてゐたのはスパイと小説家のことで、つまり、あるスパイ小説を紹介し、そこからちよいと理窟をつけようと思つてゐたのだが、どういふわけか、詩人が一人、ふらりとはいつて来て、をかしな具合になつたのだ。仕方がない。彼には到来物のチヴァス・リーガルか何か出して、待つてゐてもらひ、わたしは書齋に引込んで、スパイ小説の話を書きつづけることにしよう。

そのスパイ小説といふのは短篇小説である。このあひだの晩、眠られなくなつて、『世界スパイ短篇小説傑作集』といふ英語の本を読んだのだ。眠くなるためにはむづかしくなければならない。故に英語。しかし読むためにはおもしろくなければならない。故にスパイ小説、といふ複雑な選び方であつた。

モームだのコンラッドだの、合せて二十五篇はいつてゐるなかで、エリック・アンブラーの『影の軍隊』といふのを読む。（アンブラーは現代イギリス最高のスパイ小説作家。『ディミトリオスの棺』や『あるスパイの墓碑銘』は傑作です。まだでしたらぜひお読みになるといい。）『影の軍隊』の語り手は小説家である。彼の知り合ひにルウェリンといふ外科医がゐて、三年前に盲腸を手術してもらつたことがあるし、細君のほうとは音楽会でときたまいつしよになることがある。その程度の仲にすぎないのに、ある日、遊びに来ないかと言はれて出かけると、小説を読んでくれと頼まれる。懸賞に応募しようと思つて書いたのださうである。そこで語り手はルウェリンの書いた一人称の小説を、ブランデーを飲みながら読むことになる。

ここで一行アキ。

「わたし」はスイスの国境近い地方で、猛烈な雪に悩まされ、運転してゐた車のガソリンが切れたので、車を捨てて歩き出す。雪のなかを六キロ歩いたあげく、やうやく一軒の家を見つけてはいつてゆくが、誰もゐない。「わたし」はその誰もゐない家で、ドイツ語の反ナチ宣伝ビラの束を見る。ヒトラーと闘つてゐるドイツ人たちのアジトなのだ。

と、そこへ一味の者たちが帰つて来る物音がする。「わたし」はあわてて隠れるが発見され、ナチスの放つた密偵ではないかと疑はれる。ドイツ語が上手なのもかへつて不利な条件になるし、旅券を見せて身の證しを立てようとしても、車のなかに置いて来た。「わたし」は彼らにすつかり疑はれる。

が、そのとき、反ナチの運動家たちの一人が、ドイツ警察に撃たれ、国境の小屋で虚しく死を待つてゐる、といふしらせがもたらされた。彼らは手分けして、一部の者が薬を持つて小屋へおもむかうとするが、そのとき、縛られた状態の「わたし」が言ふ。

「わたしを連れてゆけ。医者だから、役に立つ。ここへ連れて来て、手術をしなければならない。そんなヨーチンなんか、何の役にも立たない」

ここで形勢ががらりと変る。「わたし」は彼らから「ヘル・ドクター」つまり「先生」と呼ばれるやうになり、手術は成功し、怪我人の命は助かる。翌日、患者の脈を取らうとすると、彼は「わたし」の手を握つてかう言ふ。

「そのうちいつか、イギリスと第三帝国は戦ふでせう。でも、あなたがたはドイツと戦争するわけぢやない。忘れないで下さいよ、先生。ドイツといふのはわれわれ人民で、われわれはイギリスといつしよに闘ふのですから」

ルウェリンの書いた短篇小説はここで終り、元の語り手である探偵小説作家の文章になる。作家はルウェリンに言ふ。

「とてもおもしろかつた。しかし、結末が弱いやうな気がする」

医者はそのことを認めて、

「さうなんだよ。でも、何しろこの通りだつたから」

と言ひわけをし、

「うまい終り方は工夫できさうもないな。とにかく読んでくれて、ありがたう。ブランデーをもう一杯、どうだい?」

と言ひながらルウェリンは立ちあがつて、

「さうだ、忘れてたよ」

と引出しから一通の手紙を出した。スイスの切手で、消印はクロステルス。日付は一九三九年九月四日。（九月一日にドイツ軍がポーランドに侵入し、同三日に英仏がドイツに宣戦布告。）封筒のなかはえらくかさばつてゐて、「ドイツの同志たちよ！　ヒトラーは君たちを戦争に連れ込んだ」とはじまるビラがはいつてゐる。（このへんで、短篇小説は最後のページになる。）

語り手はビラを読みつづけようとしてゐたが、床の上に、タイプで打つた紙が落ちてゐるのに気づいて拾ひあげる。それは例の反ナチの一味からの挨拶で、さんざん礼を述べた末に、「われわれは影の軍隊です。われわれは共通の敵、国家社会主義に逆らつて、あなたと一緒に闘つてゐます」と終る。

この手紙を読み終つて、わたし（丸谷）はすつかりあわてた。何しろ、短篇小説はもう三行でおしまひなのだ。が、これではどう見ても恰好がつかない。素人のルウェリン先生の短篇小説なら、恰好のつかない終り方をしても、別に恥ぢやあないけれど、エリック・アンブラーといふ小説の玄人が、体をなしてゐない終り方をしたのでは困るぢやないか。それが傑作集にはいつてゐてはなほさら困るぢやないか。

さう思つて、わたしははらはらしながら最後の三行を読み——その三行の水際立つた藝に舌を巻いたのである。これはまるごと引用しなければならない。

ルウェリンはわたしのグラスを横のテーブルに置いてくれて、「煙草はどうです？　その手紙、どう思ふ？　いい連中だよね」と言つてから、かう言ひ添へた。「何しろセンチメンタルでね、ドイツ人てのは」

言ふまでもなく「何しろセンチメンタルでね、ドイツ人てのは」といふ台詞で、短篇小説全体がきりりときまるのである。これで形の整ひがつき、味が苦くなり、そしてその苦さの分だけ、だしぬけに優しさが深まり……余韻は嫋々《じようじよう》たるものになる。これでこそ、素人の作ではない、玄人のスパイ小説の終り方なのだ。

わたしは思はず吐息をついて、いやはやすごい藝だと感嘆し、そして、要するにこれは、アンブラーといふ男が、どうだい、プロフェッショナルといふのは大したものだらうと自慢してゐる小説だな、と考へた。さう言へば、彼のスパイ小説には、プロのスパイとアマのスパイの両種が出て来て相争ふのが多いが、プロ対アマといふのは、アンブラーにとつての基本的図式なのかもしれない。

念のために言つておけば、プロはホンモノでアマはニセモノといふわけではない。それゆゑ、プロとアマのスパイがどつちがモテるかといふやうな小説は、アンブラーは書いてゐない。

「マイ・スィン」第三回

　これは、誰かそっちのほうに詳しい人に訊けばはっきりすることなのだが、イアン・フレミングの小説はちっとも映画になっていないのじゃないかしら。原書のラパーや表紙にある紹介記事――あのブラーブという文章にも、ぼくの見た範囲では（もし映画化されていれば、かならずそれに言及するのがあちらの習慣なのに）そんなことは書いてなかった。早川ポケット・ミステリの巻尾の解説も、映画化のことには一言も触れていない。都筑道夫ほどの博覧強記の人が知らないということは、つまり、そういう事実がないことを意味するだろう。ここにおいてぼくたちは知る――英国秘密情報部００７号ジェイムズ・ボンドは、ついに映画に縁のない男だということを。

　一体なぜなのだろう？　美男であり、超人であり、派手な色模様に富んだ彼が、イギリスおよびアメリカの映画界から無視されていることほど大きな謎は現代の世界に存在しないのである。（ちえっ、文章に力がはいりすぎちゃった。すこし割引して読んで下さい。）

まったく、なぜなのだろう？　フレミングの世界の、暴力、ヒロイズム、セックス、サディズム、俗物趣味《スノッバリー》、観光趣味、善玉と悪玉のくっきりした色分けなどは、スパイ映画の筋書としては、人類がこれまでに書いた最高のもののはずなのに。（ここはちっとも割引なさる必要がありません。）

実際、イギリスの活動屋の間抜けぶりと言ったらお話にならぬ、と憤慨したくもなるではないか。こういう絶好の材料が足もとに転がってるのに、気がつかないなんて！　これでは、アーサー・ランクの会社がつぶれるのも、ポンド財政が危機に瀕するのも、もっともな話だ。

しかし——そう簡単に言い切っていいものだろうか？　実を言うと、ぼくにはどうも、ジェイムズ・ボンドものを敢えて映画化しないのは、イギリスの映画人の賢明さのしるしにほかならぬとさえ思われるのである。たぶん彼らは、フレミングの世界が、映画にすればたちまち嘘になってしまうことを知っているのだろう。

いや、誤解しないでほしい。ぼくはフレミングの冒険小説が嘘っぱちだなどと言っているのではない。『死ぬのは奴らだ』以下、様々の彼の作品を読みながら、ぼくは一度だって、そこにくりひろげられる世界の現実性を疑ったことがなかった。そう、少くとも読んでいる間は。そして、読み終ってから始めて、こんな冒険が可能だろうか、こんな勇ましい美女がいるだろうか、こんな超人が……という具合に読者が疑念をいだくことほど、読物作者としてのフレミングの力倆をはっきりと証するものはないだろう。

たとえば『ドクター・ノオ』のクライマックスを形づくる、ボンドの脱出の章がある。「肩幅よりは広い」通風孔を突破口として、彼は長い旅路に出発する。電気の青い火花による気絶。火傷。彼はそれにもめげず、暗い金属製のパイプのなかを進む。まるで「傷ついた毛虫のよう」に。熱風。寒さ。赤い毒蜘蛛の群れ。そして「眼下百フィートのところで待ち受けている青銅色の海に向って」の落下。だが、ドクター・ノオの考案した処刑の設備はまだ終らないし、もちろんこの生贄はその悪魔的な智慧に対し勝利を占めるし、しかもぼくたちすべてはボンドの勝利のリアリティを信じて疑わないのだ。そう、少くとも読んでいる間は。

なぜなのか？　これほど荒唐無稽なストーリーなのに。

フレミングの完璧な文体の故である。

怪談を書くことは難しい。文章の力だけで亡霊を現前させねばならないからである。リアリズム小説なら、「そのころ私は下痢ばかりしていた」とかなんとか書けば、読者たちはみな下痢の体験があるから、その体験による類推で、どんな拙劣な文章で書いても、彼の下痢を（あるいは彼女の慕情を、あるいは彼と彼女の……と言った具合にいろんなことを）素直に信じてくれる確率がかなり大きいのだが、しかし亡霊を見たという体験の持主は、幸か不幸か、数えるほどしかいないのである。千人のうち、三人いるものかしら？　たとえ三人いるとしても、残る九百九十七人に対しては、ただ文章の力で信じさせるしかないのだ。

亡霊を現前させるためには、上田《うえだ》秋成《あきなり》のような、Ｅ・Ｔ・Ａ・ホフマンのような、泉鏡花《いずみきょうか》のような、みごとな文章家でなければならない。いや、かつての時代のように、亡霊を信ずる人がかなり多い時代においては、怪談作家は幸福だったのである。今日、小説のなかに亡霊を登場させるためには、ウォルター・デ・ラ・メアのような、石川淳《いしかわじゅん》のような、福永武彦のような、稀有の名文家であらねばならぬ。

――というふうに純文学の作家たちを例に引いて語ったことは、文章という点に関する限り、娯楽読物の作家についても言えることで、存在しないものを存在するとぼくたち読者が思いこむためには、最高級の映画のカメラマンさえも三舎を避けるほど、精巧で力強い文章でなければならないのだ。

たとえば『ドクター・ノオ』に出て来る、火焔放射機を備えつけた装甲自動車の描写。ぼくたちはそれを読み、なるほどこれでは、野育ちの娘が竜と錯覚するのは当然だと感ずるのである。また、そのジャマイカ生れの娘が「拳闘選手のように」鼻がつぶれていながらしかもすばらしい美女であること、をぼくたちが素直に了承するのも、フレミングの文体があればこそなのである。

彼は書くことができる。

浜は黒かった。砂は柔かく、すばらしい足ざわりだったが、火山岩からできた砂らしかった。何世紀にもわたって波にくだかれた火山岩の砂である。黒々とした砂の上を歩くボンドの素足は、まるで白い蟹のように見えた。

そして、このような、美しくて的確な文体で書かれていればこそ、豪奢きわまる美食も、この世のものとも思われぬ富も、兇悪無残な悪漢も、彼がいだいている幼稚なだけにかえって恐しい野望も、ぼくたちはすべて真に受けてしまうのだ。……

だから、ジェイムズ・ボンドのファンよ、照れることはない。大威張りで、あの血湧き肉躍る「大人の童話」をお読みなさい。フレミングの物語の虜になることができるのは、あなたが、翻訳という間接的な媒体をとおして彼の英語の文体を楽しむことができるほど、それほど洗練された、それほど知的な、それほど優れた、それほど想像力に富んだ、鑑賞力の持主であることの證なのです。

「マイ・スィン」第五回

『おせっかいな潮』はE・S・ガードナーの一九四一年の作、油ののりきった頃のものである。しかし、断って置くが、ペリイ・メイスン物ではない。

が、こう言うと、じゃあやめた、などと呟く人が出て来るのではないかと、ぼくは恐れる。これは傑作ではないかもしれぬが、佳作であり、おおむねのメイスン物より遙かに面白いのだ。事実、ぼくは夢中になって一気に読んでしまった。いつだったたか、ニコラス・ブレイクが『サンデイ・テレグラフ』にエドマンド・クリスピンか誰かの新作を批評して、「風呂《バス》のなかで読んではいけない――君が足の指で栓をひねることができるなら話は別だが」と書いていたが、これなどまさしく、そういう種類の本であろう。

娯楽読物の作家として、ガードナーがどんなに達者かなどということは、改めて喋々するまでもないと思うが、たとえばこの『おせっかいな潮』の主人公の選び方である。彼は、手製のトレーラー・バスに乗って国中を放浪している変り者の老人、ウィギンズ爺さんを探偵にしたのだ。文明から逃避したいという欲求、家庭から脱出したいという願望、自由と放浪への憧れは、誰の心の底にもひそんでいるから、まずこの点でぼくたちはこの老人に共感を感じてしまう。ましてアメリカ人は、フロンティア・スピリットという伝統があるから、自分の祖父にでも会ったような懐しさを覚えるにちがいない。事実、彼は老いたるトム・ソーヤのごとき冒険をやらかして、ぼくたちを哄笑させるのだ。

共感の点では、まだ他にも工夫がこらしてある。たとえば、老人がむやみに酒が強いことである。彼は強いブランデーをがぶがぶ飲むのだ。――しかし、酒の話はちょっとまずいかな？世の中には、酒の嫌いな人がかなりいるのだから、ブランデーによって親しみを感じるというのは、むしろぼくの個人的事情に属し、普遍的・一般的とは言いかねるかもしれぬ。どうもいけない。酒の話は取消しましょう。

だが、探偵趣味というのは、少くとも探偵小説の読者には共通している属性だと断言できるだろう。そしてウィギンズ爺さんは、恐しい位の探偵趣味の持主なのである。彼が、自分はミステリー狂だと高らかに宣言し、自動車のなかのロッカーの戸を開き、本や雑誌がぎっしり並んだ棚を見せて、「見なさい。この十年間に出版された最上の推理小説と、わしが多少知っている犯罪に関する雑誌『探偵実話』の切抜きだ。これはなかなか面白いぞ。新聞で犯罪事件を読む。しばらくすると『探偵実話』に記事が出る。それを切り抜いて、一緒にまとめるんだ。わしはよく、夜、事件の新聞記事を読んで、解決を考えるんだ。何度わしの推理が当ったか知ったら、あんたは驚くだろう」と述べるのを聞くとき、読者たちは思わず、背後にある自分の書棚を振返り（ただし入浴しながら読んでいる人はもちろん除く）、ウィギンズ爺さんの書棚にはマーゴット・ベネットはあるだろうか、とか、彼はギデオン物と八七分署物とどっちが好きだろうか、とか考えながら、この老いたるアメリカ人にたいし限りない親愛の念をいだくにちがいない。

つまり、そのときE・S・ガードナーは主人公の姿を定着することに成功し、『おせっかいな潮』は物語としてみごとに成立することが可能になったのである。ガードナーの奴、なんてずるいんだろう！

しかし、この探偵小説の主人公は果してウィギンズ爺さんだろうか？　彼の姪の亭主である地方検事、フランク・デュリエもまた、一種の主人公めいた役割りを持っているのだけれども。が、その点はむしろ明快に割切らないほうがいいかもしれぬ。これは、ちょうどメイスン物の場合、メイスン、デラ・ストリート、ポール・ドレイクのトリオが重要であるように、老人、検事、検事の妻の三人が一単位として活躍する楽しさを味わうべき娯楽読物なのだ。

そして、メイスンとデラの場合には、彼ら二人の関係が曖昧で――つまり恋愛関係にあるのかないのか判らなくて――というよりもむしろ、はっきり言ってしまえば、ベッドを共にする仲なのかどうか不明で――読者がしばしば気をもむことになるのだけれども、この場合は、フランク・デュリエ検事と検事の妻ミルレッドとは夫婦であるから、当然、ぼくたち読者はへんにそわそわする必要がなくて、つまりその点、ものたりないと言えばものたりないことになる。

その代り、この『おせっかいな潮』にはガードナーの女性の好みがはっきり出ている所があって、これは非常に面白い。

爺さんが、事件関係の二人の女について語る。

「ハープラーって女は、絵にかいたみたいな美人だ。モラインって女のほうは……」

するとミルレッドは言うのだ。

「彼女のことは心配ないわ。フランクは、あんなタイプの女は好きじゃないの。小粋で、派手で、きれいなあんよをチラリと見せても、ありがたいことに主人は冷静よ。でも、きれいな女が、さっぱりした態度で、彼の眼に笑いかけ、しっとりと手を握ると、それには、彼は弱いのよ」

彼女の観察が正しいことは、検事があわてて、「君は、また探っていたんだな？」と言うことによっても判る。しかし、ぼくたちはその前に、彼女が正しいと判断してしまっているのである。なぜなら、後者の型の女性の典型こそは、あのデラ・ストリートなのだから。つまりこの一節は、ガードナー＝メイスンの女性の好みを示す箇所として読まれるべきなのであろう。

さて、ここでぼくは声を大にして叫びたいことがある。女性の魅惑は娼婦的なものであると世の識者は言うけれども、そして女性はおおむねその説を信じているらしいけれども、それにもかかわらず、娼婦的なものを「小粋で、派手で、きれいなあんよをチラリ」の方向にだけ限定してしまっているのはいかがなものであろうか。もちろん、それはそれで大いに結構だが、しかしそれだけが女性的媚態の型として通るのではいささか寂しい気がしてならないのである。それはたしかに娼婦的であろうが、しかし、真に男の魂を震撼する魅惑は、やはり後者の型

――「きれいな女が、さっぱりした態度で、眼に笑いかけ、しっとりと手を」の方向にあるような気がぼくにはするのだ。世人はこのような型の態度を娼婦的とは呼ばないようであるが、これは常識がいかに誤っているかを示す好個の一例にすぎない。それを娼婦的なものと呼ぶことがもし躊躇されるのならば、永遠に娼婦的なものとでも名づければいいのである。

詩人ならば歌うであろう。

永遠に娼婦的なもの
われらを惑わす

「マイ・スィン」第十二回

ジャン・ジロドゥーの『ジーグフリード』にしろ、ジャン・アヌイの『荷物のない旅行者』にしろ、ジェイムズ・ヒルトンの『心の旅路』にしろ、井上靖《いのうえやすし》の『崖』にしろ、戯曲や小説で記憶を喪失する登場人物がすべて（ぼくが知っている限りすべて）男性であるのは、一体なぜであろうか？　軽率な読者はいうであろう――それは作者がすべて男性であるからだ、と。そのとき、そう答える人は、単に軽率であるだけではなく、また、私小説的な文学観の持主であるというそしりをも受けねばならないであろう。たとえば永井荷風《ながいかふう》は、みずからの多情淫奔な性癖を一群の女性に託して描いた。たとえばジェイムズ・ジョイスは、みずからの汎神論的心情をブルーム夫人の眠りの直前の内的独白という形式で表明した。小説家および劇作家にとっては、自己を異性へと転置することなど、極めてありふれたことなのである。

第一、男性作家だから記憶喪失者を男性にするなどという意見は、一つの実例によって全面的に否定されてしまうはずなのだ。マージェリー・アリンガムは女流探偵作家である。そして、それにもかかわらず、『反逆者の財布』において彼女は記憶喪失者である男を主人公としたのだ。

もういちど言う。小説家たち、劇作家たちはなぜこれほど、男性を記憶喪失にしたがるのだろうか?

答は簡単だ。記憶は女性だからである。プラトンは言っている——「記憶はミューズ神の母、ムネモシューヌの恵みである」と。この『テアイテトス』のなかの言葉はたいそう意味ふかいであろう。なぜなら、ぼくがいま述べた記憶喪失者たちはすべて、女性の助けによって記憶を回復するのだから。あるいは、少くとも、記憶を回復しようと努力するのだから。たとえば『反逆者の財布』の主人公アルバート・キャンピオンが、恋人アマンダによってそうするように。

そう、たしかに記憶は女性である。プラトンならば、その神秘的な性格の故に女性を思わせると言うであろう。そして丸谷才一ならば(申しわけない!)存在しなければ不便であり存在すればまた極めて不便であるという点で女性に酷似している、と述べるにちがいない。

アリンガムはおそらくその点に注目(意識的にか、それとも無意識的にか)して、『幽霊の死』や『判事への花束』ですでにぼくたちに馴染ぶかい、あの名探偵アルバート・キャンピオンを記憶喪失者に仕立てた。長く長くつづくキャンピオン物語の単調を、おそらくこの趣向によって破ろうとしたのであろう。その破天荒な試みは成功した。キャンピオンはたしかに記憶喪失者として、ぼくたちの前に姿をあらわし、ぼくたちは彼と一緒に、まるで記憶喪失者であるかのように、事件のなかを右往左往することになるのである。アリンガムの恐しい筆力に敬意を表しよう。

彼女が彼の妻なのだという確信が徐々に生まれてきた。そう考えれば考えるほど、それは事実のように思えてくる。いまここにこうして、彼女は彼の車を運転し、母親のように彼をいたわり、小説の女主人公のように彼のために嘘をついている。（中略）病院で意識をとりもどして以来初めて彼は、前途に一線の光明を見た。奈落のような孤独な立場も、もはや極限が来た。大きな安堵の気持ちのほかに、彼は急にうれしくなって、闇の中で再び彼女をすかし見た。（中略）

その女からは、年齢の若い、おそらくは非常に若いという印象を受けたので、彼は自分自身の年齢の問題をじっと考えてみた。まだまだ元気だったし、なにかわからないが手足の痛みとめまいのする頭とを残していったある経験のあとのふらつきは別として、相当頑丈なからだつきだという気がする。彼はとまどった。明らかに少年ではないが、一方、老人でないことも確かである。結局、彼は二十九才ということにした。とにかくそれは恰好の齢ごろだし、それ以上の気になれなかった。

エリザベス・ボウエンの『日ざかり』を絶讃する彼女にふさわしい、じつに精緻な、それでいて充分納得のゆく心理描写である。この、精細で具体的な心理描写があればこそ、ぼくたちは、闇のなかにゆっくりと訪れて来る微光のような記憶の回復を信じ、恐しい国家的大陰謀を信ずるのである。いや、それよりもまず、記憶を喪失するほどしたたか頭をぶん殴られて、しかもそれにもかかわらず、あれほどの大活躍ができることを、どうも話がうますぎるなどとは思わないことになるのである。

もちろん、この場合、単にアリンガム個人の才能だけを云々するのは誤っているかもしれない。彼女の父はいろいろな週刊誌に連載物を書いていたし、それだけではなく、一族には文筆関係者が極めて多いのである。そして父は、彼女が七才になったとき、作家修業の第一歩として、童話を書くことを命じたという。（『幽霊の死』の巻頭に「H・J・アリンガムに捧ぐ——勤勉なる門下生より」と記してある、そのH・J・アリンガムが父である。）しかしそのような早熟教育よりも、まず伝統とでも呼ぶしかないような何ものか、つまりイギリス娯楽読物の伝統が、彼女の作品の魅力を形づくっているような気がしてならないのだ。たとえば、偽造紙幣を大量に貧民たちに送りつけて、大インフレーションを惹起させるという悪漢の思いつきは、ジョン・バカンをして嫉妬せしめるようなものではないかしら？　そしてまたたとえば、それが偽造紙幣を送りとどける封筒だとは知らずに宛名を書く、愛国的な、勤労奉仕の老女性、エリクスン夫人の肖像は、サマセット・モームの一冊のなかにはめこんでも差支えないものではないかしら？

いや、ぼくは伝統と個人的な才能とを、やはり二つながら重視したいと思う。第一、執拗で細密な心理描写と兇暴な暴力との融合、家庭的な要素と社会への展望との一種病的で微妙な重なり合いなどは、アリンガム独特の風味を持っているのだから。

ぼくは彼女に嘆賞し、そして思う。そういえば、古代ギリシャ人は、文筆の才をもまた女性の姿で思い描いていた、と。

「マイ・スィン」第十六回

ジョニーとサムの二人組の名を忘れたのは、ぼくの失態であった。しょせん探偵小説評論などという仕事はぼくには向かないらしい。しみじみとそのことを痛感せざるを得なかった。

あれはいつのことであったか、銀座のバーで、ぼくを連れて行ってくれた男がぼくのことを、あろうことか探偵小説評論家などとホステスたちに紹介し、そしたらたまたまその場に居合わせたホステスたちがみな熱烈きわまりない探偵小説マニアばかりで、ぼくは大いにもてたのだが——好事魔多しとやら、彼女らの訊ねることにぼくが答えれば、その返事がすべてトンチンカンであり、彼女らの述べることにぼくが合づちを打てば、それまたいちいちツボをはずれており、つまりぼくが探偵小説評論家としてまったく失格であることが白日——ではない、薄明の下に暴露されたのである。

当然のことだ。ぼくは、トリックとか犯人当てとかは、そんなことを気にかけて読めばたちまち判ってしまって面白くなくなるという信念の持主なのだから、その種のことはもっぱら意識から追い払って読み、従って、そういう類のことはぜんぜん覚えていないのだが、彼女らは、ディクスン・カーの何とやらいう本のトリックはどうであるとか、アガサ・クリスティーの何とやらの犯人はどうであってじつに意外だとか、もっぱらそういうことに関心を持っているのであった。これではつまり、ソクラテスに原子物理学のことを訊ねるようなものではないだろうか？（この比喩、ちょっと無理かしら？）

まあ、しかし、ソクラテスを気取ったからとて、ジョニーとサムの名を忘れた罪は消えるものではない。せめてもの申し開きは、彼らの二人組をホームズとワトソンの二人組と同等にあつかったということである。これまで探偵小説について雑文を書いた男は大勢いるだろう。しかし、あの、健康増進法のパンフレットのセールスマンとその実物見本とを、探偵小説史上最大の二人組にほぼ同じ位置を与えた者は、一体いるだろうか？　これこそはすなわち、ぼくがジョニーとサムとを心から愛していることの証にほかならぬ。（ああ、やっと本論にはいれそうな具合になってきた。）

だが、ジョニーとサムはたしかに愛すべき作中人物だけれども、フランク・グルーバーは果して彼らを生かしきっているかという疑問が、ぼくにはつきまとって離れないのだ。たとえば、彼の代表作と言われる『海軍拳銃』である。はじめのほうの作中人物紹介は確かに興味津々たるものがあるけれども、それが終ってしまうと生き生きした魅力が失せてゆく。これは『笑うきつね』についても言い得ることのような気がする。

都筑道夫がグルーバーを目して「二流の大家」と呼ぶゆえんもこの辺にあるのだろうか？

更にまた、人々がホームズ＝ワトソンのみを褒めそやして、ジョニー＝サムについてさほど語ろうとしないのもこのためだろうか？

だが、ここでぼくたちは奇妙なことに気がつくだろう。それは、痩せっぽちで頭のいいジョニーと、大男でちょっと足りないサムとを紹介するくだりは、なんべん繰返されても面白いということである。

この謎はおそらくサムにはない。ジョニーにある。サムはジョニーの引立て役であり、道具であるにすぎない。（つまりこの点において、このコンビは真の二人組ではないのである。）ということは、逆に、ジョニーの魅力がどれほど大きいかということを示すだろう。ぼくたちはジョニー一人とつきあうために、グルーバーの本を読むのである。

ジョニーの魅力とは何か？　それは極めて民俗学的なものである。オデュッセウスがそうであるような、三年寝太郎がそうであるような、いわゆる「ずるいヒーロー」の型に彼は属するのだ。徴兵忌避者が戦勝将軍となるような、寝てばかりいる怠け者が長者の婿《むこ》となるような、そういう逆転した価値の世界は民衆の夢想のなかにのみ存在する。ジョニーの肖像はその、現代における実現の見取図なのである。ちょうど、あのペリイ・メイスンの肖像がそうであると同じように。そしてメイスンが美しい女秘書と有能な探偵の協力を得て、はじめて英雄となることが可能であると同じように、ジョニーもまた、大力無双の大男というパートナーを必要とするわけなのだ。

が、ジョニーの場合、その孤独は色濃く、その現代性は極めて薄い。というよりも、じつに泥くさい魅惑があると言ったほうがいいかもしれない。この点、メイスンが表面、いかにも孤独そうに見せかけながら、じつはさほど寂しそうでなく、スマートそのものであることと好対照をなしているだろう。メイスンは協力ということを知っている。あるいは、どのようなチームを結成すればいいかを知っている。ところがジョニーはあくどく、もっと伝統的な、一匹狼めいた英雄の概念に忠実であろうとして苦心しているのだ。彼は頭の悪い大男と組む。それゆえ彼はいつも貧乏に悩んで歩きまわり、飢えに苦しまねばならないし、またグルーバーの作品の面白さは、ジョニーがその苦境をどのようにして一時脱出するかにあるのだ。(おかしなもので、飢えに比べれば、犯人が誰かなどということなど、あまり大した問題ではないように読者は感じてしまう。グルーバーのものがしょせん二流品にとどまってしまう理由は、結局このあたりにあるのかもしれぬ。)

このような一匹狼的英雄、ずるいヒーロー、ある種の泥くささ――などを綜合して、ぼくはジョニーの民俗学的性格を言いたいのだが、しかしこんなことは敢えて喋々するまでもないことかもしれないのだ。彼はパンフレットのセールスマンである。そしてアメリカ民俗学では、セールスマンと言えばおしゃべりのほうの代表者、説話の典型的な語り手なのである。語り手が自らを英雄視するのは、ごくありふれたことであろう。さらに――ジョニー=サムものが西部開拓史と深い関連を持っていることは誰でも知っていることなのだが、この西部史こそはアメリカ民俗学の最上の宝庫にほかならないのである。

「マイ・スィン」第十八回

ジョージ・ギデオンを主人公とする一連の娯楽読物はなぜベスト・セラーにならないのか？　この疑問は久しい以前からぼくにとりついて離れない。そして、ギデオンものの最新作『ギデオン警視と暗殺者』を読み終った今、謎はいっそう深くなったような気がする。

(1)　社会派推理小説として

ギデオンものは探偵小説である。しかも広い社会を視野に入れている。つまりそれは一種の社会派推理小説である。社会派推理小説は、現在の日本において爆発的な流行を示している。それなのに、ギデオンものはなぜ？

もちろん、いわゆる社会派推理小説とJ・J・マリックとはかならずしも同じわけではない。むしろ、だいぶ違っていると言ったほうが正確だろうし、その相違の第一は、マリックで、映画的な新しい技法（同時性）をふんだんに持ち込んでいることだ。ひょっとしたら、この技巧が日本の読者に気に入られないのだろうか？　いや、そんなことはなかろう。これは純文学の作品や映画によってすでに馴染ぶかい技巧のはずなのだし、マリックはそれをじつになめらかに（ぼくなどにはもう少し読者に衝撃を与えるようにしたほうがいいとさえ思われるほど）用いているのである。

とすれば、理由は相違の第二にもとづくものだろうか？　つまり、マリックの本は日本の社会派推理小説に比較して、形がきちんと整っており、構成がじつにしっかりしているのだが、これが日本人には好まれないのだろうか？　ひょっとしたら、そうかもしれない、ともぼくは思う。一般に明治・大正・昭和の小説は、人生の真実を求めるあまり形のととのいを無視ないし軽視していた傾向があるからだ。起承転結が整っているのは人生そのものと違う、現実はもっと厳しくて激しくて乱雑なものだ、きちんとしているのは作り物だ、というのが日本自然主義の漠然たる信仰であった。それならば、今日の日本の探偵小説読者が、むしろ構成の欠如を歓迎するのも無理からぬことかもしれない。

だが、ここでぼくはもういちど疑う。なぜなら、探偵小説は決して純文学ではないし、そして日本人は娯楽読物に対し、少くとも最近まで、まず力強い構成力を求めていた形跡があるからだ。

その証拠としてぼくがあげるのは、吉川英治《よしかわえいじ》の諸作品である。吉川の本があれほど好まれたのは、よく人が言う人生論的要素のせいもあろうが、しかしそれよりもまず物語の構成がしっかりしているからだ。あの修身教育とはまったく無縁な『鳴門秘帖』のころから、彼が花形作家であったことを思い浮べてほしい。そう考えて来ると、マリックの物語の頑丈な魅力がなぜもっと広い読者を得ないのか、いよいよ不思議になって来る。

(2) サクセス・ストーリー兼ハウ・トゥものとして

しかし、最近日本人の本の読み方がみょうに功利的になったのは、たしかに事実であるらしい。娯楽よりもむしろ実利を！　あるいは、娯楽と実利を同時に！

その傾向の最初のあらわれは言うまでもなく吉川の『宮本武蔵』であったし、それにつづくものとしてはたぶん山岡荘八《やまおかそうはち》の『徳川家康』があげられるだろう。今や日本の実業家たちは、あるいは送り迎えの車のなかで、あるいは社長室で、あるいは妾宅で、戦国の武将の物語に読み耽っては経営学の研究にいそしんでいるという伝説がある。もしこれが本当ならば、『徳川家康』はサクセス・ストーリー兼ハウ・トゥものとして読まれているわけである。

そして、ぼくの疑問はここでまたもや意識の表面に浮びあがって来る。ギデオンものはなぜ、そのような本として読まれないのだろうか？　ギデオンは現在、ロンドン警視庁の警視として多忙をきわめている。彼はこの数カ月（いや、ひょっとしたら、この数年間）休暇をとらずに働いているのだ。とかくツンケンと彼に当る、上役の女秘書をどうあしらえばいいか。彼と同様に休暇がとれないため、しかし彼と異って妻がノイローゼになってしまい、悩んでいる部下をどう救えばいいのか。彼の指揮下で働くよう命令を受けた、あまり早く出世しすぎたためいい気になっている他の課の課長の不協力に対しては、どう処置すればいいのか。そういうことが、たとえば『ギデオンと暗殺者』には書いてあるのだ。こういう際のギデオンの態度を知ることは、経営学の勉強にはならないものだろうか？　もちろん、言下に、否と答える経営学者もかなりいるにちがいないが、しかしまた、『徳川家康』よりはましだという位なら、お愛想を言ってくれる専門家も少しはいるだろう。第一、ギデオンは現代に生きている。ジェット機の時代に生きている。万事悠長な戦国時代、馬が最も速度を誇る交通機関であったころの話よりは遙かに多く参考になるはずなのである。

それなのに現代日本の実業家たちが、依然として『徳川家康』を愛しギデオンものを好まないとすれば、それはギデオンが品行方正で一夫一婦制を支持し、一方、家康はその点においてもっと自由な主義主張を持っていて、つまりその自由さが実業家たちに歓迎されているのでないか、とも考えられる。が、こういうことを書くと、ひょっとしたら日経連あたりから厳重な抗議を受けるかもしれない。先日ぼくは、女性読者にはネロ・ウルフものは判らないのじゃないかなどと放言したため、全国のEQMM女性読者から水茎のあと美わしい投書二百七十四通が殺到し、その手紙を読むためまる三日間忙しくて仕方がなかったのだが、女難はまあ我慢するとして、男難は困るから、この意見はやはり撤回して置こう。

とすればギデオンものが『徳川家康』のようにベスト・セラーにならない理由は？

これはまったくの臆測だけれども、ギデオンものを出している、日本の二つの翻訳ミステリー出版社が、サクセス・ストーリー兼ハウ・トゥものという性格をいっこうに宣伝せず、ひたすら警察小説ないし探偵小説として純粋に売ろうとしているせいなのではないか、とぼくには結局のところ思われるのだ。そしてぼくは、正直なところ、両社のそういう方針に大賛成なのである。出世するため探偵小説を読むなんて、おおよそ馬鹿げた話ではないか。そんな手合は、人殺しをしようとして探偵小説を読む輩の功利主義的読み方の裏返しの読み方――つまり同次元の読み方――をしているにすぎない。空の空なる娯楽――それこそは探偵小説の醍醐味なのである。

両社宣伝部の良識に脱帽しよう。

「マイ・スィン」第十九回

ジェイムズ・ハドリー・チェイスの『イヴ』について書こうと思いながら、ぼくは先程から浮かぬ顔をしている。この長篇小説が駄作だというわけでは決してない。むしろこれは、傑作ではないまでも、佳作であり、例えば同じチェイスの『ミス・ブランディッシの蘭』などよりも遙かに優れていると思うのだが、そして事実ぼくは夢中になって読み耽ったのだが、しかしそれにもかかわらず、いざ論じようとすると、心は重くなるのである。

なぜか？

言うまでもない、『クイーンズ・マガジン』の女性読者の反応を恐れるからである。『イヴ』について書こうとすれば、題名を見ても判るように、不可避的に女性論を記すことになるだろう。そして、文筆業者について女性論ほど深刻な結果をもたらすものはないのだ。なあに、簡単さ、女性一般を絶賛すればいい、だって？　いや、世の中というものは、そんな甘っちょろいものではない。たとえそんなことをしたって、あれではまだ褒めたりないという投書が殺到するにきまっている。まして、ほんの少しでもくさそうものなら——一体どんなことになるか、空おそろしいくらいなのである。先日ぼくは、ネロ・ウルフものの魅力は女性には判らないと放言したため、数多くの女性読者から非難されたけれども、彼女らの痛烈な文章はぼくの心胆を寒からしめるに十分であった。（投書欄に載った手紙は、それらのなかで最も平和愛好的な種類に属するもので、ああいう穏健なもの一通だけを採用するあたり、日本版『クイーンズ・マガジン』編集長の紳士的な人柄がしのばれて奥床しい。）たとえばある女性は、ぼくの文章が論理的な厳密さを欠いていることをすこぶる論理的に論證したあげく、このような非論理的な精神の持主は幼少のころ幾何学の勉強を怠《おこた》り、やや長じてからは論理学の単位を取らなかったに相違ないと推定した。（この推定が正しいかどうかは、ここには記さない。）またある手紙は、今までネロ・ウルフものを好む女性に会ったことがない、とぼくが記したことにさんざんからんだあげく、一体いままでどういう女性と交際したのかと詰問した。（この問に答えようとすれば、日本版『クイーンズ・マガジン』の今月号には探偵小説が載らなくなる恐れがある。）更に……。

とにかく、女性論は鬼門である。なるべくならよしたいのだが、どうもそうはゆかないようだ。チェイスの『イヴ』はそれほどぼくの心を奪ったのだから。ぼくは寒い寒い冬の一夜、この娯楽読物によってたっぷりと楽しませてもらったのだ。それはまさに文字どおり、巻を置く能わずという感じであった。もっとも、ときどきは、広橋桂子《ひろはしけいこ》の清新で個性的なデザインによるジャケットに包まれた創元推理文庫本を机の上に置いて、ジャケットの裏にある半裸のジャンヌ・モローの艶すがたに見とれたのだけれども。

一番まずいのは、『イヴ』が悪女の物語だということである。しかも、優しくて上品で知的で美しくさえある恋人のいる男が、それにもかかわらず稀代の悪女（もちろん映画ではこれがジャンヌ・モローの役である）に惑わされて破滅の道をたどる、という話なのだ。主人公の心理は極めて自然であり、いちいち納得できるように書いてある、などと言えば、優しくて上品で知的で美しい『クイーンズ・マガジン』の女性読者たちは一斉に柳眉を逆だて、すばやくレター・セットを取出して机に向い、ぼくを攻撃する文章を草しはじめるのではなかろうか。

どうも、そんなことを考えると、ぼくはすっかりおじけづいてしまって、筆が進まなくなるのだが、しかし文学史的に言えば、そもそも悪女を書くのはロマン派以来の小説の大道なのである。そのへんの事情はイタリーの学究マリオ・プラースの大著に詳しく論じてあるから、ここではあまり立入らないことにするが、メリメのカルメンもドストエフスキーのナスターシャ・フィリッポヴナも、そのような系譜に属しているのだ。そして、探偵小説がロマン派文学の庶子であることは、開祖ポーのことを思い浮べただけで容易に理解できるだろう。チェイスはそうした伝統を見事に吸収して、一つの新鮮な悪女ものを書いた。過去に重大な謎を持つ一人の男が、嵐の夜、典型的な悪女とめぐりあうという冒頭の設定ほど、『イヴ』を流れるロマン派の血を證しするものはないであろう。

ただ残念なのは、物語の終り近く、女主人公がなぜこのような性格の女になったかという一種の謎ときがあって、それが社会心理等の安手な適用に終っていることである。私生児であることが、尼僧学院の厳格な教育が、劣等感が、一人の悪女を作ったのだという説明は、それまでのチェイスの、テンポが速くてしかも喚起力に富んだ描写と比較して、あまりにも陳腐であるようにぼくには感じられた。ぼくはそこに、アメリカ的な安易な解釈によって毒された一人のイギリス大衆小説作家を見たように思ったのである。あるいはまた、ゾラにおける遺伝学説の現代版・娯楽読物版が、チェイスにおける社会心理学なのだと言ってもいいかもしれない。そう言えばゾラもまた、広い意味でのロマン派作家なのだけれども。そして一般にロマン派の小説家は、彼の一種超越的なヴィジョンを地上に定着しようとして苦闘するため、ついには科学にたよろうとするのだろうか。

ぼくには、『イヴ』のこの欠点にくらべれば、このスリラーのなかで一つの殺人事件も起らないことなど、いっこうとがめようという気にならないのである。それに第一、この物語にはスリルとサスペンスがみちみちているのだから、読者がそんなことを気にかけるはずがないのだ。もっとも、重要な登場人物は一人死ぬ。それは主人公でも、彼を破滅させる女主人公（サディストである賭博師に首ったけな女、娼婦）でもなく、主人公の恋人なのだが。

いや、ぼくは小説家が科学の権威を借りることを責めるのではない。じつを言うと、チェイスのような考え方はいささか非科学的なのではないか、というのがぼくの不満の根本の理由なのである。私見によれば、あらゆる女性のなかには悪女がいる。あらゆるイヴのなかには「イヴ」がいる。そしてメリメもドストエフスキーも、まずそのような態度で、彼らの女主人公を創造しているような感じなのである。たとえ彼らの女主人公たちが歪んだ生い立ちを持っていようと、そのことによってすべてを解釈しようなどとは、彼らはしなかった。もっともチェイスは、才能のない小説家である主人公の手記という形でこの長篇小説を書いているのだから、これは主人公がいかに小説家として失格しているかを示すための、凝りに凝った工夫かもしれないのだけれども。

しろうと探偵小説問答

福永武彦
中村真一郎

〝おもしろさ〟というものの中味はなにか

編集部　福永さんも中村さんも、探偵小説を共同で買って読んでいらっしゃるくらいにお好きなわけですが、なぜ探偵小説を読むかというところから入っていただきましょうか。
福永　第一に暇つぶしですね。第二に疲労回復のため、第三に気楽に読めるジャンルのものが少いということ。日本のチャンバラ小説、通俗小説、それに週刊雑誌などというのがつまらないから。
中村　ぼくはしょっちゅう何か読んでいないといけないんで……。なんにも読むものがなければ、電話帳でも読むんですよ（笑）。そういうときに探偵小説を読むわけだけど、探偵小説というのは、こっちがあまりクリアーな時は読めない。疲労していなければね。しかしあまり疲れているとまた読めない。だから無理して読むということはないですよ。読んでおもしろくなければすぐやめる……。
福永　そりゃあそうだ。だけどぼくと中村とは少しちがう。まあ、ぼくより中村の方が絶えざる滋養として読んでいるな。ぼくは夜寝る前に読むんです。それで一日の俗事を忘れて眠るということになる。

中村　ぼくは気分転換だな。

編集部　おもしろいから読むという、そのおもしろさというのはどんなものなんですか。

福永　それがつまり本格的探偵小説というものなんです。作者が読者に挑戦する本格的な謎とき小説ですね。作者とチエを較べ合うような作品しかおもしろくない。たとえばエラリイ・クイーンの『Yの悲劇』。したがってスパイ小説とかサスペンスもの、いわゆる異色ある凝文学的ミステリー小説はごめんです。それから長篇に限るということね。

中村　ぼくも福永の意見と同じですが、禁物なのはなまなましい描写ね。グロテスクなのや残虐なものは一切いけない。こわいもの、つまり恐怖感情に訴えるようなものは駄目だ。ぼくが一番おもしろいのはかたちがよくできているということ。偉大な小説はかたちが歪んだものが多いが、探偵小説は形式的に整っていることが条件だ。福永のいうように長篇でないとかたちに関する美的要素を満足させない。いい探偵小説は章が切れる場合にふつうの小説より必然性がある。それは音楽に匹敵しますね。ぼくは室内楽を聴くのと同じように探偵小説を読むんです。

福永　『Yの悲劇』なんかはプロローグ、第一幕、第二幕、第三幕、エピローグ、それに舞台裏から、というかたちになっている。エピローグではまだ犯人がわからないものね。大体、探偵小説でいいのはやはりイギリスだと思う。長篇にはシンメトリーの感覚がある。クイーンはアメリカだから例外だが、イギリスの小説はそういうのが多い。

好きな作家・嫌いな作品

中村 とくにアガサ・クリスティーの場合、日常生活の情景の中でファンタスティックな心の動きが起る。で、探偵小説は結局、人間の心の動きをロジカルに書いたものでしょう。それが日常生活の中から出てくる。それがおもしろい。逆にいうと異常な場所での異常な出来事というのはつまらない。

福永 クリスティーは計算はたしかだ。あれだけの人物と事件を置いて、日常性の中で何もかも終りに全部ひっくりかえってしまうのは例がない。

中村 ぼくはイギリスの小説を偏愛しているが、それは探偵小説を読むのと大変関係があるんじゃないかと思うね。

福永 クリスティーだけが、英語で読んだ場合に翻訳で読むよりおもしろいね。彼女の持味というのは文学的なんだ。ぼくは結論として探偵小説に文学的要素はいらないという説だが、クリスティーの味は芳醇なんだな。

中村 ジェーン・オースチンやギャスケル夫人の田園ものを読むのと同じ楽しみがある。

福永 暖かくてね。クリスティーはたいした人だ。ほとんどどれもおもしろい。しかし探偵小説でないのは困る。『チムニーズ館の秘密』というのは全然冒険小説なんだ。ほかのはたいがいおもしろい。ペンギン文庫で二十冊ぐらい出ているが、これは全部おもしろいです。ぜひ翻訳してもらいたいと思いますね。ぼくが読んだ中でおもしろかったのは、『ねじれた家』、これが一番いいが、『図書館の屍体』というのもおもしろい。『動く指』という投書狂の話もよかった。小さな村でいかにもありそうな話なんだ。それから『殺人準備完了』も。反対に『青列車殺人事件』とか『オリエント急行の殺人』はいかん。しかし半分以上は傑作といえるね。

中村　『忘れられぬ死』の発想は日本の現実でもありうる。戦争中の疎開で都会の人間が地方に定住したことから生れる誤解がテーマになっているが、これは探偵小説でなくても疎開者が田舎へ行くと、その土地の人がこちらにたいして一種の探偵になる。その心理状態を探偵小説に仕組んだことが大変あざやかなんだな。それからこれは別のことですがね。探偵小説の方法そのもののパロディというのがある。方法そのものを小説化して書いているものね。ジィドの『贋金つくり』が「小説の小説」といわれているように純粋に美学的なものなんです。例を二つあげると一つはロナルド・ノックスという偉い坊さんの『陸橋殺人事件』。

福永　ぼくはあまりおもしろくないな。君のいうのはわかるけど、裏の裏まで書いて駄ジャレになっている……。

中村　もう一つは坂口安吾《さかぐちあんご》の『不連続殺人事件』。これが「探偵小説の探偵小説」として興味がある。普通の小説が本来人間を人間として全体に捉えるのに対して、探偵小説は人間を専ら犯罪的推理の道具として使うという探偵小説本来の機能そのものを主題にしているのです。探偵小説的思考が一般の現実のなかでどのように抽象的に、時には滑稽に働くかということを小説に仕組んでいる。

福永　ぼくは全然古典派ですからね。だから好きなのはまっとうなやつだ。ヴァン・ダインは『僧正殺人事件』と『グリーン家殺人事件』だけ。それ以外は一つもとらない。クイーンは『Yの悲劇』一作だけを非常に買う。あまりよく知らないけど戦後は大分落ちるんじゃないか。それからクリスティーはいいとして、ディクスン・カーはやっぱりぼくは買うんです。やはり駄作が少くて、ともかくどれを読んでも満足させるというのはたいしたもんだと思うね。『読者よ欺かるるなかれ』『三つの棺』それから『ユダの窓』というのもちょっとおもしろかった。『火刑法廷』というのは乱歩が激賞しているけど、あまりおもしろくない……。

中村　『読者よ』なんて全然買わないね、書けてないよ。フェアでない。論理でなく雰囲気を出しすぎる。

福永　雰囲気を出しすぎるというのは欠点だが、とにかく王様がつ、い、、てるよ。ところが王がつ、い、、、ずに角や銀がつんでる探偵小説が多いんだから……。

中村　やはりカーはロジックが弱い。妙に子供っぽくて。……処女作の『夜歩く』はおもしろかった。

福永　ぼくは鏡花の弟子だからね。幽霊や妖術趣味は好きなんだ。新しいところではウィリアム・アイリッシュの『幻の女』。本格からは大分それるがまあ許容できる。

中村　ぼくはスタンリー・ガードナーのがなんでもおもしろい。

ハード・ボイルド派のこと

編集部　ガードナーが出たので一つハード・ボイルド派について話して下さい。

福永　ダシェル・ハメットをジィドなどがほめたんだが、ミッキー・スピレインは一行も読むあたわず、これは自慢だね。しかしレイモンド・チャンドラーやガードナーはハード・ボイルド派から出ていても一応読める。

中村　ハメット『赤い収穫』はよかった。

福永　はじめに『マルタの鷹』を読んだが、映画的でね。あまりに推理的要素がない。ところでガードナーはすごい多作家だね。多作家だけどふしぎにおもしろい。

中村　テンポが早いからじゃないか。余計なことがなんにも書いてない。

福永　チャンバラ小説、週刊雑誌のタグイだが、それにしては高級だね。ふしぎに知的な要素にごまかされるんだ。法律用語など出てきて。それから戦後で好きなのはハーバート・ブリーンの『ワイルダー一家の失踪』。もう一つはニコラス・ブレイクの『野獣死すべし』。これはイギリスの探偵小説の本領を示した作品といえるね。これにくらべればアメリカのナイオ・マーシュの『死の序曲』などはちょっと落ちる。それにジョセフィン・ティの『時の娘』『フランチャイズ事件』はよくない。それから精神分析を入れた探偵小説というのはおもしろくない。

ジュリアン・サイモンズの『二月三十一日』や、マーガレット・ミラーの『鉄の門』はダメ。精神分析を扱ったのはもっとおもしろくなりそうだが、それは文学で探偵小説ではない。それからジョルジュ・シメノンのような小説は買わない。

中村　ぼくもそうだ。

福永　どうしてそんなに読まれるのかわからない。といってあまり読んでないけれども……。いわゆる異色探偵小説というのは問題なんだ。その中ではシャーロット・ジェイの『死の月』をまあ買いますがね。それからウィリアム・アイリッシュの『暁の死線』。

中村　あれはおもしろかった。

福永　古いところへ戻るけどフィルポッツの『赤毛のレドメイン』はいい。レッド・レドメインズと頭韻をふんだ題もいい。しかし、ベスト・テンにも入っているガストン・ルルウの『黄色い部屋』は買わない。探偵小説はイギリスだね。フランスはやっぱりダメだ。探偵小説はやはりクリスティーとディクスン・カーだ。

中村　ぼくは『赤毛』はぜったい買わない。チャチな気がする。

福永　クロフツの『樽』、これは買わない。

中村　ぼくはクロフツは買うね。ロジックがうつくしいから。それから『観光団殺人事件』というのは、もしかすると今まで読んだものの中では一番おもしろかったかも知れない。

紹介・翻訳に希望する

編集部　いま早川書房の「ポケット・ミステリ」が七十冊以上も出ているんですが、その編集や翻訳などについて……。

福永　前に出た雄鶏社のは編集がはっきりしてよかったですね。出版協同の「異色探偵小説全集」は、あれを「異色」と銘打つ必要はない。早川書房のはとにかく数が多いから……。選んだ人もよく知らないんじゃないかな。むこうの書評だけでとってしまうから日本の読者に向かないものもある。日本の読者は少いけど、小《こ》酒井《さかい》不《ふ》木《ぼく》以来の伝統で水準は高いですよ。新しい作品が多いのはありがたいが、もう少し吟味してほしいな。

中村　それくらいなら日本のいいものをうんといれたらいい。日本の作品には傑作は少いかもしれないが、いま入っている外国のものよりいいものはありますよ。それから翻訳ね、とにかく原書を読まずにこの原稿だけを読んでみて、いい日本語でなくてもいいが、まあ、新聞の文章ぐらいの日本語になっていない場合は改めて原書を見てほしいな。

福永　誤訳はともかく悪訳は困る。クイーンの『スペイン岬の秘密』というのは、中学生でもこうは下手に訳せないというシロモノでね。とにかくどの頁を読んでも抱腹絶倒という訳です。読者は金を払って買うんですからね。こういうのを売りつけられちゃあかなわない。桑《くわ》原《はら》千《ち》恵《え》子《こ》とか恩地三保子《おんちみおこ》とか女の訳者はいいが、男にはひどいのがいる。
中村　ビガーズの『シナの鸚鵡《おうむ》』もひどかった。
福永　愛読者に訳させてもらいたいね。探偵小説に全然関係がなくてアルバイトに訳すのは止してもらいたい。好きだからまじめにやるんでね。
編集部　解説についてはどうですか。
福永　乱歩さんが一人でやっているんで大変だと思うけど、じぶんで読んだ判断が入っているのはいいが、こっちが少し頭を働かすと犯人が誰かわかるようなヒントがある解説は困るな。乱歩の『幻影城』なんていう評論集はたいしたもんだと思うが、読まない作品のことが書いてあったら、本当に読むときの興味が減る。そういうことが実際に一度あったんだ。こいねがわくば、そういうことはしてほしくないね。
編集部　お二人とも一度は探偵小説を書きたいという意志を持ってらっしゃるので、それを伺いたいんですが……。
福永　外国では詩人や小説家がそういう遊びをしている。ぼくも暇にさえなればね。中学時代に探偵小説を書こうと思って考えた、題まで決めていたんです。『カメレオン殺人事件』(笑)。
中村　ぼくも書きたいし、書きたいものは具体的に頭の中にはあるんですが、筋をいっちゃうと駄目だから申し上げられないんです。ただ、全然血なまぐさくなく、それから全く本格的であるということ、あまり推理だけでできているから探偵小説のパロディになってしまうだろうということはいえますね。だけど全然自信はないですよ。ぼくの『冷たい天使』だって一種の探偵小説なんで、あれよりは探偵小説らしくなりますがね。

日本の探偵小説の場合

編集部　日本のものはどうですか。

中村　横溝正史の『蝶々殺人事件』は好個の室内楽だね。これは形式が整っていていてじつにいい。

福永　横溝はガードナーと同じで、やはり駄作がない。通俗ものでもよくできている。だけどこれという傑作はない。大いに読んだね。『本陣殺人事件』『獄門島』……。

中村　『八つ墓村』『犬神家の一族』。まだあったかな。横溝さんはクロフツの系統じゃないかな。

福永　それはちがうよ。高木彬光《たかぎあきみつ》の『刺青殺人事件』と『能面殺人事件』は偉いと思うね。あれは買います。木々高太郎にしても、小栗虫太郎《おぐりむしたろう》にしても、夢野久作《ゆめのきゅうさく》にしても、江戸川乱歩にしても、いいものは買うけど……。

中村　木々さんの『折芦』は買わないかい。

福永　いいけど短篇には及ばない。『就眠儀式』などの大心池博士ものにね。木々さんは探偵小説を文学だと思っている限り傑作はできないんじゃないかな。乱歩は探偵小説を遊びと思っているけど、だからといって傑作が出ることにはならない。「宝石」に連載中の乱歩の『化人幻戯』を荒正人《あらまさひと》がものすごくほめていたが、ぼくは読んでいない。まとまったらかならず読むけれどもこれまでの作品の中では傑作は出ていないと思うね。その意味で、講談社の書下し探偵小説全集には非常に期待しているんだ。

中村 ぼくもそうだな。坂口さんが新しい探偵小説を書かずに死んだのは惜しいと思う。

福永 いや、探偵小説は一つでいいんだ。

傑作の条件十種と付けたり一つ

編集部 福永さんは「傑作探偵小説の条件十種」というのを考えておられるそうですから、それを発表していただいて……。

福永 はじめに断っておきますが、この条件というのは、ぼくがアマチュアとして探偵小説を読む上でたのしいという意味で、じぶんでこういうふうに書きなさいと押しつけるわけでもないんです。それからヴァン・ダインの「探偵小説二十則」を見ないで考えたんで、ある程度ダブっていますがね。第一に再読に耐えられること。犯人がわかっていて読み直しても尚おもしろいこと。といっても一遍読んでおもしろければそれでいいが……。一度でいいけれども、たまには二度読むことがある。犯人を忘れていることもあるし、いいものは覚えているが、筋を知っていても、それでいて楽しいもの、感心できるものね。しかし実際にはあまりない。『Y

の悲劇』とか『僧正殺人事件』とか。

中村　同感だね。『蝶々殺人事件』も『不連続殺人事件』も再読して愉快だった。一遍だけだと先を追っちゃうから、再読しないとほんとうのよさがわからない。椎名麟三さんは終りの一章を先に読むそうだ。それからはじめに帰って落ちついて読むんだが、いかにも作家らしい読み方だと思う。

福永　第二は、誰でもいいような犯人では困るということ。犯人のキメ手が印象的かつ論理的な必要がある。探偵小説には必ず犯人とまぎらわしい人物が何人か出てくる。これが犯人だと思わせておいて、後でひっくり返る場合がある。しかしある人物の印象があまり強すぎて、作者がひっくり返してもこっちがひっくり返れない場合がある。これは弱いね。犯人が他の者でもいい、そういうことがありうると思えるのは困る。

中村　そうだ。作家が書いて行くうちに、こっちを犯人にした方がおもしろくなるというんで、犯人をあとでずらしたという感じがするのはいけない。

福永　第三は、作中の語り手が犯人、探偵が犯人、共犯者多数、下男・下女などが犯人などという趣向は最初の一回でたくさんだ。何度もこういうことをやるのは困る。ところが何度もやるんだ。犯人は一人であってほしいね。ヴァン・ダインもいってるよ。

中村　ノックスもいっているけど今の条件ね。読者の方が探偵小説に馴れちゃって、一番そうじゃない奴を狙うようになる。探偵とか話し手を狙って読むようになっている。これが混乱を招く原因だよ。ぼくは銭形平次を読んで、八五郎が犯人じゃないかと思ってロウバイしたことがあるくらいだ（笑）。

福永　第四は、サスペンスは犯人が読者にわかりそうな期待や不安から生れるべきで、女主人公が殺されそうだとか、お化けが出そうだとかいうのは関係がないということ。探偵小説にはサスペンスが必要だと思う。ノックス君のはあまりにサスペンスがなさすぎる。感覚に訴えてはいけないというのは持論だが、殺されそうだということで読者を釣るんじゃなくて、犯人がわかりそうでわからないというところで釣らなくちゃあ……。

中村　ノックスがとてもおもしろいのは恐怖感覚に一切訴えないというところ、それがおもしろいんだよ。

福永　第五は、連続殺人の方がよろしい。殺人の性格が出るから。ただしぼくは殺人狂じゃないけれどもね。一遍では偶然的要素が入るんで、二度以上殺人があるとその殺人的手法に個性的必然性が出てくる。

中村　それを意識的にやったのは浜尾四郎《はまおしろう》の『殺人鬼』。作者が小説の中でその問題を論じているよ。

福永　第六は、非合理的要素は必ず合理的解釈を伴うこと。非合理的要素の方がかんじんの推理的要素より強すぎるのは好ましくない。これはディクスン・カーにお説教してるみたいだな。カーはおもしろいが、デコレーションの方が強すぎる。ぼくはしかし多少デコレーションがある方が好きだけれどね。

中村　それでぼくはカーを買わないんだ。

福永　第七は、恋愛的興味や心理葛藤的興味はアクセサリーにすぎない。心理的推理は機械的トリックと同様、それだけで立つには弱い、というんだ。昔の探偵はタバコの吸殻や足跡を分析したが、最近の探偵はほとんどすべてが心理的に解釈する。こういうところでごまかして実際の物的証拠をあげようとしない。両方が出てくる必要があるんで、心理的推理だけでわかるというのはウソだよ。

中村　そういうケジメをはっきりさせた点で『不連続殺人事件』を買うね。

福永　純文学の作家の方が物的なものに頼るね。それは当然なことなんだ。第八は、アリバイに頼りすぎるのも動機に頼りすぎるのも弱い。クロフツのようにアリバイが全部、あるいは動機がすべてというようなのは現代ではありえない。現代では動機が意識の下、心理の底に沈んでいることもあって。アリバイ、動機などはアクセサリーで、キメ手にするのは弱いと思うんだ。

中村　しかしまあ、アリバイを追求することのおもしろさが探偵小説の中にはたくさんあるわけだ。アリバイが破れぬために真犯人が処罰されずに、ほかの人が無実の罪で処刑されてしまう……クリストファー・ブッシュの『一〇〇％アリバイ』あれはおもしろかった。

福永　クロフツの『樽』というのはアリバイを複雑に使うことでごまかしている。アリバイというのはもっと簡単でいいと思うな。第九は、フェア・プレイたること。時間表のごときもの、一覧表のごときものをみせて読者にデータを確実ならしめるのは親切だ。終りの方になって、もうじき犯人がわかるというあたりで一覧表があると楽しいね。それを見て三十分ぐらい楽しめるから。一覧表をつけるのは作者に自信がある証拠だ。自信がなければそうはやれない。
中村 その通りだ。
福永 最後の第十は文学的である必要は毫もない。
中村 同感だね。しかしもう一則つけ加えれば、探偵小説は政治に関与してはいけない。
福永 それはどういうこと……。
中村 たとえばロシア人が出てくるとアプリオリに悪人であったり、ストライキ指導者は必ず悪人であるとかね。これは読みづらいもんだよ。
福永 それはごく稀れだろう。
中村 いや、ぼくはいくつかぶつかったよ。それから長篇だということね。
福永 それははじめにいったように探偵小説の内在条件だから……。

元版『深夜の散歩』あとがき

たとえば面白い映画を見るとする。黙っているなんてことはとてもできやしない。友達に会えば、かならずその話をする。こういう筋なんだ、とか、女優がじつに綺麗だった、とか、カメラがいい、とか。

誰にだって覚えがあることだろう。

すると、話を聞いたほうは、彼が（あるいは彼女が）あれだけ褒めるんだから、一見の価値がある映画にちがいないと考えて出かける。そして……

この場合、閑談がじつは同時に極めて実用的な性格を持っているということになる。

この『深夜の散歩──ミステリの愉しみ』は、対象が映画でなく探偵小説──それも翻訳ものの探偵小説──ではあるけれども、大体まあそういった、閑談ふうの文章を集めたものである。たとえば福永武彦が（あるいは中村真一郎が、あるいは丸谷才一が）『黄色い樽の眠り』という探偵小説を論じているとする。しょせん閑談である。それを読んだからといって、宇宙の哲理に目覚めるなんて効果はまあないだろう。核実験とロンドンのコール・ガールの関係について知識が増大するなんてこともおそらくあり得ない。だが、それは閑談としてはかなりましな部類に属するものじゃないかしら？ それを読み終ったとき、『黄色い樽の眠り』を読もう（あるいは、再読しよう）という気になる人も、かなり多いのじゃないかしら？ そして、読もう読もうと思いながら、つい『黄色い樽の眠り』を読む機会がなくているとして、べつにそんなことを気に病む必要はない。しょせん探偵小説なのだ。つまり読者はこれらの閑談をすこぶる純粋に楽しむことができるというわけである。

もちろん条件が一つある。もし読者が探偵小説好きであれば、という条件である。『日本外史』と『明治天皇御集』以外の印刷物には関心がない、というような人には、これは縁のない本だ。また、「世界」と「アカハタ」以外の定期刊行物は読まない、というような人には、これはすこぶる馬鹿ばかしい本だろう。だが、現在の日本のかなり高級な読者はほとんどすべて、探偵小説という娯楽を、ぼくたち三人と同じように愛しているように思われる。

事実、この本は、現在の日本の娯楽雑誌のなかでの最も高級なものの一つ、「エラリイ・クイーンズ・ミステリ・マガジン日本版」（略して「ＥＱＭＭ」）に連載された文章を集めて出来たものである。念のために記して置けば、

福永武彦『深夜の散歩』一九五八年七月号――六〇年二月号

中村真一郎『バック・シート』一九六〇年五月号――六一年七月号
丸谷才一『マイ・スィン』一九六一年十月号――六三年六月号

ということになる。そして福永さんのものは今回、註のかたちですこしく加筆してある。また、福永さんと中村さんのものは発表された分を全部収めたけれども、丸谷のものは二つ三つはぶいてある。なお、『マイ・スィン』が「EQMM」に発表されるときは、一つ一つの文章が丸谷の先輩知友である探偵小説愛好者に献げられているが（たとえば『月長石』を論じたものが植草甚一氏に、という具合に）今回はその献呈の言葉を省略した。

しかし献呈の辞などはもともと不必要なものかもしれないのである。三人のそれぞれの文章が、親愛なる（不特定多数の）探偵小説愛好者たちへ献げられているような性格のものだからだ。

最後に、「EQMM」の二代の編集部と早川書房出版部の高田正吾《たかだしょうご》君に心から感謝する。彼らの執拗にして誠実な督促がなかったならば、これらの文章は書かれなかったかもしれないのである。

一九六三年八月

丸谷才一

決定版『深夜の散歩』あとがき

この本の元版が出たのは一九六三年だつた。今年は一九七八年である。つまり十五年、じつにあつさりと経つてしまつたわけだ。そのことに感慨をもよほしてもはじまらないが、何も感じないのも人間としてどうかしてゐるだらう。そこで十五年といふ時間への黙禱といふ気持で、次の一行を空白にする。

しかし、かういふ本の新版を出すには、これくらゐ経つてからのほうがいいかもしれない。といふのは、先日わたしは風邪をひいて寝込んでしまひ、ペリイ・メイスンものを二冊読んで驚いた。何ひとつ記憶になかつたのである。あんまりきれいさつぱり忘れてゐるので、これはひよつとすると読んでなかつたものかもしれない（本当は、そんなはずは絶対ないのだが）と考へて、007ものを片端から読んでみた。と、呆れるではないか。これもまた、全部、忘れてゐる。つまり、まつたくはじめて読むやうに手に汗にぎることになつたのだ。

わたしはすつかり感心して、なるほどこれでは、十五年も経つとまたもや探偵小説がはやるのは理にかなつてゐる、などとうなづいたのだが、とにかく長い歳月ののち探偵小説の名作がまた読み返され、探偵小説の読者がまたふえれば、探偵小説論を読まうといふ人が出て来るのも当然ではないか。そして今の日本のこの手の本では、われわれの『深夜の散歩』はかなりの位置を占めてゐるらしいのである。(本当はもうすこし褒めたいのだが、これくらゐしか言はないところが奥床しい。) 装を改めて出さうといふ出版社が現れても不思議はない。

それにもう一つ、かういふことがある。本には読みごろといふものがあつて、刊行された当座だけが読みごろの本とか、それ以後ずつとその調子がつづく本とか、ずいぶん長く経つてから読むとちようどいい本とかいろいろあるが、われわれの本はまさしくその第三項に該当する。十五年前の日本人はまだ遊ぶことに慣れてゐない、大まじめな国民で、それゆゑ社会派推理小説などといふ大義名分のある娯楽読物に夢中になつたのだが、ああいふ調子の時代には、われわれの『深夜の散歩』はどうもぴつたりしなかつた。その證拠の一つとしては、一度も重版にならなかつたといふ事実がある。ところがその後の日本人が遊ぶことにかけてどんなに腕をあげたかはみなさん御承知の通り。とすれば、われわれの本の味加減も、今やうやく本式に楽しんでもらへるのではないか。

なほ、三人の書いた、ただし元版には収録されてゐない探偵小説論を、この機会に添へることにした。これによつて皿の上をいつそう華やかにしようといふわけである。こんなことを思ひついたのは講談社出版部の徳島高義《とくしまたかよし》氏だが、もちろんわれわれにも異論はないし、読者諸氏としても厭なことではなからう。すなはちこれは、三人の小説家がこれまでに書いた、探偵小説評論の全集ともいふべき本になつた。（わたしの新しく添へた分だけは歴史的仮名づかひになつてゐる。）

和田誠《わだまこと》さんのおかげできれいな本が出来あがつて、非常にうれしい。福永さんと中村さんの分も合せて御礼申し上げる。

一九七八年五月十一日の深夜、散歩に出ようかどうしようかと迷ひながら

丸谷才一

初出一覧

深夜の散歩　福永武彦

Quo vadis?　エラリイ・クイーンズ・ミステリ・マガジン（早川書房、以下ＥＱＭＭ）一九五八年七月号
ソルトクリークの方へ　ＥＱＭＭ一九五八年八月号
ヘロンズ・パーク陸軍病院の方へ　ＥＱＭＭ一九五八年九月号
メグストン島の方へ　ＥＱＭＭ一九五八年十月号
ロンドン警視庁の方へ　ＥＱＭＭ一九五八年十一月号
マーロウ探偵事務所の方へ　ＥＱＭＭ一九五九年一月号
ワグラム街のバーの方へ　ＥＱＭＭ一九五九年三月号
五番線バスの方へ　ＥＱＭＭ一九五九年四月号
ヨット「幸運児」号の方へ　ＥＱＭＭ一九五九年五月号
百番目の傑作の方へ　ＥＱＭＭ一九五九年六月号
封をした結末の方へ　ＥＱＭＭ一九五九年七月号
マジスン市の方へ　ＥＱＭＭ一九五九年八月号
クール＆ラム探偵社の方へ　ＥＱＭＭ一九五九年九月号

カーステヤズ家の方へ　EQMM一九五九年十月号
モーナ・マックレーン家の方へ　EQMM一九五九年十一月号
気違いハッター家の方へ　EQMM一九五九年十二月号
クロスローズ南方の百姓家の方へ　EQMM一九六〇年一月号
ウェールズ地方の古い廃坑の方へ　EQMM一九六〇年二月号

＊

隠れんぼ　『世界推理小説全集10　赤い館の秘密』月報（東京創元社）一九五六年四月
探偵小説の愉しみ　東京新聞一九五六年五月九日夕刊号、十日夕刊号
探偵小説と批評　EQMM一九五八年四月号
推理小説とSF　毎日新聞一九六二年十月十八日夕刊号
ポーについての一問一答　ポー『世界推理小説名作選　モルグ街の殺人』（中央公論社）一九六三年六月
『深夜の散歩』の頃　ミステリ・マガジン（早川書房）一九七六年八月号

バック・シート　中村真一郎

アイソラの街で　EQMM一九六〇年五月号
英国の疎開地で　EQMM一九六〇年六月号
クイーン検察局で　EQMM一九六〇年七月号

恐怖感覚！　EQMM一九六〇年八月号
小さなホテルで　EQMM一九六〇年九月号
百冊目のガードナー　EQMM一九六〇年十月号
地獄を信じる　EQMM一九六〇年十一月号
最高の後味　EQMM一九六〇年十二月号
子供の眼の下に　EQMM一九六一年一月号
この人生の軽さ　EQMM一九六一年二月号
灰色のフラノの背広　EQMM一九六一年三月号
「文学的な」表現　EQMM一九六一年四月号
短篇小説　EQMM一九六一年五月号
慣習小説　EQMM一九六一年六月号
スパイ小説　EQMM一九六一年七月号

＊

『奇巌城』の余白に　ルブラン『世界推理小説名作選　奇巌城』（中央公論社）一九六二年十月
スープのなかの蝿　『20世紀の文学　世界文学全集38　クリスティ／アンブラー／J・M・ケイン』（集英社）一九六七年四月
「バック・シート」の頃　ミステリ・マガジン（早川書房）一九九七年十一月号

マイ・スイン　丸谷才一

クリスマス・ストーリーについて　EQMM一九六一年十月号
すれっからしの読者のために　EQMM一九六一年十一月号
長い長い物語について　EQMM一九六二年一月号
サガンの従兄弟　EQMM一九六二年三月号
冒険小説について　EQMM一九六二年四月号
手紙　EQMM一九六二年五月号
ダブル・ベッドで読む本　EQMM一九六二年六月号
犯罪小説について　EQMM一九六二年七月号
フィリップ・マーロウという男　EQMM一九六二年八月号
美女でないこと　EQMM一九六二年十月号
ケインとカミュと女について　EQMM一九六二年十一月号
男の読物について　EQMM一九六二年十二月号
ある序文の余白に　EQMM一九六三年二月号
タブーについて　EQMM一九六三年五月号
新語ぎらい　EQMM一九六三年六月号

*

ブラウン神父の周辺　チェスタトン『世界推理小説名作選　ブラウン神父物語』（中央公論社）一九六二年十月

バスカーヴィル家の犬と猫　夕刊フジ（産業経済新聞社）一九七五年七月十二日号
二次的文学　ミステリ・マガジン（早川書房）一九七六年八月号
終り方が大切　小説現代（講談社）一九七六年二月号

＊

「マイ・スィン」未収録回
「マイ・スィン」第三回　EQMM一九六一年十二月号
「マイ・スィン」第五回　EQMM一九六二年二月号
「マイ・スィン」第十二回　EQMM一九六二年九月号
「マイ・スィン」第十六回　EQMM一九六三年一月号
「マイ・スィン」第十八回　EQMM一九六三年三月号
「マイ・スィン」第十九回　EQMM一九六三年四月号

しろうと探偵小説問答　日本読書新聞一九五五年六月六日号、五六年一月一日号、二月二十七日号、五月二十八日号、十一月二十六日号

『深夜の散歩　ミステリの愉しみ』は一九六三年に早川書房より刊行された。編集に際しては『決定版　深夜の散歩　ミステリの愉しみ』（講談社／一九七八年刊）を底本とした。

現在からすれば穏当を欠く表現については、執筆当時の時代性と著者が故人となられていることを鑑みて、原文のまま掲載した。

（編集部）

検　印
廃　止

深夜の散歩
ミステリの愉しみ

2019年10月31日　初版

著　者　福《ふく》　永《なが》　武《たけ》　彦《ひこ》
中《なか》　村《むら》　真《しん》　一《いち》　郎《ろう》
丸《まる》　谷《や》　才《さい》　一《いち》

発行所　（株）東京創元社
代表者　渋谷健太郎

162-0814/東京都新宿区新小川町1-5
電　話　03・3268・8231-営業部
03・3268・8204-編集部
URL　http://www.tsogen.co.jp
精興社・本間製本

ISBN978-4-488-47812-4　C0195

永遠の光輝を放つ奇蹟の探偵小説

THE CASK◆F. W. Crofts

樽

F·W·クロフツ
霜島義明 訳 創元推理文庫

◆

埠頭で荷揚げ中に落下事故が起こり、
珍しい形状の異様に重い樽が破損した。
樽はパリ発ロンドン行き、中身は「彫像」とある。
こぼれたおが屑に交じって金貨が数枚見つかったので
割れ目を広げたところ、とんでもないものが入っていた。
荷の受取人と海運会社間の駆け引きを経て
樽はスコットランドヤードの手に渡り、
中から若い女性の絞殺死体が……。
次々に判明する事実は謎に満ち、事件は
めまぐるしい展開を見せつつ混迷の度を増していく。
真相究明の担い手もまた英仏警察官から弁護士、
私立探偵に移り緊迫の終局へ向かう。
渾身の処女作にして探偵小説史にその名を刻んだ大傑作。

ヒッチコック映画化の代表作収録

KISS ME AGAIN ATRANGER◆Daphne du Maurier

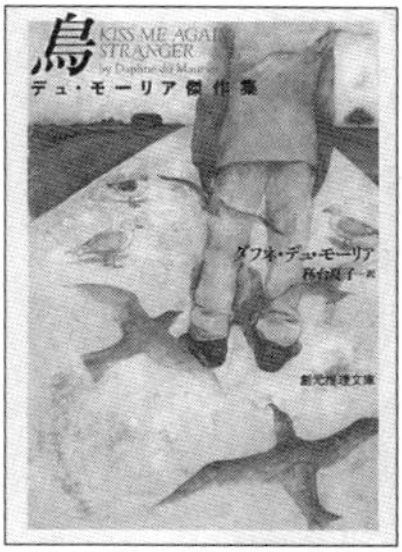

鳥

デュ・モーリア傑作集

ダフネ・デュ・モーリア
務台夏子 訳 創元推理文庫

◆

六羽、七羽、いや十二羽……鳥たちが、つぎつぎ襲いかかってくる。

バタバタと恐ろしいはばたきの音だけを響かせて。

両手が、首が血に濡れていく……。

ある日突然、人間を攻撃しはじめた鳥の群れ。

彼らに何が起こったのか？

ヒッチコックの映画で有名な表題作をはじめ、恐ろしくも哀切なラヴ・ストーリー「恋人」、妻を亡くした男をたてつづけに見舞う不幸な運命を描く奇譚「林檎の木」、まもなく母親になるはずの女性が自殺し、探偵がその理由をさがし求める「動機」など、物語の醍醐味溢れる傑作八編を収録。

デュ・モーリアの代表作として『レベッカ』と並び称される短編集。

英国ミステリの真髄

BUFFET FOR UNWELCOME GUESTS◆Christianna Brand

招かれざる客たちのビュッフェ

クリスチアナ・ブランド

深町眞理子 他訳 創元推理文庫

◆

ブランドご自慢のビュッフェへようこそ。
芳醇なコックリル印《ブランド》のカクテルは、
本場のコンテストで一席となった「婚姻飛翔」など、
めまいと紛う酔い心地が魅力です。
アントレには、独特の調理《レシピ》による歯ごたえ充分の品々。
ことに「ジェミニー・クリケット事件」は逸品との評判
を得ております。食後のコーヒーをご所望とあれば……
いずれも稀代の料理長《シェフ》が存分に腕をふるった名品揃い。
心ゆくまでご賞味くださいませ。

収録作品＝事件のあとに，血兄弟，婚姻飛翔，カップの中の毒，
ジェミニー・クリケット事件，スケープゴート，
もう山査子摘みもおしまい，スコットランドの姪，ジャケット，
メリーゴーラウンド，目撃，バルコニーからの眺め，
この家に祝福あれ，ごくふつうの男，囁き，神の御業